KB151192

Unterm Rad

The Classic Books

수레바퀴 아래서

헤르만 헤세

북로드

제1장

요제프 기벤라트 씨는 대리업과 중개업을 겸하고 있었다. 그는 다른 사람들에 비해 딱히 뛰어난 점이나 특징이라 할 만한 것이 없다. 보통 사람들처럼 어깨가 딱 벌어진 건장한 체구에 장사 수완도 웬만큼 좋고 성실하며, 속물근성을 솔직하게 드러내는 인물이었다. 정원이 딸린 작은 집과 조상 대대로 내려오는 가족묘도 있었다. 종교관은 조금 개방적인 면을 보였지만 대체로 고루했다. 하느님과 정부에 대해서는 적당히 존경심을 보였고, 시민이 지켜야 할 예의에 관해서는 아주 좀스러울 만큼 맹목적으로 불문율을 따랐다. 때로 술을 마시기는 했지만 취한 적은 한 번도 없다. 가끔 의혹을 살 만한 일을 하기도 했지만 겉으로 보기에 허용 범위를 넘어서는 일은 없었다. 그는 가난한 사람들을 가난뱅이라고 얕잡아 보았고, 부자들을 거만하다고 비난했다.

매주 금요일이면 시민회 회원으로서 '독수리' 술집에 나가 구주

회(볼링과 비슷한 독일 전통 놀이로 술집 한쪽에서 즐긴다.—옮긴이) 놀이에 참여했다. 빵을 굽거나 라구 스튜 혹은 소시지 수프를 먹는 날은 절대 빠지지 않고 참석했다. 그는 일할 때는 싸구려 엽초를 피웠지만, 식후나 일요일에는 고급 담배를 피웠다.

그의 내면은 속물 그대로였다. 그나마 있던 정서적인 일면은 이미 오래전에 먼지가 되어버렸다. 정서의 테두리에 조금 남은 것이라고는 인습적이고 고집스러운 가족주의, 아들에 대한 자부심, 가끔 생각날 때 못사는 사람들에게 베푸는 자선, 이런 정도였다. 또한 그의 지적인 능력이라는 것도 약아빠진 꾀와 지극히 계산적인 술책을 벗어나지 못했다. 읽는 것은 신문이 고작이었고, 예술에 대한 욕구를 채우는 방편이라고는 매년 시민회에서 공연하는 소인극을 관람하거나 가끔 열리는 서커스 구경을 하는 것이 전부였다.

어느 이웃 사람과 그의 이름이나 집을 바꿔놓고 봐도 전혀 구별되지 않을 것이다. 그의 영혼 밑바닥에는 뛰어난 사람들에 대한 끊임없는 불신, 정신적으로 자유롭고 세련된 것에 대한 본능적인 적대감이 자리 잡고 있었는데, 이 적대감이란 기실 못난 질투심이었다. 이런 점도 마을의 다른 가장들과 같았다.

그의 이야기는 이 정도로 충분하다. 이 속된 삶과 자신조차 의식하지 못하는 비극을 묘사할 수 있는 사람은 오직 신랄한 풍자가뿐이리라. 아무튼 그에게는 아들이 하나 있었는데, 이제 그 외아들 이야기를 하려고 한다.

한스 기벤라트가 재능 있는 아이인 것은 틀림없었다. 그가 얼마나 똑똑하고 특출한지는 다른 아이들 틈에 있는 모습만으로도 금방 알 수 있었다. 슈바르츠발트(독일 남서부 산지—옮긴이)의 작은 마을에 이런 인물이 배출된 것은 처음이었다. 이 좁은 세상 밖으로 눈을 돌리거나 활동한 사람이 아직 한 번도 나오지 않았다. 그렇기에 소년의 진지한 눈동자와 총명한 이마, 기품 있는 걸음걸이를 어디서 타고 났는지는 오직 신만이 알 것이다. 혹시 어머니에게? 그러나 그 어머니는 오래전 세상을 떠났다. 살아 있을 때도 특별한 점은 보이지 않았다. 늘 병들어 신음하는 모습뿐이었다. 아버지는 말할 것도 없었다. 지난 팔구 세기 동안 성실한 시민들이 그토록 많았는데도 천재라든가 귀재라고 할 만한 인물이 한 번도 나오지 않은 것을 보면 이 오래되고 작은 마을에 하늘에서 신비로운 불꽃이 떨어진 셈이라고 할 수 있으리라.

현대 교육을 받은 사람이라면, 병약한 어머니와 오래된 가문이라는 점을 떠올리며 지능이 남달리 뛰어난 아이가 태어난 것은 곧 몰락할 징조라고 판단할지도 모른다. 그러나 다행히 이 마을에는 그런 날카로운 관찰력을 가진 사람이 없었다. 젊고 눈치 빠른 관리나 선생들만 신문을 통해 그런 '현대적 인간'이 있다는 것을 막연히 알고 있을 뿐이었다. 자라투스트라의 설교를 몰라도 교양인 행세를 할 수 있는 곳이었으니까. 그들은 착실하고 행복한 결혼 생활을 누리기는 했으나, 고루한 관습은 절대 바뀌지 않았다. 넉넉하게 사는 이들 중에는 지난 20년 동안 직공에서 공장주가 된 사람도 있다. 이들은 관리 앞에서는 모자를 벗어 예의를 갖추고 친하게 지내려고 하면서도, 자기들끼리 있을 때는 좀생이니 서기 나부랭이니 하며 비웃었다. 그러면서도 그들의 가장 큰 꿈은 자기 자식이 대학을 졸업해서 관리가 되는 것이었다. 하지만 유감스럽게도 그것은 거의 이루어질 수 없는 한낱 아름다운 꿈에 지나지 않았다. 그들의 아들들은 라틴어 학교조차 몇 번이나 낙제를 해가면서 겨우 마치는 판국이었던 것이다.

한스 기벤라트의 재능은 의심할 여지 없었다. 교사와 교장, 이웃 사람들과 목사, 학교 친구들까지 모두 소년이 아주 영리하고 특출하다는 것을 인정했다. 따라서 그의 장래는 결정된 것이나 다름없었다. 슈바벤 지역에서는 재능이 있다 해도 부모가 부유하지 않으면 오직 한 가지 길밖에 없었다. 주 시험을 거쳐 신학교에 입학한 다음 튀빙겐대학에서 공부를 마치고 목사가 되어 설교단에 오르거나 아니면 대학 강단에 서는 것이었다. 매년 이 지역 소년 사오십 명이 평탄하고 안전한 이 길로 들어선다. 견진성사를 받은 학생들이 국가의 보조금으로 공부하는데, 그들은 공부에 지쳐 야윈 모습으로 여러 인문 지식을 섭렵한다. 그리고 팔구 년이 지나면 제2의 삶으로 들어서는데, 이때는 그 전의 삶보다 훨씬 긴 세월 동안 국가의 은혜를 갚아야 한다.

몇 주일 뒤면 어김없이 주 시험이 있을 예정이다. 매년 국가가 혜

카톰베(고대 그리스에서 수소 1백 마리를 제물로 바치던 의식으로 경쟁이 치열하고 힘든 시험을 비유한 말이다.—옮긴이)를 통해 지역의 수재들을 선발한다. 이 기간 동안 소도시나 마을에서는 수많은 가족들이 시험이 치러지는 수도를 향해 한숨과 탄원과 기도를 보낸다.

한스 기벤라트는 이 작은 마을에서 그 힘겨운 경쟁에 참여하는 유일한 사람이었다. 굉장히 영예로운 일이었다. 하지만 이것은 결코 거저 얻어진 게 아니었다. 매일 4시까지 수업을 받고, 그다음에는 교장이 따로 그리스어를 가르쳤다. 6시에는 목사가 친절하게도 라틴어와 종교 과목 복습을 도와주었다. 그리고 일주일에 두 번씩 저녁을 먹고 나서 한 시간 동안 수학 선생의 수업을 받았다.

그리스어 수업은 불규칙동사 다음에 불변화사로 표현될 수 있는 다양한 문장의 결합에 중점을 두었고, 라틴어는 간결한 문체와 섬세한 운율을 주로 학습했으며, 수학은 복잡한 비례식에 집중했다. 비례식이 앞으로 하게 될 연구나 생활에 전혀 필요 없는 듯하지만, 실제로는 굉장히 중요하다고 선생은 매번 강조했다. 다른 과목보다 더 중요할지도 모른다. 논리력과 추리력을 기르고, 명쾌하고 객관적이며 효율적인 사고를 할 수 있는 바탕이 되기 때문이다.

지나치게 뇌에 무리를 주면서 지식을 연마하다 보면 정서적인 면을 소홀히 해서 감정이 메마를 수 있는데, 이를 방지하기 위해 한스는 매일 아침 수업을 시작하기 전에 견진성사 준비 수업을 한 시간 동안 참관했다. 브렌츠(요하네스 브렌츠, 슈바벤의 신교 신학자—옮긴이)의 교리문답을 배우는데, 학생들에게 도움이 될 만한 부분을 암기하거나 낭송함으로써 젊은이의 마음에 종교적인 삶을 불어넣는 것이었다. 그러나 유감스럽게도 한스는 삶의 생기를 얻을 수 있는 그 시간들을 아껴서 축복의 기회를 스스로 저버렸다. 그는 그리스어와 라틴어 단어와 연습 문제를 적은 종이쪽지를 문답서 속에 끼워두고 한 시간 내내 세속적인 학문에 몰두했던 것이다. 하지만 그러는 동안에도 끊임없이 불안감과 초조함에 시달리는 것을 보면 그의 양심이 그렇게 무딘 것은 아니었다. 수업 담당 목사가 가까이 다가오거나 그의 이름을 부를 때마다 흠칫 놀라 몸을 움츠렸고, 질문에 대답하면서도 이마에 땀이 맺히고 가슴이 콩닥거렸다. 하지만 발음만큼은 하나도 틀리지 않고 정확해서, 목사는 그의 재능에 탄복했다.

한스는 집에 돌아와 밤늦도록 희미한 등잔불 밑에서 숙제를 했다. 쓰고 암기하고 예습과 복습을 하는 것이었다. 평화로운 분위기에서 조용히 공부하면 훨씬 더 집중할 수 있고 능률적이라고 담임 선생이 말했다. 그래서 매주 화요일과 토요일에는 보통 10시까지, 다른 날은 11시, 12시, 때로는 더 늦게까지 공부할 때도 있었다. 아버지는 기름을 많이 쓴다고 툴툴거리면서도 아들이 열심히 공부하는 모습을 대견스럽고 자랑스럽게 처다보았다.

잠깐 시간이 날 때나 우리 생활의 7분의 1을 차지하는 일요일에 한스는 학교에서 미처 읽지 못한 책을 읽거나 문법을 복습하며 부족한 부분을 채워나갔다.

"물론 무리하면 안 돼. 적당히 하는 게 좋아. 일주일에 한두 번은 산책을 하렴. 산책은 꼭 필요한 데다 공부에도 아주 효과적이거든. 날씨가 좋으면 책을 들고 교외로 나가도 좋고. 신선한 공기를 마시면 머릿속에 훨씬 더 잘 들어오고 기분도 좋지. 어쨌든 고개를 한껏 치켜들고, 알았지?"

그래서 한스는 가능한 고개를 높이 치켜들고 다니면서 산책할 때도 공부를 쉬지 않았다. 그리고 수면 부족에 시달리는 얼굴과 푸르스름한 눈을 하며 말없이 돌아다녔다.

"기벤라트 어때요? 합격하겠죠?"

어느 날 담임선생이 교장에게 물었다.

"그럼요. 그 아이는 합격할 거예요. 그 애만큼 영리한 아이는 없어요. 보세요. 정말이지 지능이 더할 나위 없이 뛰어난 것 같지 않습니까."

교장이 탄성을 지르듯 말했다.

일주일 사이 한스의 지식은 더욱 충만했다. 나긋나긋하고 고운 얼굴에 움푹 들어간 눈이 우울한 열정으로 불안하게 빛났고, 아름다운 이마에는 지식의 발현과도 같은 가느다란 주름살이 움직거렸다. 가늘고 여윈 팔과 손은 보티첼리의 그림 속 인물처럼 우아하게 축 처져 있었다.

수험일이 다가왔다. 다음 날 아침 한스는 아버지와 함께 슈투트가르트로 가야 했다. 거기서 신학교의 좁은 수도원 문으로 들어갈 자격을 판가름할 시험을 치르는 것이었다. 조금 전 한스는 교장에게 인사를 하고 왔다. 평소 두려운 군주와 같은 교장은 여느 때와 달리 부드럽게 말했다.

"오늘 밤에는 공부하지 말고 쉬어라. 알았지? 내일 아침에는 아무 탈 없이 건강한 모습으로 슈투트가르트에 가야 하니까. 지금부터 한 시간쯤 산책하고 일찍 잠자리에 들거라. 젊은 사람들은 잠을 충분히 자야 하는 법이거든."

교장이 엄하게 충고하리라 짐작하며 겁먹었던 한스는 친절하고 부드러운 격려에 어리둥절했다.

한스는 숨을 크게 내쉬며 교문을 나섰다. 커다란 키르히베르크 보리수가 늦은 오후의 따가운 햇볕에 흐릿하게 반짝였다. 시장 광장에는 커다란 분수 2개가 반짝이며 물을 뿜었다. 들쭉날쭉 늘어선 지붕들 위로 검푸른 전나무 숲이 불쑥 올라와 물결을 이루었다. 한스에게는 그 모든 것들이 오랫동안 보지 못한 풍경처럼 느껴졌다. 너무 아름답고 매혹적이었다. 소년은 머리가 지끈거렸지만 오늘은 더 이상 공부하지 않아도 된다는 생각에 홀가분했다.

한스는 어슬렁거리며 광장을 가로지르고 오래전에 지어진 시청 건물을 지나갔다. 그리고 시장 골목길을 거쳐 대장간을 지나 오래된 다리에 이르렀다. 그는 한동안 그곳을 서성거리다 넓은 난간에 걸터앉았다. 그는 몇 달 동안이나 매일 네 번씩 그곳을 지나가면서도 다리 위쪽에 있는 작은 고딕식 예배당을 본 적이 없다. 강물도,

수문과 둑, 그리고 방앗간도 눈여겨보지 않았다. 버드나무 늘어진 풀밭과 수영장이 있는 강기슭도 지나쳤다. 거기에는 피혁 공장들이 들어서 있었다. 호수처럼 깊고 푸른 강물, 그 잔잔한 수면에 닿을 듯 실버들이 활처럼 드리워 있었다.

한스는 여기서 시간을 보내던 때를 떠올려보았다. 반나절 혹은 온종일 수영이나 잠수를 하고, 노를 젓기도 하고 낚시도 했다. 아, 그 낚시! 하지만 이제는 낚시하는 법조차 잊어버렸다. 지난해 시험 준비 때문에 낚시가 금지되었을 때 그는 너무 괴로워서 눈물까지 흘렸다. 낚시! 그것은 학창 시절의 가장 즐거운 추억이었다. 실버들 그늘 아래, 물레방앗간에서 들려오는 물 떨어지는 소리, 깊고 잔잔한 물 위에 어른거리는 불빛, 길게 늘어뜨려 흔들리는 낚싯대, 물고기가 미끼를 물었을 때의 짜릿한 손맛, 낚싯줄을 잡아당겨서 차가운 물을 튀기며 꼬리를 파닥거리는 살진 물고기를 손으로 잡았을 때의 말로 다 표현할 수 없는 희열.

이따금 그는 번들거리는 잉어를 낚았다. 은빛 잉어와 긴 수염 잉어, 토실토실한 황금빛 잉어, 작지만 빛깔 좋은 연준모치. 그는 한동안 물 위를 응시했다. 푸른 강물을 바라보며 상념에 빠진 그는 왠지 슬픔이 밀려들었다. 아름답고 자유로운, 꾸밈없는 즐거움이 아주 오래전 일이 되어버렸다. 그는 무심코 호주머니에서 빵을 꺼내 작게 뭉쳐서 물속에 던졌다. 고기 떼가 빵 조각을 뜯어 먹는 광경을 지켜보았다. 처음에는 작은 고기들이 달려들어 작은 덩어리부터 먹어치우고는 큰 덩어리를 주둥이로 쪼아댔다. 그러자 더 큰 은빛 잉어가 조심스럽게 천천히 다가왔다. 넓적하고 거무스레한 등을 겨우 강바닥과 구분할 수 있었다. 은빛 잉어는 조심스럽게 주위를 맴돌다가 주둥이를 둥글게 쩍 벌려서 순식간에 빵 조각을 삼켰다.

유유히 흐르는 강물에서 후텁지근한 기운이 피어올랐다. 옅은 구름 조각들이 푸른 물 위에 희미하게 비쳤고, 물레방앗간에서는 둥근 톱니바퀴가 신음을 내며 돌아갔다. 강물은 2개의 둑에서 시원하면서도 나직하게 흘러나와 하나로 합쳐졌다.

소년은 지난 일요일 있었던 견진성사를 생각했다. 감동적인 의식이 진행되는 동안에도 그는 그리스어 동사를 외웠다. 그런 일은 종종 벌어졌다. 머릿속이 뒤엉키는 것이다. 수업하는 중에 해당 공부 대신 앞에 했거나 아니면 나중에 할 공부를 생각하곤 했다. 그래, 시험은 잘 치겠지!

한스는 멍하니 자리에서 일어섰다. 하지만 어디로 가야 할지 알 수가 없었다. 그때 억센 손이 그의 어깨를 붙잡았다. 한스는 소스라치게 놀랐다. 이내 친근한 목소리가 들렸다.

"잘 있었니, 한스. 잠시 같이 산책하지 않겠니?"

구둣방 플라이크 아저씨였다. 예전에 한스는 저녁 무렵이면 그의 곁에서 시간을 보내곤 했다. 하지만 그것도 한참 전 일이었다. 한스는 함께 걸으면서도 신앙심이 깊은 이 경건주의자의 말을 흘려들었다. 플라이크는 시험 이야기를 하면서 격려해주고 잘되기를 빈다고 했다. 그러나 정말 하려고 했던 말은, 시험이란 형식적인 것일 뿐이고 운이 많이 작용하는 일이라는 것이었다. 그 점을 한스에게 이야기해주고 싶었다. 따라서 시험에 떨어졌다고 부끄러워할 필요 없고, 아무리 뛰어난 학생도 떨어질 수 있다고 했다. 한스가 그렇게 되더라도 그것은 모든 영혼들을 지배하는 신의 특별한 섭리이며, 각자에게 정해진 길로 이끌어준다고 덧붙였다.

한스는 플라이크 아저씨에게 미안한 마음이 있었다. 그는 플라이크의 점잖고 엄숙한 성품을 존경했다. 하지만 마을 사람들은 플라이크와 함께 기도를 드리는 신자들에 대해 농담을 하며 웃음을 터뜨리곤 했다. 한스도 옳지 않은 농담이라는 것을 알면서도 덩달아 웃었다. 더구나 한스는 자신의 비겁한 행동을 부끄러워하기도 했다. 언제부터인가 아저씨의 날카로운 질문이 두려워 피해 다니다시피 한 것이다. 선생들의 자랑거리가 된 뒤로 한스는 조금 거만하게 굴었다. 플라이크는 종종 우습다는 듯이 그를 보며 교만한 태도를 누그러뜨리려고 애썼다. 그러나 소년의 마음은 좋은 뜻으로 이끌어주려는 사람에게서 자꾸 멀어지기만 했다. 한스는 한창 반항할 나이였기 때문이다. 자의식을 건드리는 모든 것을 못마땅하게 여기며 신경을 곤두세웠던 것이다. 지금도 한스는 함께 걷고 있는 아저씨가 걱정과 호의가 가득한 눈빛으로 자신을 바라보고 있다는 것을 전혀 알지 못했다.

크로넨 골목길에서 두 사람은 목사와 마주쳤다. 플라이크는 정중

하면서도 딱딱하게 인사하고 얼른 자리를 피했다. 왜냐하면 목사는 새로운 풍조를 추종할 뿐 아니라 예수의 부활도 믿지 않는다는 소문이 돌았기 때문이다. 목사는 소년과 함께 걸으면서 물었다.

"좀 어떠니? 곧 시험인데 괜찮니?"

"네, 좋아요."

"그래, 잘됐구나. 정신 바짝 차려야 해. 모두 너에게 얼마나 큰 기대를 걸고 있는지 알고 있지? 특히 라틴어 시험에서 좋은 성적을 올리기 바란다."

"그러다 시험에 떨어지면……."

한스가 수줍게 말했다.

"떨어지다니!"

목사는 깜짝 놀라며 걸음을 뚝 멈추고 덧붙였다.

"시험에 떨어지다니, 상상도 못할 일이다. 절대 있을 수 없는 일이야. 그런 생각은 하지 말거라!"

"그냥, 그렇게 되면……."

"그럴 리 없다, 한스! 절대 없고말고. 걱정 말거라. 자, 그럼 아버지께 안부 전해주거라. 힘내고."

한스는 목사의 뒷모습을 바라보고 나서 구둣방 아저씨가 걸어간 쪽을 돌아보았다. 아저씨는 뭐라고 했지?

라틴어 따위는 중요한 게 아니라고, 올바른 마음과 신에 대한 공경심만 있으면 된다고 했다. 말은 쉽지. 그리고 목사. 시험에 떨어지면 한스는 목사 앞에 나타나지도 못할 것이다.

침울한 기분으로 집에 돌아온 한스는 비탈진 작은 정원에 들어섰다. 거기에는 오래전부터 거의 쓰지 않는 허물어지다시피 한 정자가 있었다. 예전에 한스는 그 안에 판자로 토끼집을 만들어 3년 동안 토끼를 길렀다. 하지만 지난가을 시험공부 때문에 토끼를 모두 빼앗겼다. 그 뒤로 한스는 기분 전환을 위해 뭔가를 할 시간이 전혀 없었다.

한스가 정원에 들어온 것도 실로 오랜만이었다. 텅 빈 토끼집은 곧 쓰러질 것 같았고, 벽 모서리 종유석은 이미 무너졌다. 작은 나무 물레바퀴는 뒤틀리고 깨진 채 수도관 옆에 나뒹굴었다. 한스는 즐거웠던 어린 시절을 떠올렸다. 그는 이 모든 것을 만들고, 깎고, 손질했다. 2년 전의 일이 옛날처럼 느껴졌다. 그는 작은 물레바퀴를 집어 들고 마구 구겨서 완전히 못 쓰게 만든 다음 울타리 너머로 던져버렸다. 쓸데없는 물건은 없애버려야 한다. 정말이지 이미 오래전에 다 끝난 일이었다.

그때 학교 친구 아우구스트가 불현듯 떠올랐다. 물레바퀴를 만들고 토끼집을 고칠 때 도와주던 친구였다. 둘은 이곳에서 새총으로 돌멩이를 쏘며 놀기도 하고, 고양이를 잡으려고 쫓아다니기도 하고, 천막을 치기도 했다. 쉴 때는 홍당무를 씻지도 않고 그냥 먹기도 했다. 그러다 한스는 공부에 전념해야 했고, 1년 전에 학교를 그만둔 아우구스트는 기계 견습공이 되었다. 그 후로 아우구스트를 두 번밖에 보지 못했다. 그도 시간이 없었다.

구름 그림자가 빠르게 골짜기 너머로 사라졌고, 해는 이미 산기슭에 닿아 있었다. 소년은 아무 데나 쓰러져 울고 싶은 충동이 솟구쳤다. 그러나 소년은 그 대신 헛간에 들어가 손도끼를 가지고 나와 가느다란 팔을 마구 휘두르며 토끼집을 산산이 부숴버렸다. 나뭇조각들이 사방에 튀었고, 못은 삐걱하며 구부러졌다. 작년 여름에 넣어두었던 썩은 토끼 먹이가 튀어나왔다. 한스는 손도끼를 마구 휘둘러 닥치는 대로 깨부쉈다. 토끼와 친구 아우구스트, 그리고 어린 시절의 추억을 모두 없애버리려는 듯이.

"아니, 얘야! 지금 뭐 하는 거냐? 무슨 짓이야?"

아버지가 창가에 서서 소리쳤다.

"장작을 패는 거예요."

한스는 더 이상 대답하지 않고 손도끼를 팽개치더니 정원을 가로질러 갔다. 골목길로 나선 그는 강기슭을 따라 올라갔다. 멀리 양조장 부근에 뗏목 2개가 매어 있었다. 예전에는 가끔 뗏목을 타고 강을 떠내려가곤 했다. 햇볕이 내리쬐는 여름날 오후 강물에 철썩거리는 뗏목을 타고 강을 내려가면 마음이 잔뜩 들뜨기도 하고 졸음이 쏟아지기도 했다. 한스는 줄이 풀린 채 강물에 둥실 떠 있는 뗏목에 올라탔다. 그리고 버드나무 가지 더미에 드러누워 상상의 나래를 폈다. 뗏목이 떠내려갔다. 빠르게, 때로는 느리게. 뗏목은 초원과 밭, 마을과 시원한 숲을 지나 수문과 다리 밑을 빠져나갔다. 그는 지금 뗏목에 누워 있었다. 마치 모든 것이 예전 그대로인 것 같았다. 카프베르크에서 토끼 먹이를 뜯기도 하고, 피혁 공장 옆 강변에 걸터앉아 낚시하던 때, 두통도 없고, 걱정 근심도 없던 그때 그대로.

한스는 지친 몸과 마음으로 집에 돌아왔다. 슈투트가르트의 시험이 코앞이었다. 아버지는 몹시 들떠서 연신 한스에게 물었다. 책은 가방에 넣었느냐, 검정 양복은 준비했느냐, 가면서 문법 공부를 할 거냐, 기분은 어떠냐. 한스는 못마땅한 투로 무뚝뚝하게 간단히 대답하고, 저녁을 제대로 먹지도 않고 잠자리에 들겠다고 인사했다.

"잘 자거라, 한스! 푹 자거라. 아침 6시에 깨워주마. 그 '사전' 잊지 않았겠지?"

"그럼요. 그 '사전' 챙겼어요. 그럼 안녕히 주무세요."

한스는 한동안 불도 켜지 않은 채 작은 방에 혼자 앉아 있었다. 이 작은 방은 시험이 그에게 가져다준 단 하나의 혜택이었다. 이 방에서 한스는 누구의 간섭도 받지 않는 왕이었다. 여기서 그는 피로와 졸음과 수시로 엄습하는 두통과 싸워가며 밤늦도록 카이사르, 크세노폰, 문법과 사전, 그리고 수학 문제에 몰두했다. 자부심과 공명심에 불타 끈질기게 매달리면서도 가끔은 좌절에 빠지기도 했다. 그러나 이곳에서 잃어버린 어린 시절의 즐거움 이상으로 가치 있는 시간을 보냈다. 자부심과 승리감과 도취에 가득 찬 꿈같은 시간이었다. 그때 그는 학교나 시험, 그 밖의 모든 것을 초월하는 더 높은 것을 꿈꾸었다. 자기는 볼이 토실토실하고 얌전한 학교 친구들하고는 비할 수도 없는 뛰어난 사람이며, 언젠가는 세상과 동떨어진 더 높은 곳에서 그들을 굽어보리라는 생각에 우쭐하고 거만한 행복감에 젖어들었다.

한스는 지금도 그 작은 방에 자유롭고 상쾌한 공기가 가득한 듯 크게 숨을 들이쉬었다. 그러고는 멍하니 침대에 앉아 꿈과 기대에 찬 상상을 하며 몇 시간을 보냈다. 이윽고 하얀 눈꺼풀이 내려와 그의 지친 커다란 눈동자를 덮었다. 다시 눈을 뜨고 한 번 깜박하더니 곧 다시 감겼다. 소년의 창백한 얼굴이 여윈 어깨 위로 기울어지고, 가느다란 두 팔이 축 늘어졌다. 한스는 옷을 입은 채 잠들었다. 어머니처럼 다정하고 부드러운 졸음의 손길이 불안하게 고동치는 심장을 어루만지고, 매끈한 이마의 잔주름을 펴주었다.

지금까지 한 번도 없던 일이었다. 이른 새벽 교장이 직접 기차역까지 배웅을 나온 것이다. 검정 프록코트를 입은 기벤라트 씨는 기쁨과 자부심으로 잔뜩 흥분해서 가만히 있지 못했다. 그는 애가 타는 듯 교장과 한스 주위를 조급하게 서성거리면서, 아들의 합격을 바란다며 즐거운 여행 되라는 역장과 역무원들의 인사를 받았다. 작고 딱딱한 여행 가방을 양손에 번갈아 옮겨 들기도 하고, 우산을 팔에 끼웠다 무릎에 끼웠다 하는가 하면, 몇 번이나 우산을 떨어뜨리고 줍는 것이었다. 사람들은 그를 보고 이런 생각을 했을 것이다.

그가 기차를 타고 슈투트가르트를 가는 게 아니라 미국에 가는 것이라고 말이다. 아들은 무척 침착해 보였으나, 사실 속으로는 불안감이 목까지 차올랐다.

이윽고 기차가 역으로 들어와 멈추자 아버지와 아들이 올라탔다. 교장은 손을 흔들어 인사했다. 아버지는 담뱃불을 붙였다. 마을과 강이 골짜기 아래로 사라졌다. 두 사람에게 기차 여행은 되레 고역이었다.

슈투트가르트에 도착하자마자 아버지는 활력을 되찾았다. 활기차고 상냥하며 사교적인 사람처럼 굴었다. 주의 수도에 와서 며칠 머물게 된 시골뜨기의 희열, 바로 그것이었다. 그러나 한스는 점점 더 말수가 줄어들고 침울했다. 도시를 보니 가슴이 답답하고 불안했다. 낯선 얼굴, 위압적으로 높이 솟은 휘황찬란한 건물들, 끝이 보이지 않을 정도로 길게 뻗은 도로, 마찻길, 거리의 소음에 한스는 겁이 날 뿐 아니라 괴롭기까지 했다.

그들은 숙모 댁에서 묵기로 했다. 낯선 공간, 친절을 베풀려는 숙모의 수다, 계속 앉아 있어야 하는 자리, 그칠 줄 모르는 아버지의 격려의 말들에 소년은 거의 바닥에 쓰러질 지경이었다.

한스는 당황스러운 기분으로 어색하게 움츠리고 앉아 있었다. 낯선 환경, 숙모의 도회적인 옷차림, 큰 무늬의 양탄자, 탁상시계, 벽화, 창 너머 시끌벅적한 거리를 바라보면서 무기력한 기분에 사로잡혔다. 마치 꽤 오래전에 집을 떠나온 것 같기도 했고, 힘들게 배운 지식을 한꺼번에 잊어버린 듯한 기분이 들기도 했다.

오후에 그리스어 불변화사를 한 번 더 훑어보려고 했는데, 숙모가 산책을 나가자고 했다. 그 순간 한스의 마음속에 푸른 초원이 떠오르고 숲 속에서 나뭇잎이 바람에 사각거리는 소리가 들렸다. 그래서 기꺼이 숙모를 따라나섰다. 그러나 대도시의 산책은 고향 마을의 산책과 달랐다.

아버지는 시내에서 할 일이 있었으므로 한스는 숙모와 둘이 나갔다. 그런데 층계에서부터 불행이 시작되었다. 2층에서 거만해 보이는 뚱뚱한 부인과 마주쳤는데, 숙모가 무릎을 굽혀 인사하자 그 부인이 청산유수로 지껄이기 시작했던 것이다. 그 자리에 선 채로 무려 15분이나 이야기가 계속되었다. 한스는 난간에 기대서 있었다. 부인이 데리고 나온 강아지가 한스의 냄새를 맡으며 킁킁거리기도 하고 으르렁거리며 짖기도 했다. 한스는 두 사람이 자기 얘기를 하고 있다는 것을 어렴풋이 짐작했다. 처음 보는 그 뚱뚱한 부인이 코안경 너머로 몇 번이나 한스를 위아래로 훑어보았던 것이다.

거리에 나오자마자 숙모는 어느 상점으로 들어가더니 한참이 지나도 나오지 않았다. 한스는 부끄러운 기색으로 길거리에 우두커니 서 있었다. 사람들이 지나가면서 그를 밀치기도 하고, 거리에서 노는 아이들이 그를 보고 놀리기도 했다. 상점에서 나온 숙모는 한스에게 커다란 초콜릿을 하나 주었다. 그는 초콜릿을 좋아하지 않는데도 고맙다고 인사하며 정중하게 받았다. 그들은 다음 모퉁이에서 마차를 탔다. 사람들을 가득 태운 마차는 쉴 새 없이 종을 울리며 달려갔다. 마침내 큰 가로수 길 옆 공원에 도착했다. 분수에서 물이 솟구치고, 울타리를 친 화초밭에 꽃이 만발했다. 작은 인공 연못에는 금붕어가 놀고 있었다.

사람들은 왔다 갔다 하는가 하면, 원을 그리듯이 빙빙 돌기도 했다. 수많은 얼굴, 갖가지 멋진 옷차림, 자전거, 환자들 휠체어와 유모차도 보였다. 사람들의 말소리로 주위가 시끄러웠고, 공기는 후텁지근한 데다 먼지투성이였다.

마침내 두 사람도 다른 사람들과 나란히 벤치에 앉았다. 줄곧 쉬지 않고 이야기를 하던 숙모는 자리에 앉아 신음을 내뱉듯 크게 숨을 내쉬고 상냥한 눈빛으로 소년을 쳐다보았다. 그리고 초콜릿을 먹으라고 권했다. 그러나 한스는 먹고 싶지 않았다.

"왜 그러니? 사양하지 말고 어서 먹으래도. 자, 어서!"

한스는 초콜릿을 꺼내 은종이를 만지작거리다 할 수 없이 작게 한 조각 떼어 입에 넣었다. 초콜릿을 별로 안 좋아한다고 숙모에게 말할 수도 없었다. 한스가 억지로 초콜릿을 삼키려고 할 때였다. 숙모는 아는 사람을 발견하고는 말했다.

"여기 좀 있거라. 얼른 갔다 올 테니!"

그러고는 곧바로 달려갔다.

한스는 안도의 숨을 크게 내쉬고는 들고 있던 초콜릿을 잔디밭에 던져버렸다. 그런 다음 박자를 맞춰 몸을 흔들면서 걸어갔다. 사람들을 바라보고 있으니 자신이 초라하게 느껴져 기분이 좋지 않았다. 한스는 불규칙동사를 외워보려고 했으나 경악스럽게도 하나도 기억나지 않았다. 깡그리 잊어버린 것이다. 바로 내일이 시험인데.

조금 뒤 숙모가 돌아왔다. 숙모는 올해 주 시험에 118명이 응시했다고 말했다. 36명을 뽑는데 말이다. 소년은 완전히 풀이 죽어 집으로 오는 내내 한마디도 하지 않았다. 집에 돌아오자 한스는 두통이 나는 데다 식욕이 떨어져 아무것도 먹지 못했다. 아버지는 크게 꾸짖었고, 숙모도 못마땅해했다.

한스는 잠을 자기는 했지만 무서운 꿈에 시달렸다. 그는 다른 수험생 117명과 함께 시험장에 앉아 있었다. 시험관은 고향의 목사 같기도 했고, 숙모 같기도 했다. 한스 앞에는 초콜릿이 산더미처럼 쌓여 있었고, 그는 그것을 다 먹어야 했다. 자기 앞에 놓인 초콜릿을 다 먹어치운 아이들은 차례로 일어나 작은 문을 나갔다. 하지만 한스 앞에 놓인 초콜릿 더미는 점점 커지기만 했다. 마지막에는 초콜릿이 책상과 의자 위까지 넘쳐 한스는 당장이라도 거기에 깔려 죽을 것 같았다.

다음 날 아침, 한스는 시험장에 늦지 않게 가려고 커피를 마시면서도 시계에서 눈을 떼지 않았다. 그 시각 고향 사람들은 그를 생각하고 있었다. 우선 구둣방 플라이크 아저씨는 아침 수프를 들기 전에 기도를 올렸다. 가족과 숙련공들, 그리고 견습생 둘이 함께 둘러앉은 식탁에서. 그는 늘 하던 아침 기도에 몇 마디 덧붙였다.

"주여! 오늘 시험을 치르는 한스 기벤라트를 보살펴주시고, 그에게 축복을 내려주소서. 그에게 힘을 주시고, 주님의 거룩한 이름을 세상에 알리는 올바르고 굳센 일꾼이 되게 하소서."

목사는 한스를 위해 기도하지는 않았다. 하지만 아내에게 이렇게 말했다.

"기벤라트가 시험을 치를 시간이오. 두고 보시오. 그 애는 분명 훌륭한 사람이 되어서 모두 그를 주목할 것이오. 그러니 라틴어를 가르친 것이 헛일은 아닌 게지."

담임선생은 수업을 시작하기 전 학생들에게 말했다.

"곧 슈투트가르트에서 주 시험이 시작될 것이다. 기벤라트가 잘 치르기를 빌자. 물론 행운 같은 건 필요도 없겠지만. 너희 같은 게으름뱅이 10명을 갖다 대도 모자랄 만큼 똑똑한 녀석이니까."

학생들도 모두 그 자리에 없는 한스를 생각했다. 한스의 합격을 가지고 내기를 건 학생들은 더욱 그랬다.

진정 어린 기원과 관심은 공간을 뛰어넘어 멀리까지 전달되는 법이다. 한스는 고향에 있는 모든 사람들의 마음을 느낄 수 있었다. 그는 두근거리는 가슴으로 조교의 지시에 따라 아버지와 함께 시험장으로 들어갔다. 몹시 두렵고 조심스러웠다. 강당에는 낯빛이 파리한 소년들이 가득 들어차 있었다. 마치 고문실에 갇힌 범죄자 같았다. 교사가 들어와서 정숙하라고 주의를 준 다음 라틴어 문체 연습 원문을 받아쓰라고 했다. 그제야 한스는 안도의 한숨을 내쉬었다. 문제가 너무 쉬웠던 것이다. 그는 흥에 겨울 만큼 가벼운 마음으로 얼른 문안을 작성하고, 바른 필체로 신중하게 정서해나갔다. 한스는 수험생들 중 답안지를 가장 먼저 제출했다.

한스는 시험을 치르고 숙모 집으로 돌아가다 그만 길을 잃고 말았다. 무더운 도시의 거리를 2시간이나 헤매다가 겨우 방향감각을 되찾았지만 기분이 나쁘지 않았다. 오히려 잠시나마 아버지나 숙모와 떨어져 혼자 있어서 좋았다. 낯설고 시끄러운 주 수도의 거리를 걷고 있으니 마치 두려움을 모르는 모험가가 된 기분이었다. 한스는 시내를 헤매고 다니며 길을 묻고 또 물어본 끝에 겨우 숙모 집으로 돌아왔다. 집에 도착하자 그에게 쉴 새 없이 질문이 쏟아졌다.

"어떻게 됐니? 어떻더냐? 시험은 잘 봤니?"

"쉬웠어요. 5학년 때 벌써 해석했던 거였어요."

한스는 의기양양하게 대답했다.

배가 너무 고팠던 그는 다급하게 음식을 먹어치웠다.

오후는 별달리 할 일이 없었다. 그러자 아버지는 친구와 친지를 만나는 자리에 한스를 데리고 나갔다. 그중 어느 집에서 우연히 주시험을 치려고 괴핑겐에서 온 소년을 만났다. 검정 옷을 입은 소년은 수줍은 듯했다. 한스와 소년은 주위 사람들을 신경 쓰지 않고 어색해하면서도 호기심 어린 눈으로 서로를 쳐다보았다.

"라틴어 문제 어땠어? 쉬웠지, 그렇지?"

한스가 물었다.

"그래, 굉장히 쉬웠어. 하지만 그래서 문제라는 거야. 쉬운 문제에서 실수하기가 더 쉽거든. 주의를 집중하지 않으면 말이야. 그게 바로 함정이야. 틀림없어."

"정말이야?"

"물론이지. 그들이 바보가 아닌 다음에야."

조금 놀란 한스는 생각에 잠겼다가 머뭇거리며 말했다.

"너 시험 문제 갖고 있니?"

괴핑겐 소년이 공책을 가져왔다. 두 소년은 단어 하나하나 빠짐없이 차근차근 살펴보며 문제를 검토했다. 괴핑겐 소년은 라틴어를 잘하는 것 같았다. 소년은 한스가 들어보지 못한 문법 용어를 적어도 두 번이나 입에 올렸다.

"내일은 무슨 시험이야?"

"그리스어와 작문."

괴핑겐 소년은 한스의 학교에서는 몇 명이나 왔느냐고 물었다.

"나 혼자 왔어. 나뿐이야."

"그래? 괴핑겐에서는 12명이나 왔는데! 그중 셋은 굉장히 똑똑한 애들이야. 모두 그 셋 중에서 일등이 나올 거라고 기대하고 있어. 작년에도 괴핑겐에서 수석을 차지했거든. 그런데 너는 시험에 떨어지면 김나지움(독일의 중등 교육기관—옮긴이)에 입학할 거니?"

한스는 지금까지 이 문제를 생각해본 적이 없다.

"글쎄…… 모르겠어. 아니야, 가지 않을 거야."

"그래? 나는 떨어져도 계속 공부할 거야. 엄마가 울름에 보내주신 댔어."

소년의 말을 듣고 한스는 너무 놀랐다. 천재 3명을 포함해 괴핑겐에서 온 12명의 응시생들이 두려웠다. 한스는 감히 그들 앞에 나설 엄두도 나지 않았다.

한스는 집에 돌아오자마자 책상 앞에 앉았다. 그리고 'mi'로 끝나는 동사를 다시 한번 살펴보았다. 그는 라틴어 걱정은 전혀 하지 않았다. 심지어 자신 있었다. 하지만 그리스어는 조금 달랐다. 그는 푹 빠질 정도로 그리스어를 좋아했지만, 읽는 것에 국한되었다. 특히 '크세노폰'의 글은 유려하고 감동적이며 깔끔한 문체로 씌어 있었다. 그리고 경쾌하고 사랑스럽고 힘찬 울림과 멋진 자유정신이 흘렀다.

그리스어를 읽고 이해하기는 쉬웠다. 하지만 문법을 익히거나 독일어를 그리스어로 번역할 때 서로 다른 문법과 형식 때문에 미로를 헤매는 느낌이었다. 그럴 때는 그리스어 알파벳도 읽지 못하던 첫 수업 때의 두려움이 다시 솟구치는 것이었다.

다음 날은 예정된 순서대로 그리스어와 독일어 작문 시험이었다. 그리스어 문제는 꽤 길고 어려웠다. 작문의 주제는 자칫 제대로 파악하지 못할 수도 있을 만큼 까다로웠다. 10시가 되자 시험장은 찌는 듯이 무더웠다. 한스는 썩 좋지 않은 펜으로 그리스어 답안지를 써 내려가다가 종이를 두 장이나 버렸다. 작문 시간에는 옆에 앉은 학생 때문에 무척 곤혹스러웠다. 그 학생은 뻔뻔스럽게도 질문을 적은 종이쪽지를 내밀면서 답을 가르쳐달라고 한스의 옆구리를 쿡쿡 찌르는 것이었다. 시험을 치르는 중에 옆에 앉은 수험생과 이야기해서는 안 된다. 이를 어기면 당장 시험장에서 쫓겨나고 만다. 한스는 두려워하면서 종이쪽지에 '그러지 말라'고 써서 건네고는 등을 돌려버렸다.

너무 더운 날씨였다. 쉬지 않고 책상 사이를 왔다 갔다 하던 감독관들도 손수건으로 연신 얼굴의 땀을 닦았다. 견진성사 예복이었던 두꺼운 옷을 입은 한스는 땀이 잔뜩 배고 머리까지 아팠다. 결국 그는 만족스럽지 않은 답안지를 제출했다. 자기가 적은 답이 모조리 틀리기라도 한 듯, 시험을 완전히 망친 듯이.

식사를 하는 동안 한스는 한마디도 하지 않았다. 죄를 지은 사람의 표정으로 쏟아지는 질문에 그저 어깨만 으쓱할 뿐이었다. 숙모는 그의 기분을 달래주려고 했지만, 감정이 격해진 아버지는 불쾌한 기색을 감추지 못했다. 식사를 하고 나서 아버지는 한스를 데리고 옆방으로 들어가 다시 한번 캐물었다.

"잘 못 봤어요."

한스가 대답했다.

"좀더 신중하게 했어야지. 정신 바짝 차리고 말이야. 젠장!"

아무 대꾸도 하지 않던 한스는 아버지가 계속 질책하자 얼굴을 붉히며 말했다.

"아버지는 그리스어도 모르시면서!"

2시에 구술시험을 치르는데 한스는 가고 싶지 않았다. 왜냐하면 가장 두려운 시험이었기 때문이다. 그는 비참한 기분에 잠겨 햇볕이 뜨겁게 내리쬐는 시내를 걸어갔다. 한스는 불안감과 초조함에 더해 현기증까지 일어 눈조차 제대로 뜰 수 없었다.

커다란 녹색 책상 앞에 시험관 3명이 앉아 있었다. 한스는 그들 앞에 앉아 10분 동안 라틴어 문장 몇 개를 번역한 다음 질문에 대답했다. 그리고 다른 시험관 3명 앞에 앉아 10분 동안 또다시 그리스어 문장을 번역하고 질문에 대답했다. 마지막으로 한스는 불규칙동사의 과거 부정형에 대해 질문을 받았지만 전혀 대답하지 못했다.

"이제 나가도 됩니다. 저기, 오른쪽 문으로!"

걸어 나가던 한스는 문 앞에서 걸음을 뚝 멈췄다. 과거 부정형이 생각난 것이다.

"나가세요! 나가라고요! 혹시 어디 불편해요?"

시험관이 소리쳤다.

"아닙니다. 과거형이 생각났습니다."

한스는 돌아서서 동사의 변화를 큰 소리로 외쳤다. 그는 시험관 한 명이 웃는 것을 보았다. 그리고 타는 듯 뜨거운 머리를 손으로 감싸고 밖으로 뛰쳐나왔다. 시험관들의 질문과 자신의 대답을 떠올려보려고 했지만 머릿속이 엉망진창이었다. 커다란 녹색 책상과 프록코트 차림으로 엄숙한 표정을 짓고 있는 나이 든 시험관 셋, 책상

위에 펼쳐져 있던 책과 그 위에 놓여 있던 자신의 떨리는 손만 어지럽게 떠오를 뿐이었다. 아, 대체 어떤 대답을 했지?

한스는 거리를 걸어갔다. 마치 이곳에 온 지 몇 주일은 된 것 같았다. 그리고 영원히 여기서 벗어날 수 없을 것만 같았다. 고향 집 정원과 전나무가 우거진 푸른 산, 강가의 낚시터, 그 모든 것이 너무나 아득하게 느껴졌다. 마치 오래전 한 번 봤을 뿐인 것 같았다. 아, 오늘이라도 당장 집에 돌아갈 수 있다면! 여기 있을 이유가 전혀 없었다. 어쨌든 시험을 망치지 않았는가.

한스는 우유 빵을 하나 사서 들고 오후 내내 거리를 이리저리 돌아다녔다. 아버지에게 변명을 늘어놓고 싶지 않았던 것이다. 집에 돌아오니 모두 그를 걱정하고 있었다. 지치고 가엾어 보이는 한스의 모습을 보고 달걀 수프를 먹이고 빨리 자라고 했다. 내일 수학과 종교 시험을 치르고 나면 집으로 돌아갈 수 있다.

다음 날 오전 시험은 잘 치렀다. 어제 이미 중요한 과목을 그르쳤는데, 오늘은 모든 문제가 술술 풀리다니 아이러니가 아닐 수 없었다. 한스는 기분이 씁쓸했다. 하지만 아무래도 좋았다. 이제 이곳을 떠날 수 있다. 집으로.

"시험이 다 끝났어요. 이젠 집으로 돌아가면 돼요."

한스가 숙모에게 말했다.

아버지는 하루 더 있고 싶어 했다. 가족 모두 칸슈타트의 온천 공원에 가서 함께 커피를 마시자는 것이었다. 그러나 한스는 혼자라도 오늘 떠나고 싶다고 했다. 아들의 간청에 아버지는 하는 수 없이 허락했다. 가족들이 역까지 나와 한스를 배웅해주었다. 한스는 기차표를 들고 숙모와 작별 키스를 했다. 숙모가 그에게 먹을거리를 건네주었다. 한스는 피곤한 나머지 기차 안에서 아무 생각도 하지 않았다. 기차는 푸른 구릉지를 달려 고향으로 향했다. 검푸른 전나무 숲이 보이자 비로소 소년은 구원을 받은 듯 기쁨이 밀려들었다. 늙은 하녀와 자신의 작은 방, 교장과 천장 낮은 정든 교실, 그 모든 것들을 만날 기쁨과 기대에 들떴다.

다행히 기차역에는 호기심 가득한 얼굴로 반기는 낯익은 얼굴이 전혀 보이지 않았다. 한스는 작은 가방을 들고 사람들 눈에 띄지 않게 얼른 집으로 돌아갔다.

"슈투트가르트에서 즐거웠어요?"

늙은 하녀 안나가 물었다.

"즐거웠냐고요? 시험이 어떻게 즐거울 수가 있어요? 돌아온 것만으로도 기쁠 뿐이에요. 아버지는 내일 오신대요."

한스는 신선한 우유를 한 잔 들이켜고 창 앞에 걸린 수영복을 집어 들고 밖으로 뛰어갔다. 하지만 많은 사람들이 수영을 즐기는 강가 풀밭으로 가지 않았다.

한스는 시내에서 꽤 먼 '바게(waage)'까지 갔다. 우거진 덤불 사이로 강물이 흐르는데 물살이 세지 않고 수심이 깊었다. 한스는 옷을 벗고 먼저 손발을 물속에 담갔다. 물이 차가워 몸이 떨리기는 했지만, 재빨리 물속으로 들어갔다. 한스는 느린 물살을 거슬러 서서히 헤엄쳤다. 그러자 지난 며칠 동안 쌓였던 땀과 두려움이 스르르 떨어져 나가는 것 같았다. 강물이 연약한 그의 몸을 시원하게 쓰다듬자 새로운 의욕이 차오르면서 그제야 한스의 영혼은 아름다운 고향에 다시 온 것 같았다.

힘껏 헤엄쳐 가던 한스는 잠시 쉬었다 또다시 헤엄쳤다. 차갑고 시원하면서도 피로가 몰려왔다. 반듯이 드러누운 채로 물살에 가만히 떠내려갔다. 날파리들이 황금빛 원을 그리며 날아갔다. 한스는 희미한 날갯짓 소리에 귀 기울이고, 작은 제비 떼가 늦은 저녁 하늘을 가로질러 날아가는 모습을 바라보았다. 태양은 이미 산 너머로 기울었고, 하늘은 붉게 물들었다. 한스는 옷을 입고 꿈결 같은 기분에 잠겨 집으로 걸어갔다. 어느덧 골짜기는 어둠에 잠겼다.

한스는 상인 자크만의 정원을 지나갔다. 아주 어렸을 때 친구 몇 명과 그 정원에 몰래 들어가 풋자두를 따 먹곤 했다. 이어서 한스는 하얀 전나무 목재가 널려 있는 키르히너 목재장을 지나갔다. 낚시를 하러 갈 때면 언제나 그곳 목재 더미 밑에서 미끼로 쓸 지렁이를 잡았다. 감독관 게슬러의 작은 집 앞을 지나가기도 했다. 2년 전 한스는 스케이트를 타면서 게슬러의 딸 엠마에게 말을 걸고 싶었다. 한스와 같은 나이인 그녀는 마을에서 가장 예쁘고 품위 있는 여학생이었다. 그때 한스는 그녀하고 이야기를 나누고 그녀의 손을 잡아보는 것이 소원이었다. 하지만 그 소원은 이루어지지 않았다. 너무 수줍음이 많았기 때문이다. 그 뒤 엠마는 기숙사에 들어갔고, 지금은 그녀의 얼굴조차 가물가물했다.

기억 저편으로 사라졌던 어린 시절의 일들이 희미하게 떠오르기 시작했다. 그 어떤 기억보다 짙은 색채를 띠고 가슴 두근거리는 묘한 향기를 풍기면서. 그때는 저녁이 되면 나숄트 씨 집에 놀러 갔다. 그곳 안채로 이어지는 통로에서 리제가 감자를 깎으면서 옛날이야기를 들려주었다. 일요일에는 아침 일찍 일어나 마음이 꺼림칙하면서도 둑 밑으로 달려가 바지를 걷어 올리고 가재와 금붕어를 잡았다. 외출복을 흠뻑 적시고 돌아와 아버지에게 매를 맞은 적도 있다.

그 시절에는 수수께끼 같은 일들과 이상한 사람들이 굉장히 많았다. 오랫동안 한스는 그 모든 것을 잊고 지냈다. 목이 삐뚤어진 구둣방 슈트로마이어 아저씨. 사람들은 그가 아내를 독살했다고 믿었다. 그리고 배낭을 짊어지고 나무 지팡이를 짚고 주 곳곳을 돌아다니던 모험가 베크 씨. 사람들은 늘 '씨'를 붙여서 그의 이름을 불렀다. 한때 마차와 말 네 필을 가지고 있던 부자였기 때문이다.

한스의 기억에는 이 모든 사람들의 이름만 남아 있을 뿐이었다. 좁고 어두운 골목길의 세계가 자신에게서 완전히 사라졌다고 생각했다. 그렇다고 다른 생기 넘치는 추억이나 체험도 없으면서.

다음 날도 하루 종일 쉴 수 있었다. 한스는 늦잠을 자고 마음껏 자유를 누렸다. 오후에는 아버지를 마중하러 기차역에 나갔다. 슈투트가르트에서 즐거운 시간을 보내고 온 아버지는 아직도 그 기분에 젖어 있었다.

"합격하면 네가 원하는 건 뭐든 들어주마. 미리 생각해두거라."

아버지가 유쾌하게 말했다.

"아니에요. 망쳤어요. 떨어졌다고요."

소년이 한숨 지으며 말했다.

"바보 같은 소리 마라! 왜 그런 말을 하느냐. 쓸데없는 소리 하지 말고, 내 마음 변하기 전에 원하는 걸 말해보거라."

"방학이 되면 낚시하고 싶어요. 그래도 되죠?"

"물론 되고말고. 시험에 합격하기만 한다면야."

다음 날은 일요일이었다. 아침에 세찬 바람이 휘몰아치더니 소나기가 퍼부었다. 한스는 자기 방에 틀어박혀 책을 읽거나 생각에 잠겼다. 그는 슈투트가르트에서 본 시험 문제를 다시 한번 꼼꼼히 살펴보았다. 하지만 자기가 큰 실수를 저질렀고, 더 잘 볼 수도 있었다는 생각밖에 들지 않았다. 이제 합격은 꿈꿀 수도 없었다. 어쩔한 두통과 더불어 불안감이 엄습했다. 걱정과 근심을 견딜 수 없었던 한스는 아버지를 찾아갔다.

"저, 아버지!"

"그래, 무슨 일이냐?"

"여쭤볼 게 있어서요. 아까 말씀하신 소원 말이에요…… 낚시는 안 할래요."

"그러려무나. 그런데 지금 왜 그 얘기를 꺼내는 거냐?"

"왜냐하면…… 여쭤보고 싶은 게 있어서요. 혹시……."

"뜸 들이지 말고 어서 말해보거라. 보기 싫게 그러고 있지 말고. 그래, 무슨 말이 하고 싶은 거냐?"

"시험에 떨어지면 김나지움에 가도 돼요?"

잠시 할 말을 잊었던 기벤라트 씨는 곧 펄쩍 뛸 듯이 소리쳤다.

"뭐라고? 김나지움? 네가 김나지움에 간다고? 대체 누가 그런 걸 가르쳐주던?"

"누가 가르쳐준 게 아니라, 그냥 생각해본 거예요."

소년의 얼굴에는 극도의 공포가 서려 있었지만 아버지는 그것을 알아채지 못했다. 아버지는 어이없는 웃음을 지으며 말했다.

"그만 나가거라. 어서! 네가 지금 마음이 불안해서 그러는 거다. 김나지움이라니! 이 아버지가 상공회의소 고문이라도 되는 줄 아느냐?"

아버지는 손까지 내저으면서 단호하게 반대했다. 한스는 절망스러운 기분으로 고개를 떨구고 밖으로 나왔다. 등 뒤에서 소리치는 아버지의 목소리가 들렸다.

"사내 녀석이, 원! 세상에, 그게 말이나 되느냐? 김나지움에 갈 생각을 하다니. 네 맘대로 하거라. 대체 생각이 있는 거야?"

한스는 30분 동안 창턱에 걸터앉아 깨끗한 마룻바닥을 응시했다. 신학교도 떨어지고, 김나지움에도 갈 수 없으면 어떻게 될지 상상해보았다. 견습공으로 치즈 가게나 사무실에 들어가서 일할 것이다. 자신이 그토록 경멸하고, 좋지 않은 시선으로 바라보던 불쌍한 사람들처럼 살아갈 것이다. 영리하고 귀여운 한스의 얼굴이 분노와 고통으로 일그러졌다. 분한 마음을 못 이기고 벌떡 일어난 그는 침을 탁 뱉더니 옆에 있던 라틴어 독본을 집어 힘껏 벽에 던졌다. 그리고 빗속으로 뛰쳐나갔다.

월요일 아침 일찍 한스는 학교에 갔다.

"잘 지냈니, 한스? 어제 나를 찾아올 줄 알았는데. 그래, 시험은 어땠니?"

교장이 손을 내밀며 말했다.

한스는 대답 대신 고개를 떨궜다.

"왜 그러니? 잘 못 본 거냐?"

"그런 것 같아요."

"일단 조금만 기다려보자! 오전 중으로 슈투트가르트에서 소식이 올 거다."

나이 든 교장이 한스를 달래주었다.

오전은 끔찍하리만큼 더디게 흘렀다. 아무 소식도 오지 않았다. 한스는 속으로 울음을 삼키느라 점심도 제대로 먹지 못했다.

오후 2시, 한스가 교실로 들어갔다. 담임선생은 벌써 와 있었다.

"한스 기벤라트!"

담임선생이 큰 소리로 불렀다.

한스가 다가가자 그가 손을 내밀며 말했다.

"축하한다, 기벤라트! 네가 2등으로 합격했다는구나."

교실에는 기쁨의 정적이 흘렀다. 문이 열리고 교장이 들어왔다.

"축하한다. 이제 무슨 말이든 해보거라."

소년은 너무 놀라고 기뻐서 정신을 차릴 수 없었다.

"왜 아무 말이 없느냐?"

"그걸 알았다면…… 일등도 할 수 있었을 거예요."

한스는 자기도 모르게 이런 말을 내뱉었다.

"그만 집에 가도 좋다. 어서 가서 아버지께 전하거라. 이젠 학교에 나오지 않아도 된단다. 뭐, 어차피 일주일 뒤에 방학이지만."

소년은 어쩔한 기분으로 거리를 걸어갔다. 죽 늘어선 보리수와 햇볕이 내리쬐는 광장이 보였다. 모든 것이 예전과 다름없었지만, 왠지 아름답고, 의미 있고, 즐겁게 느껴졌다. 시험에 합격했다니! 그것도 2등으로! 처음 솟구쳤던 기쁨의 물결이 잦아들자 이제는 감사하는 마음이 서서히 솟아올랐다. 목사를 피해 다니지 않아도 된다. 상급 학교에서 계속 공부할 수 있다. 치즈 가게나 사무실 점원이 될 걱정을 할 필요도 없다.

이제 낚시도 다시 할 수 있다. 한스가 집으로 들어섰을 때 아버지는 현관에 서 있었다.

"무슨 소식 있었니?"

아버지가 슬며시 물었다.

"별건 아니고요, 이제 학교에 오지 말래요."

"뭐라고? 그게 무슨 소리냐?"

"이제 신학생이 되었으니까요."

"세상에! 합격했다는 말이구나?"

한스가 고개를 끄덕였다.

"성적은?"

"2등 했대요."

아버지도 그 정도까지는 생각 못 했다. 그는 무슨 말을 해야 할지 몰랐다. 다만 아들의 어깨를 계속 토닥였다. 그리고 머리를 흔들면서 연신 웃었다. 그러고는 무슨 말을 하려는 듯 입을 여는가 싶더니, 결국 아무 말도 하지 않고 고개만 저었다.

"세상에! 이럴 수가! 맙소사!"

아버지의 입에서 나온 말은 그것뿐이었다.

한스는 집 안으로 뛰어 들어갔다. 계단을 올라가 다락방으로 들어간 그는 벽장문을 열고 그 속을 뒤적여 상자와 실타래와 코르크까지 꺼냈다. 낚시 도구였다. 이제는 낚싯대를 만들기만 하면 된다. 칼로 잘 다듬어서 멋지게 만드는 것이다. 그는 아버지에게 달려갔다.

"아버지, 주머니칼 좀 빌려주세요!"

"뭐하려고?"

"나뭇가지로 낚싯대를 만들려고요. 낚시할 거거든요."

아버지가 주머니에 손을 넣고 뒤적거렸다.

"여기 있다. 2마르크다. 칼을 하나 사거라. 한프리트 씨 말고 길 건너 대장간에 가서 사거라."

아버지가 밝은 얼굴로 호탕하게 말했다.

한스는 곧바로 달려갔다. 대장간 주인이 시험이 어떻게 됐느냐고 물었다. 한스가 합격했다고 하자 그는 기뻐하면서 특별히 좋은 칼을 골라주었다. 브뤼엘 다리 아래쪽 강가에는 아름답고 미끈한 오리나무와 개암나무가 무성했다. 거기서 한스는 꽤 오래 나뭇가지를 골랐다. 그리고 매끈하고 부드러운 가지 하나를 베어 집으로 돌아왔다.

한스는 상기된 얼굴로 눈을 반짝이며 신나게 낚싯대를 다듬었다. 그에게 낚싯대를 다듬는 일은 낚시만큼이나 즐거운 일이었다. 그는 오후 내내, 그리고 어둑어둑해질 때까지 그 일에 몰두했다. 그리고 하얀색, 갈색, 초록색 실을 하나하나 골라가며 헝클어진 매듭을 풀고 끊어진 실을 잇기도 했다. 갖가지 모양과 크기의 코르크와 깃털 낚시찌를 살펴보고 새로 깎기도 했다. 납덩이는 무겁고 가벼운 것들로 나누고 망치질로 둥글린 다음 틈을 만들었다. 그 틈에 낚싯줄을 끼워 무겁게 하는 것이었다. 그다음에는 낚싯바늘을 준비할 차례였다. 한스한테는 낚싯바늘이 서너 개 있었다. 그것들을 네 겹으로 꼰 검정색 바느질실과 바이올린 줄, 말총을 꼬아 만든 끈에 질끈 동여맸다.

저녁 무렵에야 그 일이 다 끝났다. 이제 한스는 7주간의 긴 방학이 전혀 지겹지 않을 것이다. 낚싯대만 있으면 된다. 그것만 있으면 혼자 강가에 앉아 하루 종일 있을 수도 있었다.

제2장

모름지기 방학은 이래야 한다. 산 위로 푸른 하늘이 펼쳐져 있고, 가끔 뇌우가 쏟아지기는 했지만 몇 주일째 햇볕이 뜨겁게 내리쬐는 날씨였다. 강물은 사암과 전나무 그늘과 좁은 골짜기를 무수히 지나치며 흘러도 여전히 따뜻해서 저녁에도 강물에 몸을 담글 수 있었다. 건초와 베어놓은 풀 냄새가 온 마을을 휘감았고, 기다란 띠 같은 밀밭 두둑은 금갈색으로 물들었다. 사람 키만 한 독미나리처럼 생긴 풀이 강가를 하얗게 뒤덮고 있었다. 고깔처럼 생긴 꽃에는 자잘한 딱정벌레가 잔뜩 붙어 있었고, 속이 빈 풀대를 잘라 크고 작은 피리를 만들 수 있었다.

숲 가장자리에는 보드라운 털이 난 버배스컴이 노란 꽃을 피운 채 기세등등하게 가지런히 늘어서 있었다. 가늘고 억센 줄기에 매달려 흔들리는 부처꽃과 분홍바늘꽃이 골짜기에 온통 자홍색 물결을 이루었다. 전나무 밑에는 아름답고 이국적인 빨간 디기탈리스가 우아하게 피어 있었다. 뿌리에서 돋아난 잎은 은빛의 보드라운 털 투성이였고, 튼튼하고 넓적한 줄기에 받침 모양의 분홍색 꽃이 아래에서 위로 줄줄이 나 있었다. 그 옆으로 여러 가지 버섯이 자라 있었다. 불그스름한 빛깔의 광대버섯, 넓적하고 두꺼운 돌버섯, 기괴한 모양의 선모, 붉은 가지가 잔뜩 달린 싸리버섯, 기괴하게도 하얀색에 살짝 번들거리는 수정난풀. 숲과 초원 사이에 자리 잡은 잡초 무성한 두둑에는 질긴 아귀의 금작화가 불타는 듯 짙은 황금색을 빛냈고, 연보라색 에리카가 한데 모여 길게 피어 있었다. 두 번째 풀베기를 앞둔 풀밭에는 황새냉이, 동자꽃, 샐비어, 체꽃 등이 형형색색으로 무성히 자라 있었다.

활엽수림에서는 방울새의 노랫소리가 끊이지 않았다. 전나무 숲에는 여우 빛깔의 다람쥐가 높은 나뭇가지를 왔다 갔다 하며 뛰놀았다. 두둑과 담장, 물이 말라 마른 풀로 뒤덮인 도랑에는 반짝이는 초록색 도마뱀이 눈을 껌벅거리며 편안하게 햇볕을 쬐고 있었다. 매미 울음소리는 지칠 줄 모르고 초원 끝까지 울려 퍼졌다.

이맘때면 마을은 그야말로 시골 풍경이다. 건초를 싣고 지나가는 마차, 마른풀 냄새, 망치로 낫의 날을 다듬는 소리가 거리와 대기를 가득 메웠다. 큰 공장 2개만 없다면 영락없이 시골에 온 듯한 착각에 빠질 것이다.

방학하는 날 아침, 한스는 안나 할멈이 일어나기도 전에 부엌에 들어가 조급하게 커피를 기다렸다. 그는 불 피우는 것을 도와주고

빵도 직접 가져와서 신선한 우유를 탄 커피를 단숨에 들이켰다. 그리고 빵을 호주머니에 넣고 밖으로 나갔다.

한스는 철둑에서 메뚜기를 잡아 둥근 양철 깡통에 집어넣었다. 기차가 지나갔다. 그러나 급경사 지점이어서 기차는 천천히 나아갔다. 차창이 모두 열려 있었는데 승객은 별로 없었다. 기차는 증기와 연기를 깃발처럼 길게 내뿜으며 달려갔다. 하얀 연기는 빙글빙글 피어오르다 이른 아침의 맑은 하늘로 사라졌다. 얼마나 오랫동안 보지 못했던 풍경인가! 한스는 숨을 크게 들이쉬었다. 마치 잃어버린 아름다운 시절을 2배로 돌려받으려는 듯이. 그리고 꾸밈없고 걱정 없는 어린 시절로 돌아가려는 듯이.

한스는 메뚜기를 담은 깡통과 새로 만든 낚싯대를 들고 다리 건너 풀밭을 가로질러 말을 씻기는 곳으로 갔다. 그곳은 강물이 가장 깊은 곳이었다. 남들은 알 수 없는 낚시꾼의 기쁨과 설렘으로 한스의 가슴이 뛰었다. 더구나 그곳에서는 어느 누구의 방해도 받지 않고 버드나무에 기대어 편하게 낚시를 할 수 있었다. 그는 실을 풀어 작은 납덩이를 달고, 통통한 메뚜기를 낚싯바늘에 단단히 꿰어서 강 한가운데로 멀리 던졌다.

예전부터 익히 해온 놀이가 시작되었다. 작은 민물고기들이 시커멓게 떼로 몰려들어 낚싯밥을 뜯어 먹었다. 먹이는 이내 다 사라져 버렸다. 두 번째 메뚜기를 꿰었다. 잠시 뒤 메뚜기를 또 하나 꿰었다. 이어서 네 번째, 다섯 번째 메뚜기를 미끼로 매달았다. 한스는 더욱 신경 써서 먹이를 꿰었고, 마지막에는 좀더 무겁게 하려고 납덩이를 하나 더 매달았다. 그러자 꽤 큰 물고기가 낚싯밥을 살짝 건드렸다. 물고기가 낚싯밥을 잡아당겼다 놓더니, 다시 달려들어 덥석 물었다. 능숙한 낚시꾼은 실과 낚싯대를 통해 전해지는 미세한 움직임을 손가락 끝으로 느낄 수 있는 법이다.

한스는 잽싸게 낚아채고는 조심조심 잡아당겼다. 낚싯바늘에 물고기가 걸려 있었다. 낚인 물고기가 황어라는 것을 한스는 금방 알아챘다. 담황색의 번들거리는 넓적한 몸뚱이와 세모꼴 대가리, 유독 아름다운 살색 배지느러미. 무게가 얼마나 나갈까? 하지만 그것을 가늠해보기도 전에 필사적으로 퍼득거리던 물고기가 물 위에서 몸부림을 치더니 그만 달아나고 말았다. 고기가 물속에서 몇 차례 돌다가 은빛 섬광처럼 깊이 사라지는 것을 한스는 그저 바라보기만 했다. 낚싯바늘에 제대로 물리지 않은 것이었다.

이제 잔뜩 흥분한 낚시꾼은 정신을 바짝 차렸다. 한스는 물 위에 떠 있는 가느다란 갈색 낚싯줄을 뚫어져라 쳐다보았다. 뺨은 발그스름했고, 몸놀림은 더없이 민첩하고 정확했다. 두 번째 황어가 미끼를 물었다가 달아났다. 그다음에는 아쉽게도 작은 잉어가 낚였다. 그리고 모샘치 세 마리를 연이어 낚아 올렸다. 아버지가 좋아하는 모샘치를 낚아서 한스는 무척 기뻤다. 비늘이 작고 번들거리는 몸뚱이에 수염 달린 모습이 우스운 두툼한 대가리, 눈은 작고 몸뚱이 아래쪽은 가늘고 긴 물고기였다. 그리고 물속에서는 녹갈색을 띠다가 뭍으로 올라오면 푸른 강철 빛깔로 변했다.

어느새 해가 높이 솟아올랐다. 둑에는 하얀 눈처럼 물거품이 빛났고, 따뜻한 산들바람에 강물 위로 잔물결이 일었다. 무크베르크 산 위 하늘에는 손바닥만 한 조각구름이 눈부시게 떠 있었다. 몹시 더운 날이었다. 파란 하늘 한가운데 움직임 없이 떠 있는 조각구름, 오래 쳐다볼 수도 없을 만큼 햇빛을 가득 품은 구름이 한여름의 무더위를 말해주었다. 구름이 없다면 얼마나 더운지도 느끼지 못할 것이다. 파란 하늘이나 반짝이는 거울 같은 강물이 아니라 거품처럼 하얗고 둥그런 한낮의 구름을 보는 순간 사람들은 찌는 듯한 더위를 느낀다. 그러면 이마에 맺힌 땀을 손으로 훔치며 그늘을 찾아 주위를 둘러본다.

한스는 차츰 낚시에 신경 쓰지 않았다. 조금 피곤했던 것이다. 어쨌든 지금은 은빛 잉어들이 늙고 큰 놈이라도 햇볕을 쬐려고 물 위로 올라온다. 무리를 이룬 거무스름한 물고기 떼는 물 위로 바싹 떠오른 채 꿈속을 헤매듯 가만히 강물을 거슬러 헤엄쳐 가면서 가끔 까닭 없이 펄쩍 뛰어오르곤 한다. 어쨌든 지금은 낚싯밥을 건드리지 않는다.

한스는 버드나무 가지 밑으로 낚싯줄을 드리우고, 땅바닥에 앉아 푸른 강물을 물끄러미 쳐다보았다. 천천히 헤엄치는 물고기의 거무스름한 등이 서서히 물 위로 올라왔다. 따뜻한 기운에 이끌려 마법에 걸리기라도 한 듯이. 한스는 신발을 벗고 물속에 발을 담갔다.

수면은 미지근했다. 그는 낚은 고기를 쳐다보았다. 커다란 물뿌리개 속에서 가만히 헤엄치다가 가끔씩 파닥거렸다. 얼마나 아름다운가! 헤엄칠 때마다 흰색, 갈색, 초록색과 은빛, 옅은 황금빛과 파란색, 그 밖의 온갖 색으로 반짝거리는 비늘과 지느러미.

주위는 적막에 잠겼다. 다리를 지나가는 마차 소리와 덜그덕거리는 물레방아 소리도 아득하게 들렸다. 하얀 거품을 일으키며 둑에 부딪쳐 부드럽게 흐르는 물소리만 들릴 뿐이었다. 평온하고, 시원하게, 그리고 졸음을 부르듯이. 물살이 뗏목에 부딪쳐 소용돌이를 일으키는 소리도 나지막이 들렸다.

그리스어, 라틴어, 문법, 문체론, 수학과 암기 과목, 쉼 없이 초조하게 달려온 지난 1년. 그 고통스럽던 혼란이 한나절의 나른하고 따뜻한 공기 속으로 슬며시 녹아들었다. 한스는 두통이 일었지만 그리 심하지는 않았다. 이제는 예전처럼 강가에 앉아 둑에 부딪쳐 사방으로 흩어지는 물거품을 바라보았다. 그리고 낚싯줄을 지켜보며 눈을 깜박였다. 물뿌리개 속에는 낚아 올린 물고기들이 헤엄치고 있었다. 이 얼마나 멋진 일인가.

가끔 주 시험에 합격했다는 사실이 떠올랐다. 더구나 2등으로. 그런 생각이 들 때마다 한스는 바지 주머니에 두 손을 찔러 넣고 맨발로 물장구를 치며 휘파람을 불었다. 하지만 휘파람 소리가 나지는 않았다. 오래전부터 그게 고민이었다. 학교 친구들이 놀려댔던 것이다. 이 사이로 소리가 조금 새어 나오는 정도였지만, 혼자 즐기기에는 문제없었다. 지금은 들어주는 사람도 없으니까.

다른 친구들은 교실에서 지리 수업을 받으며 지루해하고 있을 것이다. 한스 혼자 수업을 듣지 않아도 되었다. 동급생들보다 앞서 나갔고, 그들은 지금 그의 발아래 있었다.

예전에 한스는 친구들의 놀림감이었다. 아우구스트 말고는 가까이 어울리는 친구가 전혀 없었다. 게다가 아이들 싸움이나 장난질에도 도무지 관심이 없었다. 이제 그들은 내 뒷모습만 쳐다보겠지! 멍청한 놈들! 얼간이 같으니라고!

지금 한스는 그들에 대한 경멸감이 솟구쳤다. 그래서 휘파람을 멈추고 입을 삐죽거렸다. 그리고 낚싯줄을 잡아당겨 보고는 크게 웃음을 터뜨렸다. 낚싯바늘에 꿴 먹이가 하나도 남아 있지 않았던 것이다. 그는 깡통에 들어 있던 메뚜기들을 놓아주었다. 메뚜기들은 취한 듯 힘없이 움직이더니 이내 낮은 풀 속으로 기어 들어갔다. 피혁 공장은 벌써 점심시간이었다. 한스도 밥을 먹으러 집으로 갔다.

점심을 먹는 동안 가족들은 아무 말도 하지 않았다.

"고기 좀 잡았니?"

아버지가 물었다.

"다섯 마리 잡았어요."

"그랬구나. 하지만 다 큰 놈은 잡지 말거라. 그랬다가는 새끼 고기들 씨가 마를 테니까."

그게 다였다. 더 이상 대화가 오가지 않았다. 몹시 더운 날이었는데도 점심을 먹고 바로 물에 들어가지 못해서 아쉬웠다. 왜 안 된다는 거지? 사람들은 몸에 좋지 않다고 했다. 정말 몸에 안 좋을까? 한스는 그것을 누구보다 잘 알면서도 어른들 말씀을 어기고 자주 수영하러 갔다. 하지만 이제는 그러지 않을 것이다. 어른들 말씀에 어긋난 짓을 할 나이는 지났다. 이제 어른이다. 맙소사! 구술시험을 치를 때 시험관들이 높임말을 하지 않았는가?

한스는 정원의 붉은 가문비나무 밑에서 한 시간쯤 누워 있기로 했다. 쉬기에 충분한 그늘이 있어서 나쁘지 않았다. 그는 책을 읽기도 하고 나비를 바라보기도 하면서 2시까지 그렇게 있었다. 더할 나위 없었다. 자칫 잠이 들 뻔했지만 이제부터 수영하러 가야 한다.

수영장 근처 풀밭에는 꼬마들이 서너 명 있었다. 더 큰 아이들은 지금 교실에서 수업을 받고 있다. 한스의 마음은 더할 나위 없는 기쁨으로 가득 찼다. 그는 느릿느릿 옷을 벗고 강물에 들어갔다. 그는 따뜻한 물과 차가운 물을 오가면서 즐겼다. 헤엄을 치다가 잠수를 하거나 자맥질을 하기도 했다. 그러다 강가로 나가 배를 내놓고 드러누웠다. 따가운 햇살이 내리쬐자 몸이 금세 말랐다.

꼬마들은 존경스러운 눈으로 한스를 바라보며 슬며시 다가왔다. 그렇다! 그는 이제 유명 인사였다. 보통 아이들과는 전혀 달라 보였던 것이다. 햇볕에 그을린 가냘픈 목덜미로 자연스럽게 흘러내린 머리칼이 우아해 보였다. 지적인 얼굴, 사람을 끌어당기는 듯한 눈망울을 가지고 있었다. 한스는 팔다리가 가느다랗고 몹시 허약해 보였다. 어찌나 비쩍 말랐는지 가슴과 등의 갈비뼈를 셀 수도 있을 정도였고, 장딴지에는 살이 거의 없었다.

한스는 햇볕이 내리쬐는 강가와 물속을 왔다 갔다 하며 오후를 보냈다. 4시가 지났을 때 학교 친구들이 왁자지껄 떠들며 뛰어왔다. 거의 모든 친구들이 다 모였다.

"기벤라트! 너 정말 좋겠다!"

한스가 여유 있게 몸을 뻗었다.

"그래, 좋아."

"신학교는 언제 가는데?"

"9월에 갈 거야. 지금은 방학이니까."

한스는 친구들의 부러운 시선을 은근히 즐겼다. 뒤에서 비웃는 소리가 들리고, 누군가 비아냥거리는 시를 읊어도 아무렇지 않았다.

슐체 리자베트처럼

그렇게 되면 좋겠네!

그녀는 한낮에도 침대에 누워 있으니.

그러지 못하는 이 내 신세.

한스는 그냥 웃고 말았다. 아이들은 어느새 옷을 벗기 시작했다. 한 아이가 곧장 강물에 뛰어들었고, 다른 아이들은 천천히 강물을 손으로 떠서 몸을 적셨다. 물에 들어가지 않고 풀밭에 드러누운 아이들도 있었다. 멋지게 잠수를 해서 탄성을 자아낸 아이도 있었다. 누군가 뒤에서 떠미는 바람에 물에 빠진 아이는 '사람 살려!'라고 비명을 질렀다. 아이들은 서로의 뒤를 쫓기도 하고, 달리기도 하고, 헤엄을 치기도 했다. 풀밭에서 햇볕을 쬐는 친구들에게 물을 끼얹기도 했다. 첨벙거리는 소리와 고함 소리로 시끌벅적했다. 강가 풀밭에는 물에 젖어 번들거리는 하얀 몸들이 온통 반짝거렸다.

한 시간쯤 지나서 한스는 그곳을 떠났다. 물고기들이 미끼를 건드리는 따스한 저녁이었다. 저녁을 먹으러 가기 전까지 한스는 다리 위에서 낚시를 했지만 한 마리도 잡지 못했다. 물고기들이 몰려들기는 했지만 낚싯바늘을 덥석 물지는 않고 미끼만 뜯어 먹고 달아났다. 낚싯바늘에 꿴 버찌가 너무 크거나 무른 것 같았다. 한스는 나중에 다시 해보기로 했다.

저녁 식사 자리에서 한스는 친척들이 축하해주려고 다녀갔다는 이야기를 들었다. 그리고 오늘 날짜로 발행된 주간신문을 건네받았다. '공지'란에 다음과 같은 기사가 실려 있었다.

"올해 초급 신학교 입학시험에 우리 마을에서는 유일하게 응시한 한스 기벤라트가 2등으로 합격했다는 기쁜 소식이 있었다."

한스는 신문을 접어 호주머니에 넣었다. 그는 아무 말도 하지 않았다. 뿌듯함과 기쁨으로 가슴이 터질 것만 같았다. 저녁을 먹고 그는 또 낚시를 하러 갔다. 이번에는 미끼로 쓸 치즈 한 조각을 가지고 갔다. 치즈는 물고기가 좋아하는 것이기도 하고, 어둠 속에서도 눈에 잘 띄었다.

한스는 낚싯대를 놔두고 간단하게 손낚시 도구만 챙겨서 나갔다. 그가 가장 좋아하는 것이 손낚시였다. 낚싯대와 찌 없이 낚싯줄을 직접 손으로 잡고 고기를 낚는 것이었다. 실과 낚싯바늘만 있으면 되었다. 힘이 들기는 해도 훨씬 재미있었다. 미끼가 아주 살짝만 움직여도 바로 끌어당길 수 있도록 만반의 준비를 하고 있어야 한다. 물고기가 미끼를 쪼거나 물 때도 곧바로 알아차려야 한다. 물고기를 눈으로 보고 있는 것처럼 낚싯줄의 움직임을 살펴야 한다. 물론 이런 낚시로 물고기를 낚으려면 손놀림이 민첩해야 하고, 탐정처럼 신중하게 낌새를 살펴야 한다.

강물이 굽이치며 휘돌아 나가는, 움푹 들어간 좁은 골짜기에는 어둠이 일찍 내려앉았다. 검은빛 강물이 다리 아래로 조용히 흘러갔다. 아래쪽 물레방앗간에서 벌써 불빛이 새어 나왔다. 사람들이 떠드는 소리와 노랫소리가 골목 위로 울려 퍼졌다. 밤공기도 조금 후텁지근했다. 검은빛의 물고기가 강물 위로 튀어 올랐다. 고기들이 흥분해서 날뛸 만한 밤이었다. 쏜살같이 헤엄쳐 나가기도 하고, 물 위로 튀어 오르는가 하면, 낚싯줄에 부딪치며 겁도 없이 미끼를 향해 덤벼들기도 했다. 치즈 조각이 다 떨어질 때쯤 한스는 작은 잉어를 네 마리나 낚았다. 내일 그는 이 물고기를 목사에게 갖다 줄 생각이었다.

골짜기로 따스한 바람이 불어왔다. 주위가 어두컴컴했지만 하늘에는 여전히 밝은 빛이 남아 있었다. 어둠 속에 묻혀가는 마을에서 교회의 탑과 성의 지붕만이 밝은 하늘에 검은 형체로 불쑥 솟아 있었다. 폭풍우가 몰려오는 듯 가끔 멀리서 천둥소리가 희미하게 들려왔다.

한스는 10시에 잠자리에 들었다. 피곤하면서도 기분 좋은 나른함이 머리와 팔다리를 감쌌다. 오랫동안 느껴보지 못한 기분이었다. 이제 아름답고 자유로운 여름날들이 한스를 위로하고 유혹할 것이다. 산책을 하고 수영과 낚시를 즐기며, 때로는 몽상에 빠져 하루하루를 보냈다. 그를 불쾌하게 만드는 건 오직 일등을 하지 못했다는 사실뿐이었다.

오전에 한스는 일찌감치 목사관을 찾아갔다. 그는 강에서 잡은 물고기를 들고 현관에 서 있었다. 서재에 있던 목사가 나와 그를 반겼다.

"한스 기벤라트! 잘 지냈니? 축하한다. 진심으로 축하해. 그런데 들고 있는 건 뭐니?"

"물고기 서너 마리예요. 어제 낚시한 거요."

"그래? 이거 참, 고맙구나. 자, 들어가자."

한스는 낯익은 서재로 들어갔다. 왠지 여느 목사님 서재 같지 않았다. 화초 냄새나 담배 냄새도 나지 않았다. 꽂혀 있는 책들도 거의 모두 깔끔한 칠 위에 금박을 입힌 새 책이었다. 보통 교회 도서관에서 볼 수 있는 것처럼 빛바래거나 표지가 휘어지고, 곰팡이가 슬고 얼룩진 책이 아니었다. 유심히 살펴보면 가지런히 정리된 책의 제목에서도 새로운 정신을 엿볼 수 있었다. 지난 시대의 존경할 만한 옛 인물들이 전해주는 정신과는 다른 것이었다. 보통 목사들의 서재에 꽂힌 훌륭한 책들, 벵겔, 외팅거, 슈타인호퍼, 그리고 뫼리케의 〈탑 위의 풍향계〉에서 가인들이 경건하고 아름답게 묘사한 그런 글들은 찾아볼 수 없었다. 처음부터 이 서재에는 없었거나 현대 작품들에 밀려나 사라졌을 것이다. 잡지 묶음과 설교대, 서류 등이 널려 있는 커다란 책상 등 모든 것이 높은 학식과 고상한 취향을 자아냈다. 목사가 이 서재에서 열심히 학문을 닦고 있다는 인상을 풍겼다.

물론 실제로 목사는 열심히 학문에 매진했다. 설교나 교리문답, 성경을 공부하는 것이 아니라 주로 학술 잡지에 제출할 연구서와 논문, 그리고 책을 집필하는 데 필요한 연구를 하는 것이었다. 몽상적인 신비주의나 계시로 가득한 명상은 금하는 것이었다. 학문의 깊은 골짜기 밖에서 이루어지는, 사랑과 동정으로 목마른 영혼을 적셔주는 순수한 신학도 여기에 발붙일 수 없었다. 그 대신 성경에 대한 날카로운 비판이 제기되었고, 역사 속에서 예수를 찾는 데 몰두했다.

다른 분야도 그렇듯이 신학도 마찬가지다. 예술적인 신학이 있는 반면, 학문적인 신학이 있다. 혹은 그것을 추구하는 신학 말이다. 예나 지금이나 바뀌지 않았다. 과학적 사고를 가진 사람은 늘 오래된 포도주를 새 부대에 담는다. 그렇게 해서 전통적인 가치를 잘못된 것으로 치부한다. 반면 예술적인 사람은 언뜻 이치에 맞지 않는 주장을 아무렇지 않게 하면서도 많은 사람들에게 위안과 기쁨을 준다. 이것은 오랫동안 비평과 창조, 과학과 예술 사이에서 벌어졌으나 사실은 서로 견줄 수 없는 싸움이다. 이 싸움에서 늘 과학은 그리 도움이 되지는 않았으나 정당성을 인정받았다. 그리고 예술은 늘 믿음과 사랑, 위안과 아름다움, 영원히 변하지 않는 계시의 씨를 뿌리고, 비옥한 토양을 새로 발견해왔다. 삶은 죽음보다 강하고, 믿음은 의심보다 강하기 때문이다.

한스는 처음으로 설교대와 창문 사이에 놓인 작은 가죽 소파에 앉았다. 목사는 지나치다 싶을 만큼 친절하게 대해주었다. 마치 친한 동료를 대하듯 하면서 한스에게 신학교 생활과 공부에 대해 들려주었다.

목사는 이런 말을 했다.

"신학교에서 맨 먼저 새로 접하게 될 것은 신약성서와 그리스어란다. 그것을 배우고 나면 새로운 세계가 펼쳐지지. 공부를 열심히 해야겠지만, 그만큼 기쁨도 크단다. 새로운 언어를 배우기란 쉽지 않을 거야. 그것은 고상한 그리스어가 아니라 새로운 정신으로 창조된 특수 어법이거든."

한스는 귀를 기울였다. 마치 진정한 학문에 들어선 듯 스스로가 자랑스러웠다.

목사는 계속 말을 이었다.

"학교에서 이 새로운 세계를 접하면 당연히 흥미가 떨어지게 마련이란다. 히브리어도 처음에는 시간이 많이 걸릴 거야. 히브리어를 배울 생각이 있다면 이번 방학 때부터 조금이라도 시작해보지 않으련? 그러면 신학교에 가서는 다른 데 시간과 노력을 더 쏟을 수 있지. 누가복음 두세 장만 같이 읽어보면 쉽게 익힐 수 있을 거야. 사전을 빌려줄 테니 매일 한 시간이나 길면 2시간 정도 해보자꾸나. 물론 그 이상은 안 된다. 너는 무엇보다 휴식을 취해야 하니까. 이건 단지 내 의견일 뿐이란다. 정말이지 너의 즐거운 휴가를 방해하고 싶지 않구나."

물론 한스는 그렇게 하기로 했다. 목사의 제안은 맑고 푸르고 자유로운 하늘에 낀 엷은 조각구름 같은 것이었다. 하지만 거절하려니 마음에 걸렸다. 게다가 방학 때 짬을 내어 새로운 언어를 배우는 것은 힘들다기보다 재미있는 일이었다. 그렇지 않아도 신학교에서 새로 배우게 될 공부에 대한 두려움이 있었던 터였다. 특히 히브리어가 그랬다.

한스는 기분 좋게 목사관을 나와 낙엽송이 늘어선 길을 따라 숲으로 들어갔다. 사소한 불만들은 이미 사라지고 없었다. 목사의 제안을 생각할 때마다 그렇게 하기 잘했다는 생각이 확고하게 들었다. 신학교에 들어가서도 다른 친구들보다 앞서 가려면 야심과 인내심을 가지고 더 열심히 공부해야 한다는 것을 잘 알고 있었기 때문이다. 한스는 꼭 그러고 싶었다. 하지만 왜 그래야 하는 걸까? 자신도 알 수 없었다.

지난 3년 동안 마을의 모든 사람들이 자신을 주시했다. 선생들과 목사, 아버지, 특히 교장이 그를 독려하고 다그치면서 견디기 벅찰 만큼 몰아붙였다. 처음부터 그는 독보적인 일등이었다. 한스는 누구도 따라오지 못할 만큼 앞서 나가기 위해 몸부림쳤고, 자부심을 느꼈다. 어쨌든 주 시험에 대한 걱정은 어리석은 것으로 이미 지난 일이었다.

물론 쉬는 건 더없이 좋은 일이었다. 아무도 없는 이른 아침에 산책하면서 바라보는 숲은 유난히 아름다웠다. 숲의 공터에 가문비나무들이 끝없이 늘어서서 회랑처럼 청록색 둥근 천장을 만들고 있었다. 잡초는 거의 없고 무성한 산딸기 덤불이 군데군데 있을 뿐이었다. 수십 킬로미터에 걸쳐 벨벳처럼 부드러운 이끼로 뒤덮인 지대에는 낮은 월귤나무와 에리카가 무성하게 자라 있었다. 이슬은 벌써 증발해 버렸다. 꼿꼿하게 뻗은 나무 사이로 아침 숲 특유의 무더위가 감돌았다. 따뜻한 햇살, 이슬이 만들어낸 아지랑이, 이끼 냄새, 나무의 진과 전나무의 침엽, 버섯 냄새가 뒤섞인 향기가 살랑이는 바람을 타고 온몸을 마비시킬 듯이 숲으로 퍼졌다.

한스는 이끼로 뒤덮인 둔덕에 누웠다. 그리고 지저분하게 엉클어진 검은 산딸기 덩굴을 한 움큼 뜯었다. 딱따구리가 나무를 쪼는 소리가 들렸고, 소쩍새가 시샘하듯 울어댔다. 거무스름하게 보이는 전나무 꼭대기의 줄기 사이로 구름 한 점 없는 푸른 하늘이 보였다. 쭉쭉 뻗은 나무들이 저 멀리까지 갈색 벽을 이루고 있었다. 나무 사이로 스며든 노란 햇빛이 이끼 위에 따사롭게 내려앉았다.

처음에 한스는 멀리까지 산책하려고 했다. 뤼첼러 광장과 크로쿠스 풀밭까지. 하지만 계속 이끼 위에 드러누워 산딸기를 먹으며 허공을 바라보았다. 왜 이렇게 피곤한지 알 수 없었다. 한스는 멀리까지 가보려고 다시 일어나 걸어갔다. 하지만 얼마 못 가서 주저앉았다. 한스는 다시 이끼 위에 누워 나무줄기며 나무 우듬지, 그리고 푸른 초원 사이를 이리저리 바라보았다. 왜 그런지 알 수 없었다. 숲의 공기가 왜 이토록 사람을 피곤하게 만드는 것일까!

한스는 정오가 다 되어갈 때쯤 집으로 돌아왔다. 또다시 두통이 일었다. 숲의 둔덕에서 햇볕을 너무 많이 쬐었는지 눈까지 아팠다. 한스는 할 수 없이 반나절을 집 안에 있었다. 강가에 나가 수영을 할 때 비로소 머리가 개운했다. 이제 목사관에 갈 시간이었다.

플라이크 아저씨는 구둣방 창가에 놓인 의자에 앉아 일하고 있었다. 그는 지나가는 한스를 불러 세웠다.

"어디 가는 길이냐, 한스? 요즘 통 보이지 않더구나."

"목사님 댁에 가는 길이에요."

"거기를 또 간다고? 시험도 끝났는데?"

"지금은 다른 일로 가는 거예요. 신약성서 때문에요. 아직 배우지 못한 새로운 그리스어로 씌어 있거든요. 그래서 미리 배워두려고요."

구둣방 아저씨는 챙 없는 모자를 뒤로 젖혔다. 그리고 근심스러운 듯 넓은 이마에 굵은 주름을 지으며 한숨을 길게 내쉬었다.

그는 목소리를 낮춰 말했다.

"한스, 너한테 할 이야기가 있단다. 지금까지는 시험 때문에 아무 말 하지 않았는데, 이제 한마디 해야겠구나. 우리 마을 목사는 신앙이 없는 사람이란다. 성서가 틀렸다느니, 거짓투성이라느니 하면서 너를 구슬릴지도 모른단다. 그런 사람하고 신약성서를 읽으면 너도 모르게 신앙을 잃게 될 거야."

"하지만 단지 그리스어를 배우려는 것뿐이에요. 신학교에 가면 어차피 배우는 거니까요."

"말은 그렇지. 하지만 마음이 올바르고 경건한 사람한테 성서를 배우는 것과, 사랑으로 충만한 하느님에 대한 믿음이 없는 사람에게 배우는 것은 전혀 다르단다."

"그건 그렇죠. 하지만 목사님이 정말 하느님에 대한 믿음이 없는지는 아무도 모르는 거 아니에요?"

"그건 아니야, 한스! 미안하지만 모두 알고 있는 사실이야."

"그럼 어떻게 해요? 벌써 약속했는데요."

"그럼 가야지. 하지만 성경을 인간이 만들었다든지, 성경의 내용이 사람들을 속이고 있다든지, 혹은 성경이 성령으로 씌어진 게 아니라는 이야기를 하면 곧바로 나한테 오너라. 나하고 그 문제에 대해 이야기해보자꾸나. 그럴 수 있겠지?"

"네, 그럴게요. 하지만 그렇게 심각하지는 않을 거예요."

"곧 알게 되겠지. 아무튼 내 말 명심하거라."

목사는 아직 돌아오지 않았다. 한스는 서재에서 기다렸다. 금박을 입힌 책 표지를 천천히 살펴보면서 한스는 깊은 생각에 빠졌다. 구둣방 아저씨의 이야기가 떠올랐던 것이다. 그동안 한스는 목사나 새로운 양식을 가진 부류의 성직자들에 대해 사람들이 이러저런 이야기를 하는 것을 많이 들어왔다. 하지만 지금에야 호기심을 가지고 진지하게 이 문제에 빠져들었다. 한스는 구둣방 아저씨처럼 이 문제를 그리 심각하거나 중요하게 생각하지 않았다. 오히려 오래되고 위대한 비밀을 밝힐 수 있을 것 같은 예감이 들었다.

어린 학생이었을 때 한스는 신의 존재라든가 영혼이 있는 곳, 악마와 지옥에 대한 의문으로 가끔 공상에 빠지곤 했다. 그러나 지난 몇 년간 엄격한 학교 수업을 따라가면서 공부에 매진하는 동안 이런 의문들은 어느새 깊이 잠들고 말았다. 학교에서 배운 기독교 신앙은 기껏해야 구둣방 아저씨와 이야기를 나누거나 일상생활에서 되살아났을 뿐이다. 한스는 구둣방 아저씨와 목사를 비교하면서 웃음을 지었다.

힘겨운 세월을 살아오면서 얻게 된 구둣방 아저씨의 엄격하고 확고한 신앙을 한스는 이해할 수 없었다. 물론 플라이크 아저씨는 지혜로운 사람이었다. 하지만 단순하고 편협하기도 했다. 사람들은 지나치게 독실한 그의 신앙을 비웃기도 했다. 사람들끼리 모여 기도하는 자리에서 그는 엄격한 심판관이자 성서 해석의 권위자나 되는 것처럼 행동했다. 그리고 이 마을 저 마을 다니면서 기도 모임을 통해 사람들에게 신앙심을 불어넣었다. 하지만 그것 말고는 보통 사람들과 다름없이 식견이 좁고 보잘것없는 수공업자 소시민일 뿐이었다. 반면 목사는 경험이 풍부하고 말솜씨가 뛰어난 설교자이자 열심히 학문을 닦는 학자였다. 한스는 경외로운 마음으로 책장을 올려다보았다.

마침내 목사가 돌아왔다. 그는 프록코트를 벗고, 가볍게 검정색 실내복 윗옷을 걸쳤다. 그리고 한스에게 그리스어로 씌어진 누가복음을 건네주었다. 라틴어를 공부할 때와는 전혀 다른 방식이었다. 문장을 몇 줄 읽고 나서 단어 하나하나 꼼꼼히 번역했다. 목사는 익히 알고 있는 예문을 가지고 재미있고 능숙하게 언어의 독특한 정신을 설명해주었다. 그리고 누가복음이 만들어진 내력과 시대적 배경을 들려주었다. 한 시간밖에 되지 않았지만 목사는 소년에게 학습과 독서에 대해 새로운 개념을 심어주었다. 한스는 어렴풋이 알 것 같았다. 모든 문장과 단어 하나하나마다 비밀과 사명이 숨어 있다는 것을. 그리고 옛날부터 수많은 학자와 연구가, 명상가들이 그것을 밝혀내려고 애써 왔다는 것을. 한스는 공부를 하면서 마치 자신이 진리 탐구의 세계에 입문한 듯한 착각이 들었다.

한스는 목사에게 사전과 문법책을 빌려서 집으로 돌아왔다. 그리고 밤늦도록 공부했다. 얼마나 많이 공부하고 지식을 쌓아야 참된 학문의 길에 들어설 수 있을지 알 것 같았다. 그리고 절대 도중에 단념하지 않겠다고 결심했다. 구둣방 아저씨의 이야기는 어느새 완전히 잊고 말았다.

며칠 동안 한스는 새로운 학문에 빠져들었다. 그는 매일 밤 목사를 찾아갔다. 진정한 학문이라는 것이 무엇보다 아름답고, 힘들지만 그만한 가치가 있는 것 같았다. 한스는 아침 일찍 낚시를 하러 나갔고, 오후에는 강가 풀밭에서 수영을 했다. 그것 말고는 외출하지 않고 집에만 있었다.

주 시험에 대한 불안감과 승리감에 묻혀 잠들었던 야심이 또다시 살아난 것이다. 한스는 잠시도 쉬지 않았다. 그와 동시에 지난 수개월간 수시로 그의 머리를 스쳤던 묘한 감정이 다시 솟구쳤다. 그것은 두통이 아니었다. 맥박이 빨라지면서 흥분과 함께 찾아오는, 승리하고자 하는 조급함이었다. 또한 무턱대고 앞으로 나아가려는, 억누를 수 없는 욕망이었다. 그러다 급기야 두통이 일기 시작했다. 하지만 이 미묘한 고열 속에서도 공부와 독서는 폭풍처럼 빠르게 진전되었다. 보통 15분 정도 걸리던 크세노폰의 가장 어려운 문장도 거뜬히 이해할 수 있었다. 사전을 보지 않고도 명석한 이해력으로 해석하기 까다로운 문장까지 거침없이 읽어나갔다.

한스는 무척 기뻤다. 공부하고자 하는 의욕이 고조됨과 동시에 자신감까지 충만했다. 학교와 선생과 학창 시절이 이미 오래전 일이 되어버렸고, 지금은 자기 홀로 지식과 능력의 고지로 올라가고 있는 것처럼.

이런 기분을 느끼는가 하면, 아주 또렷한 꿈 때문에 잠이 깨는 일도 많았다. 한밤중에 가벼운 두통이 일어 잠에서 깨면 더 이상 잠들지 못했다. 그럴 때면 성취에 대한 강박관념이 요동쳤다. 다른 친구들보다 앞서 가고, 교장을 비롯해 모든 선생들이 경이로운 시선으로 자신을 바라보며 찬사를 보내는 상상을 할 때마다 우월감에 사로잡히는 것이었다.

교장은 한스에게 아름다운 야망을 일깨워주고, 또 그것을 이끌어주었다. 따라서 그런 소년이 성숙해가는 모습을 지켜보는 것이 내심 즐거웠다.

학교 선생들이 몰인정하고 고루한 사고방식을 가졌다거나 또는 영혼이라고는 없는 속물근성에 빠진 자들이라고 비난하지 말라. 절대 그렇지 않다. 오랜 세월 동안 어떤 자극에도 깨어나지 않고 아무런 결실도 맺지 못한 아이의 재능이 싹트기 시작할 때, 그 아이가 나무칼이나 새총, 활쏘기 같은 유치한 놀이를 멈추고 앞으로 힘차게 나아가려 할 때, 제멋대로 굴던 볼이 통통한 아이가 진지하게 공부하면서 섬세하고 침착하며 금욕적인 아이로 바뀌어갈 때, 그 아이의 얼굴에 어른스러움과 지성이 쌓여가고, 그의 눈망울에 목표 의식이 뚜렷하게 박힐 때, 부드러운 손이 점점 더 하얘질 때, 학교 선생들은 기쁨과 뿌듯함으로 충만해 활짝 웃음을 짓는다. 선생의 의무이자 국가가 부여한 임무는 어린 소년들의 마음속에 자리 잡고 있는 본능적인 정력과 욕망을 누그러뜨려 완전히 없애는 것이다. 그리고 국가에서 인정하는 절제되고 평온한 이상을 심어주는 것이다. 지금은 현실에 만족하며 살아가고 있는 시민이나 성실하게 자기 임무를 수행하는 관리도 학교에서 이런 교육을 받지 못했다면 무분별하게 날뛰는 개혁가 아니면 헛된 상념에서 헤어나지 못하는 몽상가가 되었을 것이다.

소년의 마음속에는 거칠고 미개한 요소들이 어지럽게 자리 잡고 있다. 그것부터 깨부숴야 한다. 그것은 위험천만한 불꽃이기 때문이다. 그것을 먼저 밟아 꺼야 한다. 자연 그대로의 인간은 예측할 수 없고, 파악할 수 없으며, 위험한 존재다. 그런 인간은 미지의 산맥에서 흘러내린 물줄기이자, 길도 없고 정돈되지 않은 원시림이다. 원시림은 나무를 베어 깨끗이 정리하고 강제로 단속해야 하듯이, 학교도 본능적인 인간성을 없애고 복종하게 하고 강제로 제어해야 한다. 학교의 임무는 정부가 규정한 원칙에 따라 인간을 사회에 도움이 되는 구성원으로 만들고, 잠재된 특성을 *끄집어내는* 것이다. 이러한 교육은 군대에서 빈틈없는 훈련을 할 때 최고조에 달하는 것이다.

어린 기벤라트는 얼마나 훌륭하게 자랐는가! 쓸데없이 거리를 방황하거나 장난질은 스스로 그만두었고, 학교 수업 중에 이유 없이 웃는 버릇도 사라진 지 오래다. 정원 가꾸기, 토끼 기르기, 낚시 같은 취미도 이미 예전에 중단했다.

어느 날 저녁, 교장이 기벤라트의 집을 찾아왔다. 한스의 아버지는 좋아서 어쩔 줄을 몰랐다. 교장은 아버지와 인사를 나누고 한스의 방으로 갔다. 한스는 책상에 앉아 누가복음을 공부하고 있었다. 교장이 다정한 목소리로 말을 걸었다.

"정말 대견하구나, 기벤라트. 다시 공부에 전념하고 있는 거냐? 그렇다고 얼굴 한 번 볼 수 없다니. 네가 오기를 매일 기다렸단다."

"찾아뵈려고 했어요. 좋은 물고기 한 마리 낚아서 가져다 드리려고요."

한스가 변명하는 투로 말했다.

"물고기라니? 무슨 물고기 말이냐?"

"잉어 같은 거요."

"그래. 그런데 낚시를 다시 시작했니?"

"가끔요. 아버지께 허락받았거든요."

"음, 그렇구나. 낚시가 재미있니?"

"그럼요."

"그래, 좋아. 아주 좋아. 힘들게 공부하고 얻은 휴가니까. 그럼 요즘은 공부에 관심이 없겠구나."

"아니에요, 교장 선생님. 그럴 리가요. 공부하고 싶어요."

"내키지 않으면 강요하지 않으련다."

"아니에요, 진심이에요. 하고 싶어요."

교장은 두세 번 한숨을 길게 내뱉더니 가느다란 수염을 만지작거리며 의자에 앉았다.

"한스, 너에게 할 말이 있단다. 지금까지 경험한 바로는 시험을 잘 치른 사람일수록 갑자기 뒤처지는 경우가 많단다. 신학교에 들어가면 새로운 과목들을 공부해야 한단다. 그런데 학기가 시작되기 전에 미리 공부를 하고 수업에 들어오는 학생들이 적지 않단다. 특히 시험 성적이 썩 좋지 않았던 학생들이 그렇지. 그런 학생들은 승리의 월계관을 쓰고 휴가 기간에 푹 쉰 학생들을 누르고 어느 날 갑자기 치고 올라와 정상을 차지하지."

교장은 또다시 한숨을 지었다.

"우리 학교 내에서 일등을 하기는 어렵지 않단다. 하지만 신학교 학생들은 모두 똑똑하고 부지런하단다. 그런 아이들을 앞지르기는 결코 만만치 않을 거야. 무슨 뜻인지 알겠니?"

"네, 알아요."

"그래서 말인데, 이번 방학에 미리 공부하는 게 어떨까? 물론 너무 지나치게 하지는 말고. 너는 맘껏 쉴 자격이 충분하니까. 좀 쉬어야 하기도 하고. 그러니까 내 생각에는 하루에 한두 시간 정도면 좋을 것 같은데. 그 정도면 무리도 아니고 말이다. 게으름을 피우다가는 자칫 일탈에 빠지기 쉬운 법이거든. 그러다가는 나중에 제자리로 돌아오는 데 몇 주가 걸릴지 모른단다. 네 생각은 어떠니?"

"물론 저는 마음의 준비가 되어 있어요. 교장 선생님께서 괜찮으시다면……."

"그래, 좋아. 신학교에서는 히브리어와 함께 호메로스가 새로운 세계를 열어줄 거다. 지금 기초를 확실히 다져놓으면 나중에 몇 배 더 쉽게 호메로스를 이해할 수 있지. 호메로스의 시는 고대 이오니아 방언으로 씌어 있단다. 음율이 더해지면서 아주 독특한 맛을 내지. 고유의 맛을 말이다. 그러니 그 시를 제대로 음미하려면 기초부터 하나하나 열심히 익혀야 한단다."

그 새로운 세계에 뛰어들 마음의 준비가 되어 있었던 한스는 주저하지 않고 최선을 다하겠다고 약속했다. 하지만 그게 다가 아니었다. 교장은 헛기침을 한 번 하고 나서 다정하게 이런 말을 덧붙이는 것이었다.

"솔직히 말하는데, 두세 시간 정도 수학도 공부하면 좋겠구나. 물론 네가 수학을 못하는 건 아니지만, 그렇다고 아주 잘하는 것도 아니잖니. 신학교에서는 대수와 기하를 배우게 될 텐데, 웬만큼은 미리 공부해두는 게 좋지 않겠니. 그래야 한다는 생각이 드는구나."

"그럴게요, 교장 선생님."

"언제든 찾아와도 좋단다. 너도 잘 알 거다. 네가 훌륭한 사람이 된다면 나에게도 더없이 영예로운 일이라는 것을. 아무튼 아버지께 여쭤보고 수학 선생님께 개인 지도를 받도록 하거라. 일주일에 서너 시간만 할애하면 될 거다."

"네, 알겠습니다, 선생님."

한스는 또다시 학구열에 불타올랐다. 가끔 시간을 내서 산책을 하거나 낚시를 할 때면 마음이 찜찜했다. 개인 지도를 맡은 수학 선생은 한스의 수영 시간을 과외 시간으로 바꿔버렸다.

열심히 하는데도 대수 공부는 도무지 만족스럽지 않았다. 햇볕이 내리쬐는 무더운 오후에 한스는 수영장 대신 수학 선생의 방을 찾아갔다. 모기가 윙윙거리는 후텁지근한 방에 앉아 먼지 가득한 공기를 들이마시며 피로에 찌든 머리를 감싸 쥐고 탁한 목소리로 'a + b', 'a − b'를 외워야 하는 현실이 끔찍하게 느껴졌다. 기분이 안 좋을 때면 기운 없고 답답한 마음이 우울한 절망으로 바뀌었다.

한스에게 수학은 이해하기 어렵고 도무지 익숙해지지 않는 과목이었다. 그렇다고 그가 수학을 못하는 것은 아니었다. 가끔 문제를 잘 풀어낼 때면 희열에 빠지기도 했다. 수학은 해답이 없거나 속임수가 존재하지 않는다는 것이 마음에 들었다. 주제에서 벗어나 엉터리 영역에서 헤맬 일도 없다. 한스가 라틴어를 좋아하는 것도 같은 이유에서다. 라틴어는 명료하고 확실하며 의혹의 여지가 없기 때문이다.

그러나 수학은 정확하게 계산해서 답을 찾았다 해도, 그 이상 아무 의미가 없다. 수학을 배우고 가르치는 것은, 마치 쭉 뻗은 도로를 걸어가는 것과 같다. 끊임없이 계속 걸어가고, 어제까지 몰랐던 것을 오늘 갑자기 깨닫기는 하지만, 드넓은 세상을 저 멀리까지 내려다볼 수 있는 언덕에 오를 일은 없다.

교장과 함께 하는 수업은 웬만큼 활기가 있었다. 목사는 신약성서의 변질된 그리스어를 가지고 젊은 호메로스의 언어보다 더 매력적이고 화려한 감동을 끄집어내는 사람이었다. 하지만 과연 호메로스는 호메로스였다. 처음에는 굴레를 뒤집어쓴 듯한 기분이 들었지만, 그것을 벗어던지는 순간 뜻밖의 즐거움이 세차게 솟구쳤다. 그다음부터는 유혹의 손길을 뿌리칠 수가 없었다. 한스는 난해하고 신비로운 시구가 아름답게 울려 퍼지면, 초조하고 떨리는 마음으로 겨우 앉아 있었다. 그러다 서둘러 사전을 넘기면서 햇빛이 밝고 조용한 정원에 들어가 열쇠를 찾아냈다.

또다시 숙제가 산더미처럼 쌓였다. 밤늦게까지 책상머리에 앉아 숙제를 할 때도 있었다. 아버지는 열심히 공부하는 아들을 자랑스럽게 바라보았다. 자기의 줄기에서 자란 가지가 막연히 공경하던 곳으로 높이 올라가기를 바라는 평범한 사람들의 이상이 우매한 아버지의 머릿속에도 희미하게나마 자리 잡고 있었던 것이다.

방학 마지막 주였다. 교장과 목사는 유난히 부드럽고 자상하게 한스를 배려해주었다. 산책을 해도 좋다고 하고, 이제 공부를 그만하라고 말하기도 했다. 경쾌하고 활기차게 새로운 여정을 시작하는 것이 얼마나 중요한지 설명해주면서 말이다.

한스는 두세 번 낚시를 하러 갔다. 하지만 머리가 지끈거려서 강가에 가만히 앉아 있었다. 강물에 옅푸른 초가을 하늘이 비쳤다. 예전에는 즐거운 마음으로 여름방학을 기다렸다. 지금 생각하면 왜 그랬는지 모를 일이었다. 지금은 얼른 방학이 끝나고 신학교에 들어가면 얼마나 기쁠까 하는 생각뿐이었다. 지금까지와는 다른 새로운 생활과 공부가 펼쳐질 것이다. 이제 한스는 낚시에 흥미를 잃었다. 그러다 보니 물고기 한 마리를 잡기도 쉽지 않았다. 한번은 아버지가 놀리기도 했다. 그 뒤에 한스는 낚시질을 완전히 접었고, 낚싯줄을 다락방의 상자 속에 집어넣어 버렸다.

방학이 끝나 갈 무렵 한스는 구둣방 플라이크 아저씨를 찾아가지 않은 지 몇 주나 되었다는 것을 깨달았다. 그래서 한번은 아저씨를 찾아가 만나보기로 마음먹었다.

저녁 무렵 한스는 구둣방을 찾아갔다. 아저씨는 자신의 양쪽 무릎에 어린아이를 각각 한 명씩 올려놓고 창가에 앉아 있었다. 창문이 열려 있었는데도 가죽과 구두약 냄새가 온 집 안에 진동했다. 한스는 멋쩍은 표정을 지으며 자기 손을 아저씨의 넓고 꺼칠꺼칠한 오른손 위에 얹었다.

"어떻게 지냈니? 목사님한테 많이 배웠니?"

"네, 매일 가서 많은 것을 배웠어요."

"뭘 배웠는데?"

"주로 그리스어를 배웠어요. 다른 것들도 많이 배우고요."

"나한테 올 생각은 하지 않았구나."

"찾아뵙고 싶었어요, 아저씨! 그러고 싶었는데 그럴 시간이 없었어요. 목사님께 매일 한 시간, 교장 선생님께 매일 2시간, 또 일주일에 네 번 수학 선생님께 가야 했거든요."

"방학 때 그런 바보 같은 짓을 하다니."

"모르겠어요. 선생님들이 그러는 게 좋겠다고 해서요. 공부가 딱히 힘들지도 않고요."

"물론 그렇겠지. 공부가 나쁜 건 아니니까. 그런데 팔이 왜 이러니? 얼굴도 몹시 야위었고. 아직도 머리가 아프니?"

플라이크가 소년의 팔을 잡았다.

"가끔요."

"정말 바보 같구나! 한스, 그건 죄악이나 마찬가지란다. 네 나이에 바깥바람도 맘껏 쐬고, 운동도 충분히 하면서 푹 쉬어야지. 방학이 왜 있는 거냐? 방에 틀어박혀 공부만 하라고 방학이 있는 거냐? 정말 뼈밖에 안 남았구나."

한스가 웃음을 지었다.

"물론 넌 잘할 거다. 하지만 지나치면 결코 좋지 않단다. 그나저나 목사님한테는 뭘 배웠지? 주로 무슨 얘기를 하던?"

"이것저것 말씀하셨는데, 나쁜 건 없었어요. 목사님은 아는 게 정말 많은 분이시더라고요."

"성경을 모독하지는 않던?"

"아뇨, 그런 말은 전혀 없었어요."

"다행이구나. 아무튼 분명히 말하는데, 영혼을 더럽히느니 육체를 썩히는 게 10배는 더 낫단다. 나중에 너는 목사가 될 거 아니니. 힘들겠지만 아주 멋진 일이지. 올바른 길을 가려면 또래 친구들과는 다른 사람이 되어야 한단다. 너는 틀림없이 잘해 낼 거야. 언젠가는 사람들의 영혼을 살리고 이끌어주는 사람이 되겠지. 그런 사람이 되기를 진심으로 바란다. 그렇게 되게 해달라고 늘 기도할게."

구둣방 아저씨가 일어나더니 두 손으로 소년의 어깨를 붙잡았다.

"잘 가거라, 한스. 늘 올바른 길을 걷도록 해라. 주님께서 너에게 축복을 내리시고, 보살펴주시기를 기도한다, 아멘!"

그 숙연한 분위기와 엄숙한 기도, 그리고 사투리가 섞이지 않은 짧은 인사에 한스는 왠지 모르게 가슴이 죄고 어찌할 바를 몰랐다. 목사의 작별 인사는 아저씨 같지 않았다.

한스는 신학교에 들어갈 준비를 하느라 바삐 움직였다. 마음이 불안하기는 했지만 주위 사람들과 작별 인사를 나누면서 며칠이 금방 지나갔다. 이불이며 옷가지, 책은 상자에 넣어 벌써 우편으로 부쳤다. 직접 들고 갈 가방도 다 꾸렸다.

그리고 어느 서늘한 아침, 아버지와 아들은 마울브론으로 떠났다. 고향 집과 부모님 곁을 떠나 생소한 학교에 들어가는 것은 몹시 들뜨면서도 두려운 일이었다.

제3장

　마울브론 수도원은 슈바벤의 서북쪽, 수풀이 무성한 언덕과 작고 조용한 호수 사이에 자리 잡고 있었다. 아름다운 양식으로 튼튼하게 지어진 수도원 건물은 오랜 세월 훌륭하게 보존되어 왔다. 외양은 물론 내부도 그야말로 웅장하고 화려한 이 수도원은 누구나 한 번쯤 살아보고 싶을 만큼 매력적인 곳이었다. 수백 년 동안 주위의 푸른 자연과 어우러지면서 지금의 수도원은 고상하고 친근한 분위기를 물씬 풍겼다.

　수도원을 방문하면 으레 높은 담장에 난 그림 같은 문을 지나 넓게 펼쳐진 평화로운 뜰에 들어선다. 물을 뿜어대는 분수와 엄숙한 분위기를 자아내는 고목들이 있고, 뜰 양쪽으로 오래되었지만 튼튼해 보이는 석조 건물이 서 있었다. 그 사이로 '낙원'이라는 별칭으로 불리는 교회 본당이 보이는데, 우아하고 눈이 부실 정도로 화려한 후기 로마네스크풍 현관은 그 무엇과도 비교할 수 없을 만큼 아름다웠다. 본당의 장엄한 지붕에 바늘처럼 뾰족한 작은 철탑이 세워져 있는데, 그 모습이 짐짓 우스꽝스러웠다. 종이 매달려 있기나 할까 의심스러울 만큼 작은 철탑이었던 것이다.

훼손된 구석 없이 훌륭하게 보존된 회랑은 아름다운 예술 작품이라고 해도 과언이 아니었다. 그 옆에는 분수를 내뿜는 멋진 예배당이 있는데, 마치 회랑에 달린 보석 같았다. 강렬하면서도 우아한 십자형 둥근 천장의 성직자 식당, 기도실, 담화실, 평신도 식당, 수도원장의 저택, 그리고 교회 2개가 번듯하게 자리 잡고 있었다. 그림 같은 담장, 창문, 문, 정원, 물레방아, 저택 등이 중후한 옛 건물들을 에워싸면서 밝고 환한 분위기를 자아내고 있었다.

나무 그늘이 어우러진 조용하고 드넓은 앞뜰은 아무도 없어서 마치 꿈속 같았다. 점심 식사 후 잠깐 쉬는 시간에만 그곳이 생명의 활기로 들끓었다. 수도원 건물에서 쏟아져 나온 학생들이 제각각 흩어져서, 몸을 풀거나 소리를 지르고, 이야기를 나누며 웃음을 터뜨리고, 공을 치고 받고 하기도 했다. 그러다 쉬는 시간이 끝나면 순식간에 담장 너머로 후다닥 사라져 흔적조차 남지 않았다.

이 뜰이야말로 건전하고 성실한 삶과 기쁨이 있는 곳이라고 생각하는 사람들이 적지 않을 것이다. 또한 성숙한 정신을 가진 선한 사람들이 즐거운 명상을 통해 밝고 아름다운 세상을 만들어내리라고 생각하는 사람도 적지 않을 것이다.

이 훌륭한 수도원은 오래전부터 세상에서 멀리 떨어진 숲과 언덕

뒤에 숨어 있었다. 하지만 감수성이 예민한 젊은이들이 아름답고 평온한 환경에서 공부할 수 있도록 기독교 신학교 학생들에게 문을 열어주었다. 이곳에서는 마음이 어수선한 도시와 집에서 벗어날 수 있고, 해로운 바쁜 삶에 쫓기지 않아도 되었다. 이런 환경에서 젊은 이들은 몇 해 동안 히브리어와 그리스어를 비롯해 여러 가지 공부에 매진할 수 있었다. 그리고 가치 있는 삶의 목표를 가지고 순수하고 이상적인 학문을 즐기면서 젊은 영혼들이 정신적인 갈증을 해소했다.

게다가 자기 훈련과 공동체 의식을 심어주는 기숙사 생활은 교육의 중요한 원동력이었다. 신학교 학생들의 생활과 공부를 지원하는 교회 재단은 학생들에게 남다른 정신을 심어주려고 신경을 쏟았다. 이러한 정신을 통해 훗날 언제라도 서로를 알아보는 것이다. 그것은 치밀하면서도 확실한 일종의 낙인인 셈이다. 가끔 단체 생활에 적응하지 못하고 수도원을 탈출하는 불량아 말고는 슈바벤 신학교 학생들에게는 어김없이 평생 그 낙인이 붙어 다니는 것이다.

어머니와 함께 수도원 신학교에 들어온 학생들은 누구나 이날을 돌이켜보면서 뿌듯한 감동과 감사하는 마음을 한평생 잊지 못한다. 하지만 한스 기벤라트는 그렇지 않았다. 아무 느낌도 없었고, 대수롭게 여겨지지도 않았던 것이다. 하지만 다른 학생들의 어머니를 보면서 강한 인상을 받았다.

소위 '침실'이라고 불리는 벽장이 늘어선 넓은 복도에는 상자와 바구니들이 널브러져 있었다. 부모와 함께 온 소년들은 짐을 풀고 가지고 온 물건을 정리하느라 부산스러웠다. 번호가 붙은 옷장 하나와, 서재에도 번호가 붙은 책꽂이가 하나씩 배당되었다. 아이들과 부모들은 마룻바닥에 쪼그리고 앉아 가지고 온 물품들을 꺼냈다. 조교는 왕이나 되는 것처럼 그 사이를 왔다 갔다 하면서 가끔씩 친절하게 조언을 해주곤 했다. 모두 겉옷을 꺼내서 펴고, 속옷은 깔끔하게 개고, 책들은 겹겹이 포개놓고, 구두와 슬리퍼는 가지런히 놓았다. 소년들이 가지고 온 물품들은 대동소이했다. 속옷의 개수며 꼭 필요한 생활용품 목록을 미리 지정해주었기 때문이다. 이름을 새긴 양철 세숫대야는 세면장에 가져다 놓고 그 옆에 해면과 비눗갑, 빗, 칫솔을 가지런히 놓아두었다. 또한 소년들은 램프와 석유통, 그리고 식기도 각자 가지고 왔다.

소년들 모두 흥분된 얼굴로 바삐 서둘렀다. 아버지들은 미소를 머금고 거들어주면서도, 한 번씩 지루한 얼굴로 회중시계를 보면서 몰래 밖으로 나가려고 했다. 늘 그렇듯 어머니들은 정성을 다해 세심하게 도와주었다. 옷을 하나씩 집어 손으로 주름을 펴주고, 허리띠를 바로잡아 주었다. 그리고 옷가지를 꼼꼼히 살펴보고는 용도에 따라 분류해서 옷장에 정리해 넣었다. 어머니들은 자상하게 타이르고 하나하나 찬찬히 가르쳐주었다.

"새 속옷은 아껴 입어야 한다. 3마르크 50페니히나 주고 샀으니 말이다."

"빨래할 옷들은 매달 기차 편으로 보내거라. 급하면 우편으로 부쳐도 되고. 검정색 모자는 일요일에만 쓰도록 하고."

후덕해 보이는 뚱뚱한 부인이 높은 상자에 걸터앉아 아들에게 단추 다는 법을 일러주었다.

이런 이야기가 들려오기도 했다.

"집 생각이 나거든 언제든 편지하거라. 어쨌든 크리스마스가 머지않았으니까."

예쁘고 젊은 부인이 옷이 가득 든 옷장을 살펴보면서 아들의 속옷이며 바지, 윗옷들을 사랑스럽게 어루만졌다. 그러고는 볼이 토실토실하고 어깨가 딱 벌어진 아들을 쓰다듬었다. 아들은 쑥스러운 웃음을 흘리며 어머니의 손을 물리쳤다. 그러고는 약한 모습을 보이지 않으려고 두 손을 바지 주머니에 찔러 넣었다. 아들보다 어머니가 이별이 더 괴로운 듯 보였다.

이런 분위기하고는 완전 딴판인 아이들도 있었다. 어머니가 짐을 정리하느라 정신이 없는데도 도와주기는커녕 멍하니 쳐다보고만 있었다. 할 수만 있다면 다시 집으로 돌아가고 싶은 것 같았다. 헤어짐에 대한 두려움, 복받쳐 오르는 집에 대한 그리움과 애착, 이런 감정들을 사람들 앞에서 드러냈을 때의 부끄러움과 어른스러워 보이고 싶은 자존심이 힘겹게 충돌하고 있었던 것이다. 아무렇지도 않은 듯 애써 울음을 참고 있는 소년도 있었다. 마치 하나도 슬프지 않다는 듯이. 어머니들은 이런 아들을 바라보며 미소 지었다.

소년들은 대부분 생활용품 말고도 사과 자루와 훈제 소시지, 과자 바구니 등 비싼 물품들을 가지고 왔다. 스케이트를 가지고 온 소년들도 꽤 많았다. 덩치가 작고 약아 보이는 소년 하나는 햄을 통째로 가지고 오기도 했다. 소년은 그것을 숨기려고 하지도 않았기에 눈에 확 띄었다. 처음으로 집을 떠나온 아이와, 기숙사 생활을 계속해왔던 아이가 확연하게 구분되었다. 하지만 기숙사 경험이 있는 소년들도 흥분과 긴장을 감추지 못하기는 마찬가지였다.

기벤라트 씨는 빠르고 능숙하게 짐 푸는 것을 도와주었다. 그는 다른 사람들보다 일찍 정리를 끝내고 따분한 표정으로 멀뚱히 보고서 있었다. 가르치고 훈계하는 아버지, 아이를 달래면서 자상하게 조언하는 어머니, 불안한 표정으로 귀 기울이는 소년들뿐이었다. 그래서 그도 앞으로 한스의 삶에 도움이 될 만한 좋은 말을 들려주어야겠다는 생각이 들었다. 한참 생각하던 그는 어쩔 줄 모르겠다는 표정으로 서 있는 한스에게 천천히 다가갔다. 그러고는 엄숙한 목소리로 불쑥 상투적인 좋은 말들을 늘어놓는 것이었다. 한스는 뜻하지 않게 유창한 아버지의 말솜씨에 의아했지만, 말없이 듣기만 했다. 옆에 서 있던 목사가 아버지의 이야기를 듣고 재미있다는 듯 웃음을 지었다. 이를 보고 한스는 창피한 마음에 아버지를 한쪽으로 슬며시 끌어당겼다.

"알아듣겠느냐? 우리 집안의 명예를 높여야 한다. 어른들 말씀 잘듣고, 알겠지?"

"네, 그럼요."

한스가 대답했다.

아버지는 더 이상 말을 잇지 않고 안도의 한숨을 쉬었다. 그러나 시간이 흐를수록 점점 지루하고 답답했다. 한스도 뭘 해야 할지 몰랐다. 걱정스러운 마음이 앞섰던 한스는 호기심에 찬 눈으로 창문 너머 조용한 회랑을 내려다보았다. 고풍스럽고 평온한 회랑은 마치 속세를 벗어난 듯한 분위기였다. 그리고 여기서 시끄럽게 떠들어대는 아이들의 생기 넘치는 삶과 묘한 대조를 이뤘다. 한스는 바쁘게 움직이며 자기 일을 하는 학교 친구들을 천천히 둘러보았다. 하지만 아는 얼굴이 없었다. 슈투트가르트에서 같이 시험을 본 괴핑겐 소년은 라틴어를 그렇게 잘하는데도 떨어진 모양이었다. 아무리 둘러봐도 그 소년은 보이지 않았다. 하지만 한스는 크게 마음 쓰지 않고, 앞으로 함께 공부할 친구들을 살펴보았다. 소년들이 가지고 온 물건들은 종류도 그렇고 수량도 거의 비슷했다. 하지만 도시와 시골, 부유한 집안과 가난한 집안이 확연히 구별되었다. 물론 부유한 집안의 아이들이 신학교에 들어오는 경우는 드물었다. 부모의 자부심이나 뛰어난 식견, 혹은 아이의 재능 등의 이유로. 하지만 수도원 생활을 경험해본 교수나 고위 관리 중에 자식을 마울브론에 보내는 사람들이 적지 않았다. 40여 명이 입고 있는 검은 예복의 옷감과 재단 수준은 천차만별이었다. 게다가 소년들의 예절 습관이나 방언, 행동 양식도 뚜렷한 차이를 보였다. 마르고 팔다리가 뻣뻣한 슈바르츠발트 출신 소년들, 옅은 금발에 입술이 크고 편편하며 피부가 반질반질한 산악 지대 소년들, 자유분방하고 활동적이며 쾌활한 평야 지대 소년들, 뾰족한 구두를 신고 세련된 분위기를 풍기며 순화된 사투리를 쓰는 슈투트가르트 소년들도 있었다. 이렇게 어린 소년들 중에 5분의 1가량이 안경을 썼다. 슈투트가르트 출신으로 몹시 야위었지만 준수하게 생긴 한 '마마보이'는 빳빳한 털로 짠 멋진 펠트 모자를 쓴 모습이 기품 있어 보였다. 하지만 그 소년은 자기의 남다른 치장을 보고 짓궂은 학우 몇 명이 벌써부터 그를 놀리고 골탕 먹일 생각을 하고 있다는 사실을 알아채지 못했다.

유심히 살펴보면 누구나 겁먹은 듯한 표정을 짓고 있는 이 소년들이 슈바벤의 각 지역에서 선발된 훌륭한 인재들이라는 것을 쉽게 알 수 있다. 암기 위주의 주입식 교육을 받은 평범한 소년도 있었고, 영특하고 개성이 강한 소년도 있었다. 이들의 매끈한 이마에는 더 높은 삶에 대한 기대가 반쯤 꿈에 잠겨 있었다.

똑똑한 데다 집념이 강한 슈바벤의 인재들 중에는 시간이 지남에 따라 거대한 세계로 깊숙이 들어가는 이들도 있었다. 그들은 재미없고 메마르고 고루한 자신들의 사고를 새롭고 강력한 체제의 중심축으로 만들었다. 슈바벤은 올바른 신학자들을 많이 배출했을 뿐 아니라 철학적 사유의 전통을 자랑으로 삼고 있었다. 실제로 덕망 있는 예언자나 이단자들이 슈바벤에서 적지 않게 배출되었다. 이 풍요로운 지방은 정치적으로는 다른 주보다 뒤처졌지만 신학과 철학 같은 정신적인 분야에서는 세계적으로 영향력을 끼쳐온 것이 확실했다. 게다가 예부터 이곳 사람들은 심미적인 것을 추구하고 낭만적인 시를 즐겼다. 그래서인지 가끔 뛰어난 시인이 나오기도 했다.

마울브론 신학교의 시설과 관습에는 슈바벤의 특성이 좀처럼 배어 있지 않았다. 오히려 수도원일 때부터 고전적인 라틴어 이름이 덧붙여졌다. 학생들의 방은 포룸, 헬라스, 아테네, 스파르타, 아크로폴리스로 불렸고, 맨 끝에 있는 가장 작은 방의 이름이 게르마니아였다. 오늘의 초라한 게르만 민족에게 로마와 그리스의 환상을 불어넣으려는 의도가 농후한 이름이었다. 하지만 그 또한 형식적인 것이고, 실제로는 히브리어 이름이 더 잘 어울렸을 것이다.

아이러니한 것은 우연하게도 아테네 방에는 배포가 크고 언변이 뛰어난 학생이 아니라 답답하고 고리타분한 학생들이 들어갔다. 스파르타 방에는 전사나 고행자하고는 거리가 먼, 쾌활하면서도 대놓고 거들먹거리는 학생들이 들어갔다. 한스 기벤라트는 친구 9명과 함께 헬라스 방에 배정되었다.

그날 저녁 한스는 처음 보는 친구들과 서늘하고 썰렁한 방에 들어가 좁은 침대에 드러누웠다. 뭐라고 말할 수 없는 기분에 가슴이 답답했다. 천장에는 커다란 석유램프가 달려 있었다. 붉은 불빛 아래서 소년들은 옷을 벗었다. 10시 15분에 조교가 와서 불을 껐다. 소년들 모두 나란히 누웠다. 2개의 침대 사이에는 옷을 걸치는 의자가 있었고, 기둥에는 아침 종을 치는 끈이 묶여 있었다.

소년들 몇 명은 벌써 안면을 텄는지 머뭇머뭇하면서도 소곤거리며 몇 마디 주고받았다. 하지만 곧 조용했다. 다른 아이들은 낯설어서 그런지 조금 긴장된 마음으로 아무 말 없이 가만히 누워 있었다. 이미 잠이 들어 색색거리는 소년도 있었다. 어떤 아이는 자는 내내 팔을 뒤척였다. 그럴 때마다 리넨 이불이 버석거렸다. 잠을 못 이루고 눈을 뜬 채 그저 누워 있는 아이들도 있었다.

한스는 잠이 잘 오지 않았다. 그는 옆에 누운 친구들의 숨소리를 들으며 가만히 있었다. 잠시 뒤 옆쪽으로 하나 건너 침대에서 두려움에 떠는 소리가 들렸다. 한 아이가 이불을 뒤집어쓴 채 흐느끼고 있었던 것이다. 아득하게 들리는, 나지막하게 흑흑거리는 소리에 한스의 마음도 어쩔 수 없이 흔들렸다. 집이 그립거나 하지는 않지만 작고 조용한 자기 방이 생각났다. 더구나 새롭게 다가올 앞날에 대한 불안감과 친구들에 대한 두려움에 몸서리를 쳤다.

한밤중이 되기도 전에 아이들 모두 잠에 빠져들었다. 어린 소년들은 줄무늬 베개에 볼을 묻고 나란히 누워 잠들었다. 슬픔에 잠긴 소년도, 반항적인 아이도, 명랑한 소년도, 잔뜩 겁먹은 아이도, 모든 것을 잊게 만드는 달콤한 수면에 깊이 빠져들었다. 낡고 뾰족한 지붕과 탑, 들창, 고딕 양식의 첨탑, 담장, 그리고 아치형 회랑 위로 창백한 반달이 떠올랐다. 달빛은 추녀 끝과 문지방을 비추더니 고딕 양식 창과 로마네스크 양식의 문을 지나, 회랑 가운데 분수대의 크고 우아한 물받침 위에 옅은 황금빛을 떨구며 하느작거렸다. 3개의 창문으로 스며든 달빛은 헬라스 방에 금색 띠와 자국을 새겨놓았다. 그 옛날 수도사들에게 했던 것처럼 달빛은 꿈속에 빠진 소년들을 다정하게 비췄다.

다음 날 예배당에서 엄숙한 분위기 속에 입학식이 치러졌다. 선생들은 프록코트 차림으로 서 있었고, 교장이 축하 연설을 했다. 학생들은 생각에 잠긴 얼굴로 몸을 숙이고 의자에 앉아 있었다. 그러다 가끔 뒤돌아 부모들을 힐끗거렸다. 어머니들은 감회에 젖은 미소로 아들을 바라보았다. 아버지들은 몸을 바르게 편 채 진지하고 엄한 표정으로 교장의 연설을 들었다. 자랑스러움과 아름다운 희망으로 그들의 가슴이 부풀어 올랐다. 오늘 이 자리에서 돈 때문에 아들을 팔았다는 생각이 드는 부모는 하나도 없었다. 마지막으로 학생들 이름이 차례로 불리자 한 명씩 앞으로 나가 교장과 악수를 했다. 그것은 의무와 책임을 다할 것을 선서하는 것과 같았다. 이제 이들은 올바른 행동거지로 생활하기만 하면, 죽을 때까지 평생 국가의 보장을 받는다. 하지만 아버지들은 물론이고 학생들도 이러한 선물이 거저 주어지는 게 아니라는 사실을 알지 못한다.

부모와 작별 인사를 나눌 때 소년들은 그 어느 때보다 진지하고 애처로웠다. 부모들은 걸어서, 혹은 우편 마차를 타고, 또 어떤 사람은 미리 예약해둔 기차 편으로 떠났다. 그들을 바라보는 자식들을 뒤에 남겨둔 채. 이별이 못내 서운한 손수건들이 9월의 부드러운 바람에 한동안 너울거렸다. 마침내 부모들의 모습이 숲 속으로 사라져 더 이상 보이지 않자 남겨진 아이들은 상념에 젖은 얼굴로 발길을 돌려 수도원으로 들어갔다.

조교가 말했다.

"자, 이제 부모님들은 떠나셨다."

학생들은 얼굴을 마주 보며 서로 이야기를 나눴다. 같은 방을 쓰는 학생들끼리 어울리기 시작한 것이다. 새로운 공간에 적응하려는 듯 학생들은 잉크병에 잉크를 채우고, 램프에 석유를 붓고, 책과 공책을 정리했다. 그리고 호기심 가득한 눈빛이 마주칠 때마다 머뭇거리지 않고 말을 붙였다. 고향과 학교에 대해 물어보고, 진땀 꽤나 흘렸던 주 시험을 떠올리며 이야기하기도 했다. 그들은 책상 주위로 몰려들어 수다를 떨었다. 밝은 웃음소리가 곳곳에서 터져 나왔다. 저녁때쯤에 그들은 한 배를 탄 승객보다 더 친해 보였다.

한스가 속한 헬라스 방에는 별난 학생이 넷 있었다. 그들을 제외한 나머지는 모두 평범했다. 우선 슈투트가르트 출신으로 아버지가 대학 교수인 오토 하르트너는 재능이 뛰어나고 차분하며 늘 자신만만했다. 몸가짐도 나무랄 데 없었고, 건장한 체구에 옷차림도 깔끔했다. 같은 방 친구들은 그의 당당한 모습에 감탄했다.

그다음은 산악 지대의 시골 출신으로 아버지가 읍장인 카를 하멜이었다. 그는 종잡을 수 없는 성격에다 무뚝뚝하고 냉정하며 좀처럼 마음을 열지 않았다. 그러다가 난데없이 격하게 흥분하기도 했고, 제멋대로 구는가 하면 어떻게 할 수 없을 정도로 과격한 행동을 보이기도 했다. 하지만 계속 그러는 건 아니었다. 금세 본래의 성격으로 돌아갔던 것이다. 그가 냉철한 관찰자인지 혹은 의뭉스러운 위선자인지 좀처럼 판단할 수 없었다.

복잡다단한 성격이 아니면서도 두드러지는 인물은 슈바르츠발트 출신의 헤르만 하일너였다. 그는 좋은 집안에서 자랐고, 첫날부터 그가 문학가이자 시인이라는 추측이 돌았다. 게다가 그가 주 시험에서 육각운으로 작문을 했다는 소문이 퍼졌다. 시인이었고 문학에 재질이 있다는 것은 첫날 이미 알 수 있었다. 그는 말도 잘했고, 활력적이었으며, 훌륭한 바이올린을 가지고 있었다. 또한 사람들 앞에서 두드러져 보이려고 각별히 애쓰는 것 같았다. 이것은 아직 성숙되지 않은 젊은 혈기와 경솔함이 혼재되어 나타나는 성향인 것 같았다. 하지만 몸과 마음은 제 나이보다 더 성숙했고, 잘 드러내지는 않지만 심오한 면이 있었다. 그는 벌써 시행착오를 거쳐 나름의 길을 가고 있었다.

그러나 뭐니 뭐니 해도 헬라스 방에서 가장 독특한 인물은 에밀 루치우스였다. 옅은 금발의 이 소년은 엉큼스러우면서도 농부처럼 끈기 있고 부지런하며 무뚝뚝한 성격이었다. 얼굴 생김새며 몸도 아직 덜 성숙했는데도 소년 같은 태도를 보이지 않았다. 게다가 더 이상 성숙할 수 없을 정도로 어른다웠다. 신학교에 들어온 첫날 다른 아이들이 무료함을 못 이기고 수다를 떨거나 새로운 환경에 적응하려고 애쓸 때, 그는 여유 있게 앉아 말없이 문법책을 보는 것이었다. 엄지손가락을 양쪽 귀에 쑤셔 넣고는 마치 허비한 시간을 보상하려는 듯이 책에 시선을 박고 공부하는 것이었다.

시간이 지나자 이 별난 소년이 약삭빠른 구두쇠에 이기적인 인간이라는 사실이 조금씩 드러났다. 부정한 짓도 너무 완벽하게 저지르는 바람에 학우들은 되레 감탄하면서 모르는 체 그냥 넘어가 주었다. 돈을 벌거나 아끼는 데도 이 소년은 약아빠진 면모를 보여주었다. 그가 주도면밀한 수완을 발휘할 때마다 학우들은 입이 딱 벌어질 정도로 놀라움을 금할 수 없었다.

그의 수완은 아침 일찍 기상할 때부터 발휘되었다. 루치우스는 맨 먼저 혹은 맨 마지막에 세면장으로 갔다. 그것은 다른 친구의 수건과 비누를 쓰기 위해서였다. 자기 것은 아끼고서 말이다. 그러다 보니 그의 수건은 2주일이 지나도 깨끗했다. 하지만 규칙에 따라 일주일에 한 번씩 수건을 갈아야 했고, 월요일마다 조교가 검사했다. 루치우스는 월요일 아침이며 번호가 달린 수건걸이에 새 수건을 걸어놓았다. 그러고는 점심시간이 되자마자 잽싸게 걷어 깨끗이 접어서 상자에 다시 넣고, 낡은 수건을 대신 걸어놓는 것이었다. 그의 닳지도 않는 딱딱한 비누는 몇 달이나 썼다. 그렇다고 해서 에밀 루치우스가 허름한 차림새로 다니는 것은 아니었다. 늘 깔끔하게 차려입고 옅은 금발은 반듯하게 가리마를 타서 잘 빗고 다녔다. 속옷이며 겉옷도 지나치다 싶을 만큼 아껴 입었다.

루치우스는 세면장에 갔다가 거기에서 바로 식당으로 갔다. 아침 식사로 나오는 것은 커피 한 잔과 설탕 한 조각, 빵 하나뿐이었다. 이 정도로는 대부분의 학생들이 배를 채울 수 없었다. 한창 클 나이에 8시간을 자고 일어나면 몹시 배가 고프게 마련이었다. 하지만 루치우스는 그걸로 충분한지 매일 설탕 한 조각을 먹지 않고 모았다. 그리고 설탕 두 조각에 1페니히, 설탕 스물다섯 조각에 공책 한 권을 받고 넘겼다. 저녁에는 비싼 기름을 아끼려고 친구들 불빛에 의지해 공부하는 것이 그로서는 당연한 일이었다. 그렇다고 해서 그가 가난한 집안 출신인 것은 아니었다. 오히려 부잣집에서 자랐다. 가난한 집 아이들은 되레 살림을 꾸리거나 돈을 아끼는 것 자체를 모르게 마련이다. 그래서 수중에 있는 족족 다 써버린다. 앞날을 위해 절약하고 모은다는 개념 자체가 없는 것이다.

에밀 루치우스는 자기 방식대로 물건을 소유하고 재물을 모아나갔을 뿐 아니라 정신적인 이득을 얻는 일에도 기를 쓰고 달려들었다. 가능한 많은 이득을 얻으려고 말이다. 이 점에 있어서 그는 누구보다 똑똑했다. 그는 정신적인 소유라는 것이 모두 상대적인 가치를 발휘할 뿐이라는 것을 잘 알고 있었다. 그는 시험에서 좋은 성적을 얻을 수 있는 과목에 집중하고, 나머지는 낙제하지 않을 만큼 적당한 성적을 유지했다. 2배로 공부해서 2등을 하기보다 그 절반의 노력으로 일등을 하는 게 낫다고 생각했다. 저녁에 친구들이 오락을 즐기거나 책을 읽으면서 시간을 때울 때도 루치우스는 조용히 앉아 공부했다. 친구들이 떠들어대는 소리에도 동요하지 않았다. 때때로 그는 부럽다기보다 흡족한 표정으로 그런 친구들을 쳐다보곤 했다. 왜냐하면 다른 친구들도 자기처럼 열심히 공부하면 자기가 노력한 보람이 전혀 없기 때문이다.

약아빠진 꾀를 쓰기는 했지만 부지런히 노력하는 것을 나쁘게 여기는 사람은 없었다. 하지만 지나친 허풍쟁이나 탐욕에 사로잡힌 사람들이 그렇듯 루치우스도 마침내 바보 같은 짓을 저지르고 말았다. 수도원의 모든 강의는 무료라는 것을 알고 루치우스는 바이올린을 배우기로 했다. 그렇다고 그가 바이올린을 배운 적이 있다거나 음악적 감수성과 재능을 타고난 것도 아니었다. 더구나 특별히 음악을 좋아하지도 않았다. 그는 단지 바이올린도 라틴어나 수학처럼 배우면 된다고 생각했다. 음악은 나이를 먹을수록 점점 더 유익한 자산이 되고, 무엇보다 사람들의 관심을 끌어 인기를 얻을 수 있는 수단이라고 들었기 때문이다. 아무튼 신학교 학생들은 누구나 바이올린을 사용할 수 있었기 때문에 바이올린을 배우는 데 돈이 들지 않았다.

루치우스가 찾아와 바이올린을 배우고 싶다고 하자 음악 선생 하스는 몸서리를 쳤다. 음악 시간을 통해 루치우스의 음악 실력을 익히 알고 있었던 것이다. 루치우스의 노래는 친구들을 재미있게 해줄지언정 음악 선생의 귀에는 고문이었다. 바이올린을 단념하도록 하스 선생이 아무리 구슬려봐도 루치우스는 막무가내였다. 되레 미소까지 지으며 공손하게 자신이 마땅히 누려도 되는 권리라고 주장했다. 더구나 음악이 하고 싶어서 참을 수 없다고 딱 잘라 말했다. 이렇게 해서 루치우스는 연습용 바이올린 중에 가장 안 좋은 것을 받았다. 그리고 일주일에 두 번 교습을 받고, 매일 30분 정도 혼자 연습했다. 첫 연습이 끝나자마자 소음에 시달리던 같은 방 친구들이 그에게 욕을 퍼부었다. 그리고 도저히 참을 수 없으니 그런 신음소리를 한 번만 더 냈다가는 가만있지 않겠다고 을러댔다.

그 뒤부터 루치우스는 학교 내에서 바이올린 연습을 할 만한 구석진 곳을 찾아다녔다. 긁어대는 듯한 소리, 끙끙거리며 부대끼는 소리, 끼익끼익 문지르는 소리, 바이올린에서 나는 이상한 소리에 주위 친구들은 아주 괴로울 지경이었다. 시인 하일너는 이렇게 말했다. 마치 고통에 빠진 낡은 바이올린이 벌레 먹은 구멍을 겨우 헤집고 나오면서 살려달라고 애걸하는 것 같다고.

루치우스의 바이올린 실력은 좀처럼 늘 기미가 보이지 않았다. 그를 가르치느라 힘들었던 음악 선생도 화가 난 나머지 험하게 대하기 시작했다. 루치우스는 절망에 빠진 채 겨우 연습해나갔다. 이제까지 자기만족에 사로잡혀 있던 소시민의 얼굴에 근심 어린 주름이 나타났다. 이 일은 완벽한 비극으로 끝났다. 마침내 음악 선생은 그의 실력이 늘 가능성이 없다고 판단하고 교습을 거부했다. 무엇이든 배우고 싶어 하는 이 어리석은 소년은 피아노를 택하더니 또

다시 몇 달에 걸쳐 부질없는 노력을 계속했다. 그러다 결국에는 풀이 꺾여서 슬며시 포기했다. 나중에 그는 음악 이야기가 나올 때마다 자기도 한때 피아노와 바이올린을 배운 적이 있는데, 어쩔 수 없는 사정으로 이 아름다운 예술을 멀리할 수밖에 없었다고 은근히 과시했다.

헬라스 방은 이처럼 우스운 행동을 하는 학생들 때문에 심심하지는 않았다. 문학가 하일너도 가끔 재미있는 행동을 했다. 풍자와 재치가 넘치는 카를 하멜은 늘 한 걸음 떨어져서 주위를 살폈다. 그는 다른 동급생보다 한 살 더 많았기 때문에 거만한 구석이 있었다. 하지만 다른 친구들에게 존경받을 만한 행동을 하지는 않았다. 변덕이 심했던 그는 일주일에 한 번씩 싸움을 걸어서 친구들을 시험하는 것이었다. 그럴 때마다 거칠고 사납다 못해 잔인하기까지 했다.

한스 기벤라트는 경악스러운 눈길로 그런 하멜을 쳐다보았다. 그는 착하고 온순한 태도로 묵묵히 자기 할 일을 했다. 한스는 루치우스 못지않게 부지런했다. 그래서 하일너 말고는 같은 방 모든 친구들이 그의 생활 태도를 높이 샀다. 독창적이기는 했지만 경솔한 면이 있었던 하일너는 가끔 한스를 공부벌레라고 비아냥거렸다.

저녁때쯤 기숙사에서 싸움이 벌어지는 것은 예삿일이었다. 하지만 하루하루 성장을 거듭하는 소년들은 별 문제 없이 잘 어울렸다. 그들은 어른으로 대접받는 데서 뿌듯함을 느꼈고, 그러기 위해 노력했다. 선생들이 자신들을 부르는 '당신'이라는 호칭에 걸맞게 진지하게 학문에 임하고 올바르게 행동하고자 애썼다. 그리고 이제 막 대학에 들어간 학생이 고등학교 시절을 돌아보듯, 얼마 전에 졸업한 라틴어 학교 시절을 거만하고 동정 어린 시선으로 회상하는 것이었다. 그러나 품위를 가장하는 가운데 자신의 정당한 권리를 내세우듯 가끔은 개구쟁이 같은 꾸밈없는 본성이 튀어나왔다. 그럴 때면 기숙사의 방은 쿵쿵 뛰는 소리와 험악한 욕설로 난장판이 되었다.

공동생활을 시작한 지 몇 주일째가 되자 젊은이들은 마치 화학 변화가 일어났을 때의 침전물처럼 변했다. 공기 중에 흐릿하게 떠다니던 덩어리와 부스러기가 한데 엉켜 굳어지는가 하면, 다시 떨어졌다가 다른 모양으로 굳어지기도 했다. 이런 현상을 관찰하는 경험은 교장이나 교사들에게 굉장히 유익하고 소중한 것이었다. 처음에는 수줍어하던 소년들은 서로를 알 만큼 알게 되자 파도를 헤치듯 서로를 탐색하며 친구를 찾아 나섰다.

동아리를 만들어 함께 어울렸고, 우정과 반감을 뚜렷하게 드러냈다. 같은 고향, 같은 학교 출신끼리 뭉치는 경우는 드물었다. 대부분 새로운 친구를 찾아 나섰다. 도시 출신은 시골 출신을, 산악 지대 아이들은 평야 지대 아이들과 어울렸다. 그것은 자기와 다른 부류를 사귀면서 부족한 부분을 채워나가려는 내적 욕구였다. 젊은이들은 서로를 찾아 나서면서 몰랐던 세계를 어렴풋이 경험하는 것이었다. 평등 의식과 함께 자립 의지가 강하게 솟구쳤다. 그리고 소년 시절의 잠에서 깨어나 자기의 개성을 싹 틔우기 시작했다. 뭐라고 표현할 수 없는 애정과 질투로 인한 사소한 사건들이 종종 벌어졌다. 우정이 깊어지는가 하면, 적대감을 숨김없이 드러내며 맞서기도 했다. 그러다 마지막에는 서로를 좋아하기도 하고, 사이좋게 산책을 하기도 하며, 주먹질을 하는 경우도 있었다.

한스는 그런 것에 전혀 관심이 없었다. 카를 하멜이 격한 감정으로 친하게 지내고 싶다고 노골적으로 고백했을 때도 깜짝 놀란 한스는 그를 피하고 말았다. 그 일이 있고 나서 하멜은 한스를 혼자 남겨두고, 스파르타 방 학생들과 친하게 지냈다. 매혹적인 색깔의 동경으로 채색된 행복한 우정의 땅이 지평선 위로 눈부시게 떠올랐다. 한스는 호기심이 살짝 솟구쳤다. 하지만 수줍은 성격 때문에 어쩔 수 없이 더 이상 나아가지 못하고 멈췄다. 어머니 없이 엄격하게 소년 시절을 보낸 한스는 사랑할 줄 모르는 성격을 가지게 되었다. 무엇보다 열정을 표현하는 데 두려움을 느꼈다. 게다가 어린아이의 자부심과 부질없는 공명심까지 굳어지고 말았다. 그는 루치우스하고는 달랐다. 그는 순수하게 지식을 넓히고 싶었다. 하지만 루치우스와 마찬가지로 한스도 자신의 공부를 방해하는 모든 것을 멀리했다. 그는 책상에 붙박여 공부만 했다. 그러다가도 다른 친구들이 즐겁게 우정을 나누는 모습을 보면, 질투심으로 버둥거렸다.

카를 하멜은 한스와 맞지 않는 친구였다. 하지만 누군가 한스를 세차게 끌어당겼다면 그는 흔쾌히 따라갔을 것이다. 한스는 자기를 억지로 데려가 행복하게 해줄, 힘세고 용감한 누군가를 기다리며 가만히 앉아 있었다.

신학교에서는 해야 할 일이 너무 많았다. 특히 히브리어를 배우느라 딴생각을 할 겨를이 없었다. 시간은 빠르게 흘러갔고, 마울브론을 둘러싸고 있는 작은 호수와 연못에 흐릿한 늦가을 하늘이 비쳤다. 그리고 시들어가는 물푸레나무, 자작나무, 떡갈나무가 비치고, 황혼의 긴 그림자가 드리웠다. 초겨울 세찬 바람이 울부짖기도 하고, 환호성을 올리기도 하면서 아름다운 숲을 지나 불어닥쳤다. 살짝 서리가 내린 것도 벌써 몇 번이었다.

감수성이 풍부하고 서정적인 헤르만 헤일너는 마음이 맞는 친구를 사귀려고 노력해보았으나 뜻대로 되지 않았다. 그래서 외출 시간마다 혼자 숲으로 나가 산책했다. 특히 그는 숲 속의 호수를 좋아했다. 오래되고 시든 활엽수 가지가 드리우고 갈대밭에 둘러싸인 암갈색 호수는 음산한 분위기를 풍겼다. 몽상가 하일너는 슬픔에 잠긴 아름다운 숲 가장자리에서 미지의 무언가가 자신을 거세게 끌어당기는 것을 느꼈다. 이곳에서 그는 꿈결처럼 나뭇가지로 고요한 호수에 원 물결을 그리거나 레나우(오스트리아의 시인 니콜라우스 레나우—옮긴이)의 〈갈대의 노래〉를 읽었다. 그리고 호숫가 작은 갈대 위에 누워 가을이면 늘 그랬듯이 죽음과 허무를 생각하며 명상에 잠겼다. 나뭇잎 떨어지는 소리와 앙상한 나뭇가지가 바람에 흔들리는 소리가 어우러져 우울한 소리를 자아냈다. 그럴 때면 그는 주머니에서 검은색 수첩을 꺼내 연필로 시를 몇 줄 적었다.

10월도 다 끝나 가는 어느 날이었다. 흐린 날씨에 점심시간을 틈타 한스는 혼자 숲을 산책했다. 그 시각 하일너는 시를 쓰고 있었다. 소년 시인은 수문의 널빤지에 앉아 수첩을 무릎에 펼쳐놓은 채 뾰족한 연필을 입에 물고 생각에 잠겼다. 그 옆에는 책 한 권이 펼쳐져 있었다. 한스는 조용히 그에게 다가갔다.

"하일너, 여기서 뭐 해?"

"호메로스를 읽고 있어. 그런 너는?"

"아닌 것 같은데. 나는 네가 뭘 하는지 알아."

"그래?"

"너는 시를 쓰고 있잖아."

"그렇게 생각하니?"

"그럼."

"아무튼 여기 앉아!"

기벤라트는 하일너와 나란히 앉아 두 다리를 물 위로 내려뜨렸다. 그리고 갈색 나뭇잎이 차가운 공기 속을 맴돌다가 하나둘 소리 없이 갈색 물 위로 떨어지는 것을 바라보았다.

"여기는 조금 쓸쓸한 분위기구나."

한스가 말했다.

"그렇지."

두 소년은 그대로 바닥에 드러누웠다. 그러자 짙은 가을 정취를 품은 우듬지가 눈에 들어오지 않았다. 옅푸른 하늘에 섬처럼 고요히 떠 있는 구름이 보일 뿐이었다.

"참 아름다운 구름이다!"

하늘을 바라보던 한스가 기분 좋은 듯 말했다.

"그래, 정말 예쁘다. 우리도 저 구름처럼 될 수 있다면……."

하일너가 한숨지었다.

"그렇게 되면?"

"돛단배처럼 저 하늘을 여행할 수 있겠지. 숲과 마을과 읍과 주를 넘어가는 거야. 아름다운 배처럼. 너 배 타본 적 없지?"

"응, 없어. 너는?"

"당연히 타봤지. 안됐다. 그런 경험을 전혀 못 해보다니. 그렇게 공부만 하니 그럴 수밖에!"

"그래서 내가 바보라는 거야?"

"그런 뜻은 아니야."

"네가 생각하는 것만큼 바보는 아냐. 아무튼 계속해봐. 배 얘기 말이야."

하일너는 누운 채로 몸을 뒤집다가 자칫 물에 빠질 뻔했다. 그는 바닥에 엎드려서 팔꿈치를 세우고 양손으로 턱을 괴었다. 그러고는 계속 말했다.

"라인 강에서 배를 탔지. 방학 때였어. 일요일이었는데, 배 위에는 음악이 흘렀어. 밤이 되자 온갖 빛깔의 불빛이 눈부시게 비쳤어. 불빛은 강물에 비쳤고. 우리는 음악을 들으면서 강을 따라 올라갔지. 라인의 포도주도 마셨어. 아가씨들은 모두 하얀 옷차림이었고."

한스는 말없이 귀 기울였다. 그는 눈을 감은 채 빨간 등불을 켜고 음악이 흐르는 가운데 하얀 옷을 입은 아가씨들을 태우고 여름밤의 강 위를 떠가는 배를 상상해보았다.

하일너는 계속했다.

"지금하고는 완전히 다른 세상이지. 여기 있는 놈들이 뭘 알겠어. 지긋지긋한 위선자들. 죽어라 공부에만 매달리는 불쌍한 것들. 히브리어 철자보다 더 고상한 게 뭔지도 몰라. 너도 똑같아."

한스는 아무 말 하지 않았다. 하일너는 그야말로 괴짜였다. 시 쓰는 몽상가. 한스는 하일너를 지켜보면서 한두 번 놀란 게 아니었다. 다 아는 사실이지만 하일너는 공부를 별로 하지 않았다. 하지만 폭넓은 지식을 가지고 있었고, 어떤 질문에도 훌륭하게 대답했다. 그러면서도 그는 지식 쌓는 것을 경멸했다.

그는 빈정거리는 투로 계속 말했다.

"우리는 호메로스를 읽고 있잖아. 그런데 《오디세이아》를 마치 요리책 읽듯 한다고. 겨우 두 줄 읽는 데 한 시간이나 걸려. 단어 하나하나를 곱씹어가면서 천천히 뜻을 음미하지. 마지막에는 아주 지겨워서 구역질이 날 지경이야. 하지만 강의가 끝날 무렵에는 늘 이렇게 말하지. '여러분은 얼마나 멋진 표현인지 느꼈을 겁니다. 작시의 비밀을 알게 된 것이지요.' 이 말은 우리가 질식하지 말라고 불변화사와 과거 부정형에 양념을 친 것에 지나지 않아. 이런 식으로 호메로스를 읽고 싶지 않아. 대체 고릿적 그리스의 구닥다리가 무슨 소용이야? 아무나 그리스식으로 살아보라고 해. 당장 쫓겨나고 말지. 그런 판국에 우리 방 이름이 헬라스라니, 원! 정말 웃기는 짓이야. 왜 '휴지통'이나 '노예 감옥', '실크 모자(빈의 저항 정신이 강한 대학생들이 쓰던 모자─옮긴이)', 이딴 이름을 붙이지 않는 거지? 고전이라고 하는 것들은 죄 쓸데없는 것일 뿐이야."

그는 하늘에 대고 침을 뱉었다.

"넌 아까 시 쓰고 있었지?"

한스가 물었다.

"그래!"

"어떤 시?"

"이 호수와 가을에 대한 시야."

"보여주면 안 돼?"

"안 돼. 아직 완성하지 못했어."

"그럼 다 지으면 보여줄 수 있어?"

"그러지, 뭐."

두 소년은 일어나서 천천히 수도원으로 돌아갔다.

"저것 좀 봐! 저게 얼마나 아름다운지 너도 알지?"

'낙원' 옆을 지나갈 때 하일너가 말했다.

"예배당과 아치형 창문, 회랑과 식당. 모두 다 고딕 양식 아니면 로마네스크 양식이잖아. 묵직하면서도 정교한 건축물들은 예술가들의 손에 의해 탄생한 거야. 하지만 마법의 성이 다 무슨 소용이겠어? 목사가 되려고 모인 36명의 불쌍한 소년들을 위한 것일 뿐인데. 우리 나라는 아주 돈이 남아도나 봐."

한스는 오후 내내 하일너 생각을 했다. 그는 대체 어떤 사람일까? 한스가 고민하고 소망하는 것들을 하일너는 전혀 생각하지 않았다. 하일너는 나름의 생각과 언어를 가지고 있었다. 그리고 남들보다 더 열정적이고 자유롭게 살았다. 하지만 그는 남들과 다른 고뇌에 빠져서 자기를 둘러싸고 있는 모든 것을 경멸에 찬 시선으로 바라보았다. 그는 오래된 기둥과 담장이 얼마나 아름다운지 알고 있었다. 또한 자신의 정신을 시에 투영하고, 공상 속에서 허구의 삶을 사는 기이한 재주가 있었다. 감정이 풍부한 그는 구속받는 것을 싫어했다. 한스가 1년 동안 할 농담을 하일너는 하루에 다 지껄였다. 그러면서도 그는 우울한 소년이었는데, 마치 드물고 귀하며 값진 보물이라도 되는 것처럼 자신의 슬픔을 즐기는 듯했다.

그날 저녁이었다. 하일너는 같은 방 친구들 앞에서 자신의 기이한 괴벽을 드러내고 말았다. 허풍이 심하고 좀스러운 오토 벵거가 하일너에게 싸움을 걸었다. 처음에 하일너는 너스레를 부리기도 하면서 차분하게 대했다. 그러다 돌연 오토 벵거의 뺨을 후려치더니 순식간에 두 소년은 달라붙어 몸싸움을 벌였다. 마치 키 없는 배처럼 부딪히고, 반원을 그리며 도는가 하면, 멈칫하다가 움츠러들었다 하면서 헬라스 방을 엉망진창으로 만들었다. 벽으로 밀치고, 의자를 쓰러뜨리고, 마룻바닥에 힘껏 내동댕이치기도 했다. 둘 다 말없이 숨을 몰아쉬고, 침을 질질 흘리며 게거품을 토해냈다.

다른 친구들은 냉정하게 두 사람을 지켜보았다. 싸우는 두 사람에게 걸리지 않으려고 가끔 발을 살짝 피하곤 했다. 그리고 책상과 램프가 부숴질까 봐 멀찍이 옮겨놓고는 재미있는 듯 조바심이 난 표정으로 싸움이 어떻게 끝날지 기다렸다. 몇 분이 지나자 하일너가 겨우 일어나 숨을 헐떡거렸다. 꼴이 말이 아니었다. 눈 흰자위가 벌게지고 셔츠 깃은 찢어진 데다 바지 무릎에 구멍이 뻥 뚫렸다. 상대가 다시 덤비려고 했지만 하일너는 팔짱을 끼고 서서 거만하게 말했다.

"나는 더 이상 안 할래. 때리고 싶으면 때려."

그러자 오토 벵거가 욕을 퍼부으며 나가버렸다. 하일너는 자기 책상에 기대서서 램프를 돌려놓고 바지 주머니에 양손을 찔러 넣은 채 생각에 잠겼다. 돌연 그의 눈에서 눈물이 떨어지는가 싶더니 끊임없이 흘러내렸다. 이제까지 한 번도 없던 일이었다. 눈물을 흘리는 것은 신학교 학생에게 가장 치욕적인 일이었다. 하일너는 눈물을 감추지 않았다. 방에서 나가지 않고, 핼쑥한 얼굴을 램프 쪽으로 향한 채 멍하니 서 있었다. 눈물을 닦지도, 주머니에 넣은 손을 빼지도 않았다. 호기심이 동한 친구들이 짓궂은 표정을 지으며 그의 곁으로 몰려들었다. 급기야 하르트너가 다가가서 말했다.

"하일너, 넌 부끄럽지도 않니?"

하일너는 눈물이 흐르는 얼굴로 천천히 친구들을 둘러보았다. 마치 깊은 잠에 빠졌다가 이제 막 깨어난 사람처럼.

"부끄럽다니? 너희한테? 천만에!"

그는 경멸스럽다는 투로 소리치고는 눈물을 닦고 분노가 서린 미소를 지었다. 그러고는 램프를 끄고 방을 나갔다.

두 사람이 싸우는 동안 한스는 자기 자리에서 꼼짝도 하지 않았다. 그리고 놀랍고도 두려운 마음으로 하일너를 힐끗 보았다. 15분쯤 지난 뒤 한스는 잠적해버린 친구를 찾아 나섰다. 하일너는 춥고 어두운 복도의 나지막한 창턱에 걸터앉아 가만히 회랑을 내려다보았다. 뒤에서 바라보는 그의 어깨와 확연히 두드러진 가녀린 머리가 진지해 보이는 것이 소년 같지 않았다. 한스가 창가에 다가갔는데도 하일너는 꼼짝도 하지 않았다. 조금 있으니 하일너가 고개를 돌리지도 않고 쉰 목소리로 말했다.

"뭐야?"

"나야."

한스가 쑥스러운 듯 말했다.

"무슨 일이야?"

"아니, 그냥."

"그럼 가줘."

한스는 몹시 불쾌해서 정말 가려고 했다. 그때 하일너가 그를 붙잡았다.

"잠깐! 그런 말이 아니야."

그는 농담이었다는 듯이 말했다.

두 사람은 서로의 얼굴을 마주 보았다. 진지하게 서로의 얼굴을 바라본 것은 이때가 처음이었다. 반들반들하고 부드러운 젊은이의 얼굴 뒤에 서린, 남들과 다른 고유의 성향을 가진 특별한 인간의 존재와 정신을 상상해보았다.

헤르만 하일너는 천천히 팔을 뻗어 한스의 어깨를 잡았다. 그리고 얼굴이 닿을 만큼 바짝 끌어당겼다. 한스는 하일너의 입술이 자신의 입술에 닿자 소스라치게 놀랐다.

이제까지 한 번도 느껴보지 못한 묘한 감정에 한스의 심장이 두근거렸다. 어두운 침실에 하일너와 함께 있고, 서로 입을 맞춘다는 것, 이것은 한스의 모험심을 자극하면서도 새롭고 위험한 짓이었다. 누가 보기라도 한다면 끔찍한 일이 벌어질 것이다. 두 소년의 입맞춤은 조금 전 하일너가 눈물을 보인 것보다 훨씬 더 말도 안 되고 치욕적인 일이었기 때문이다. 한스는 아무 말도 할 수 없었다. 피가 거꾸로 솟구치는 것 같았고, 당장 여기를 벗어나 도망치고 싶었다.

어떤 어른이 이 광경을 보았다면, 수줍어하면서 서툴게 표현된 사랑과, 진지한 표정을 짓고 있는 갸름한 소년들의 얼굴에서 은밀한 기쁨을 엿보았을 것이다. 전도유망한 두 소년의 얼굴에는 아이다운 귀염성과 젊은이의 아름다운 오기가 절반씩 깃들여 있었다.

젊은이들은 차츰 공동생활에 적응해나갔다. 그들은 친하게 지내면서 서로의 내력을 알게 되었고, 서로에 대한 생각이 굳어졌다. 그 과정에서 우정이 싹튼 경우도 적지 않았다. 함께 히브리어 단어를 외우고, 함께 산책하고, 함께 그림을 그리고, 함께 실러를 읽는 친구들도 있었다. 라틴어는 잘하지만 수학을 잘 못하는 학생은 반대로 수학은 잘하고 라틴어에 능숙하지 않은 학생과 함께 공부하면서 성적을 올렸다.

또한 다른 분야에서 계약을 맺고 가진 것을 서로 나누면서 친분을 쌓은 경우도 있었다. 예를 들어 남들이 부러워하는 햄을 가진 아이는 아버지가 슈탐하임에서 과수원을 하는 아이를 통해 자신에게 없는 것을 얻었다. 그 소년의 상자 속에는 맛있는 사과가 잔뜩 있었다. 어느 날 햄을 먹다가 목이 마른 소년은 과수원 집 소년에게 햄을 줄 테니 사과를 하나 달라고 했다. 그들은 같이 앉아서 조심스럽게 이야기를 나눴다. 햄을 다 먹고 나면 집에서 또 부쳐줄 것이고, 사과도 집에 저장된 게 많으니 겨울에도 계속 받을 수 있다는 것이었다. 이리하여 알차고 굳건한 관계가 맺어졌다. 이들의 관계는 열정과 이상으로 맺어진 우정보다 더 오래갔다.

계속 혼자 다니는 경우도 있었다. 바로 루치우스였다. 이 무렵 예술에 대한 그의 탐욕도 극에 달했다.

서로 어울리지 않는 사이도 있었다. 그중 가장 어울리지 않는 두 사람이 헤르만 하일너와 한스 기벤라트였다. 그것은 탕아와 모범생, 시인과 노력가의 조합이었다. 둘 다 영리하고 재능이 뛰어난 소년이었다. 하지만 하일너를 두고는 반쯤 비웃는 투로 천재라고 부르는 반면, 한스는 누가 보기에도 모범생이었다. 그러나 아무도 이들에게 관심을 두지 않았다. 저마다 친구를 사귀느라 바빴고, 자기들끼리 우정을 쌓고 싶었기 때문이다.

학생들은 이런 개인적인 관심사와 경험으로 공부를 등한시하지는 않았다. 학교는 커다란 악장이자 선율이었다. 그 속에서 루치우스의 음악, 하일너의 시, 우정과 다툼, 이따금 치고받는 싸움질도 그저 잠시 여유 있을 때 벌어지는 사소한 놀이에 지나지 않았다.

학생들이 가장 힘들어하는 것은 히브리어였다. 여호와를 찬양하는 옛날 옛적 이 괴상한 언어는 가지만 남았는데도 신비롭게 살아 있는 나무 같았다. 마디가 있는 이 나무는 알 수 없는 수수께끼처럼 젊은이들이 보는 앞에서 자라났다. 도드라진 나뭇가지와 향기를 풍기는 진기한 색깔의 꽃은 사람들을 놀라게 했다. 움푹 팬 줄기와 뿌리에는 수천 년 전의 정령들이 섬뜩하게, 혹은 정겹게 깃들여 있었다. 소름 끼치도록 무서운 용, 순진무구하고 사랑스러운 동화 속 요정, 아름다운 소년과 그윽한 눈매를 가진 소녀, 싸움을 좋아하는 부인들. 루터의 성경 속에서 아득한 꿈결처럼 들리던 것이, 이제는 거칠고 순수한 언어로 자신의 혈기와 목소리를 되찾아 소름 끼칠 만큼 케케묵고 으스스한 형체로 되살아난 것이다. 적어도 하일너에게는 그랬다. 그는 모세오경(구약성서의 처음 다섯 권인 창세기, 출애굽기, 레위기, 민수기, 신명기를 말한다.―옮긴이)을 매일, 매시간 저주했다. 하지만 모든 단어의 뜻을 이해하고 집요하게 책을 읽으면서 공부에 몰두하는 다른 학생들보다 더 많은 생기와 영혼을 발견하고 빨아들였다.

그에 비해 신약성서는 훨씬 더 부드럽고 밝고 정신적이었다. 그 언어는 연륜과 깊이, 사상은 더 빈약하지만 젊고 열정적이며 이상이 넘치는 정신으로 가득 채워져 있었다.

그리고 《오디세이아》는 힘 있는 곡조로 거세게 굽이치며 되풀이되는 시구에 지금은 사라진 행복한 삶에 대한 이해와 계시가 선명하게 배어 있었다. 마치 바다의 요정의 하얗고 토실토실한 팔처럼. 때로는 뚜렷한 윤곽과 강렬한 필치로 손에 잡힐 듯 선명하게 떠오르기도 하고, 때로는 두세 개의 단어와 시구에서 아름다운 꿈과 계시가 희미하게 비치기도 하는 것이었다.

크세노폰이나 리비우스는 자취도 없이 사라졌다. 기껏해야 빛은 사라지고 흐릿한 형체로 멀찍이 떨어져 있을 뿐이었다.

친구의 눈에는 그 모든 것이 다르게 비친다는 사실에 한스는 놀랐다. 하일너에게는 추상적인 것이 없었다. 상상할 수 없거나 공상으로 채색할 수 없는 것이 없었다. 그는 자기가 관심 없는 것은 모두 싫증을 내며 손을 놓아버렸다. 그에게 수학은 음흉한 수수께끼를 품은 스핑크스였다. 그 매정하고 악의에 찬 눈초리로 마법을 걸어 희생양들을 꼼짝달싹 못하게 만들기 일쑤였다. 그래서 하일너는 괴물에게서 멀리 달아나버렸다.

두 소년의 우정은 남달랐다. 하일너에게는 사치스러운 놀이이자, 기분 내키는 대로 변덕을 부릴 수 있어서 즐거웠다. 하지만 한스에게는 자긍심으로 지켜온 소중한 보물이자 감당하기 버거운 짐이었다. 그때까지 한스는 저녁에 무조건 공부만 했다. 하지만 이제는 하일너가 공부하다 지겨울 때마다 한스에게 다가와 책을 빼앗으면서 같이 놀자고 하는 것이었다. 한스는 하일너를 굉장히 좋아하면서도 매일 밤 그가 올까 봐 조마조마했다. 그리고 뒤처지지 않으려고 정해진 공부 시간에는 몇 배 더 열심히 책을 파고들었다. 나중에 하일너는 이렇게 노력하는 가엾은 한스를 비웃었다. 그래서 한스는 더욱 곤란하고 어찌할 바를 몰랐다.

"날품팔이랑 뭐가 달라? 너는 공부를 하고 싶어서 하는 게 아니잖아. 선생님과 부모님이 무서워서 하는 거지. 일등을 하든 2등을 하든 그게 뭐가 중요해? 나는 20등밖에 안 돼. 하지만 너 같은 공부벌레보다 멍청하지는 않거든."

하일너가 교과서를 어떻게 취급하는지 알았을 때 한스는 기가 막혀서 할 말을 잃고 말았다. 한번은 한스가 깜박하고 교실에 책을 놔두고 온 적이 있다. 그래서 다음 시간에 배울 지리학을 예습하려고 하일너의 지도책을 빌렸다. 그런데 하일너의 지도책에는 온통 연필로 그림이 그려져 있었다. 책을 펴는 순간 한스는 소름이 끼쳤다.

피레네반도의 서해안은 기다랗고 괴상한 옆얼굴로 변해 있었다. 코는 포르토에서 리스본까지 이어졌고, 피니스테레 곶 주위는 곱슬곱슬한 머리칼이었다. 세인트빈센트 곶은 부드럽게 얼굴을 뒤덮은 수염이었다. 모든 지면이 다 그랬다. 지도 뒷면의 빈 페이지에는 풍자화가 그려져 있었고, 대담하고 재미있는 시구까지 덧붙였다. 잉크 자국도 군데군데 묻어 있었다. 한스는 자신의 책을 신성한 보물처럼 소중히 다뤘다. 그는 터무니없을 만큼 몰상식한 하일너의 행동을 신성 모독과 비등한 범죄행위나 마찬가지라고 생각하면서도, 영웅 같은 위대함을 느꼈다.

하일너는 착하기 그지없는 기벤라트를 가지고 놀기 쉬운 장난감이나 애완 고양이처럼 여길지도 모른다. 한스도 가끔 그런 생각이 들곤 했다. 그러나 하일너에게는 한스가 필요했고, 그런 만큼 한스에 대한 애정이 컸다. 하일너는 자신의 속내를 털어놓고, 자기 이야기를 들어주고, 자신을 인정해줄 사람이 필요했다. 학교나 삶에 대해 혁명적이라고 할 만큼 과격하게 말해도 조용히 그 이야기에 귀 기울여줄 사람이 필요했다. 그리고 기분이 우울할 때면 자신의 머리를 무릎에 올려놓고 위로해줄 사람이 필요했다.

그런 성격을 가진 사람들이 으레 그렇듯 이 젊은 시인도 가끔 이해하기 힘든, 어리광 같은 우울증을 격하게 표출하기도 했다. 그것은 소년의 영혼과의 조용한 이별, 목적 없이 끓어오르는 젊음의 열기와 예감, 욕망 때문이었다. 성인이 되어가는 과정에서 나타나는 알 수 없는 어두운 충동도 또 다른 이유였다. 그럴 때 하일너는 동정과 사랑받고 싶은 병적인 욕구에 사로잡혔다. 어릴 때 그는 어머니의 사랑을 받았다. 하지만 여자의 사랑을 받기에는 아직 어린 지금은 온화한 성품을 가진 친구만이 그를 위로해줄 수 있었다.

저녁 무렵 하일너는 몹시 지친 모습으로 한스를 찾아올 때가 있었다. 그는 공부하고 있는 한스에게 복도로 나가자고 졸라댔다. 두 소년은 추운 방과 어스름한 기도실을 왔다 갔다 하거나 덜덜 떨면서 창가에 앉아 있곤 했다. 하일너는 하이네를 즐겨 읽는 서정적인 소년답게 애잔한 탄식을 쏟아내며, 유치한 슬픔의 구름에 뒤덮여 있었다.

한스는 그런 하일너를 이해할 수 없으면서도 큰 감동을 느꼈다. 급기야 자기도 모르게 전염되기까지 했다. 감수성이 예민한 시인은 특히 흐린 날 증세가 심했다. 늦가을 비구름이 하늘을 뒤덮어 어두컴컴하고, 엷은 구름 베일 사이로 달이 희미하게 모습을 드러내며 궤도를 지나갈 때, 슬픔에 잠긴 그의 신음 소리는 극에 달했다. 그럴 때면 하일너는 오시안(3세기 고대 켈트족의 전설적인 음유시인으로 낭만적인 서사시를 많이 지었다.―옮긴이)의 감정에 푹 빠지거나 의식이 아득해질 만큼 우수에 젖어들었다. 그는 우울한 감정을 한숨으로 내뱉거나, 이야기 혹은 시구로 나타내기도 했다. 그렇게 죄 없는 한스에게 마구 퍼붓는 것이었다.

이러한 고통에 시달리고 나면 한스는 남은 시간 동안 최대한 공부에 전념했다. 그러나 공부는 점점 더 어려웠다. 두통이 다시 일어난 것도 그리 놀라운 일이 아니었다. 별로 하는 일 없이 시간을 보내고 몸도 지치는 것이 못마땅했다. 꼭 해야 하는 공부를 하는데도 자신을 다그쳐야 했다. 괴짜와 우정을 쌓으면서 한스는 몸도 지치고, 때 묻지 않은 순수한 자아도 병들었다. 한스는 그것을 어렴풋이 느꼈다. 하지만 하일너가 우울해하고 슬퍼할수록 더욱 가엾다는 생각이 들었다. 자신이 그에게 없어서는 안 될 존재라는 것을 깨닫자 더욱 다정하게 대하고 우쭐해했다.

게다가 한스는 하일너의 병적인 우울감이 방탕스러운 충동의 지나친 표출에 지나지 않을 뿐 아니라, 자신이 그토록 감탄하는 하일너의 본성도 아니라는 것을 알고 있었다. 하일너가 자작시를 낭독하거나 시인의 이상을 논하거나 큰 동작을 곁들이며 실러나 셰익스피어의 독백을 열정적으로 읊조릴 때, 한스에게 없는 마법 같은 힘을 가진 그가 초월적인 자유와 불타는 열정에 사로잡혀, 호메로스의 천사처럼 날개 달린 발바닥을 가지고 한스와 다른 친구에게서 멀리 떨어져 하늘을 떠다니는 것 같았다. 이제까지 한스는 시인의 세계를 잘 알지도 못하고 관심도 없었다. 지금 그는 난생처음 거부할 수 없는, 아름답게 들리는 언어와 매혹적인 비유와 부드러운 음률에 사로잡힌 것이었다. 한스의 마음속에는 친구에 대한 경탄과 함께 새로운 세계의 대한 숭배가 싹트고 있었다.

거센 바람이 몰아치고 어둑한 날이 계속되는 11월이 되었다. 램프를 켜지 않고 공부할 수 있는 시간이 많지 않았다. 어두운 밤에는 세찬 바람이 산더미 같은 구름을 어둠에 덮인 산꼭대기로 내몰았고, 신음하듯, 혹은 으르렁거리듯 수도원 건물을 심하게 두드려댔다. 나뭇잎은 남김없이 떨어졌다. 울창한 숲의 제왕인 굵은 마디에 육중한 떡갈나무만 시든 우듬지를 요란하게 흔들며 불평을 늘어놓았다.

하일너는 심한 우울증에 빠졌다. 그는 한스에게 오지 않고, 외진 연습실에서 거칠게 바이올린을 켜거나 친구들에게 싸움을 걸었다.

어느 날 저녁 하일너가 연습실에 들어갔을 때 마침 억척스러운 루치우스가 보면대를 앞에 두고 연습에 몰두하고 있었다. 화가 난 하일너는 곧바로 연습실을 나왔다. 그리고 30분 뒤에 다시 연습실로 갔다. 그런데 루치우스가 여전히 연습에 몰두하고 있었던 것이다. 하일너는 대뜸 화를 냈다.

"이제 그만하지그래? 다른 사람도 연습해야 할 것 아냐. 네가 긁어대는 그 소리 때문에 아주 돌아버릴 지경이라고."

루치우스는 꼼짝도 하지 않았다. 그는 들은 척도 하지 않고 계속 바이올린을 켜댔다. 그러자 화가 치민 하일너가 보면대를 발로 차버렸다. 악보가 연습실 바닥에 흩뿌려졌고, 보면대가 루치우스의 얼굴을 치면서 넘어졌다. 루치우스는 몸을 숙여 악보를 줍더니 단호하게 말했다.

"교장 선생님한테 이르고 말겠어."

"그러시지. 내가 네 엉덩이까지 걷어찼다고 일러바치지그래."

하일너가 분노에 차서 소리 지르더니 실제로 루치우스의 엉덩이를 걷어차려고 했다. 루치우스는 옆으로 펄쩍 뛰어 피하더니 얼른 문 쪽으로 달아났다. 하일너가 뒤쫓아갔다. 소란스러운 추격전이 벌어졌다. 그들은 숨을 헐떡이면서 복도와 강당을 가로지르고 계단과 현관을 왔다 갔다 하더니 수도원 맨 끝에 있는 측랑까지 달려갔다. 거기에는 고요하고 아름다운 교장의 저택이 있었다. 그 저택 서재 문 앞에서 하일너는 도망자를 붙잡았다. 루치우스가 문을 두드리고 안으로 들어가려는 찰나에 하일너는 약속대로 그의 엉덩이를 걷어찼다. 그리고 문을 닫을 새도 없이 지배자의 신성불가침 영역으로 폭탄처럼 뛰어들었다.

전대미문의 사건이 벌어진 것이다. 이튿날 아침 교장은 청소년의 탈선에 대해 유창한 연설을 늘어놓았다. 루치우스는 내심 갈채를 보냈지만 생각에 잠긴 채 귀 기울였다. 하일너에게는 엄중한 감금형이 내려졌다.

교장은 하일너를 꾸짖었다.

"수년 동안 이런 일은 한 번도 없었다. 네가 10년이 지나도 이 일을 잊지 못하게 해주겠다. 다른 학생들은 하일너를 무서운 본보기로 삼아야 할 것이다."

학생들은 잔뜩 겁먹은 표정으로 하일너를 힐끗 보았다. 하일너의 얼굴은 조금 창백했지만, 거만한 자세로 반항하듯 피하지 않고 교장을 똑바로 쳐다보았다. 학생들은 마음속으로 하일너의 용감한 태도에 찬사를 보냈다. 하지만 교장의 훈시가 끝나고 학생들이 떠들썩하게 복도로 몰려 나가자, 하일너는 나병 환자처럼 홀로 버려지고 말았다. 그를 두둔하려면 용기가 필요했다.

한스 기벤라트도 하일너의 편에 서지 못했다. 그래야 한다고 생각하면서도 용기가 나지 않았던 것이다. 한스는 비겁한 자신의 행동에 죄책감을 느꼈다. 괴롭고 너무 부끄러워서 고개조차 들지 못하고 창가에 숨어 있었다. 그는 친구를 찾아가고 싶어 견딜 수가 없었지만, 사람들 몰래 만나려면 꽤 주의를 기울여야 했다. 수도원에서 감금형에 처해진 학생은 낙인이 찍힌 것이나 마찬가지였다. 이제 그 학생을 주의 깊게 살펴볼 것이며, 그와 어울리는 사람도 좋지 않은 평판을 들을 수 있기 때문에 위험한 짓이라는 것을 누구나 알고 있었다. 국가가 성장해가는 젊은이들에게 자선을 베푸는 만큼 학생들은 엄격하게 규율을 지켜야 한다. 그것은 입학식 때 장중한 연설에서 언급했던 사실이다. 한스도 그것을 잘 알고 있었다.

한스는 친구로서 마땅히 해야 할 일과 공명심 사이에서 갈등하다 지치고 말았다. 앞날에 대한 그의 이상은 남보다 앞서 가는 것, 시험에서 좋은 성적을 올리는 것, 주어진 역할을 제대로 해내는 것이었다. 감상적이고 위험한 행동을 하는 것은 당연히 아니었다. 한스는 괴로움에 사로잡혀 방구석에서 꼼짝도 하지 않았다. 지금이라도 용기를 내어 방을 뛰쳐나가 친구에게 달려갈 수도 있었다. 하지만 시간이 지날수록 점점 더 그러기 어려웠다. 마침내 한스는 자기도 모르는 사이 배신을 마음에 굳혀버렸다.

하일너는 한스가 자기를 배신하리라 짐작했다. 열정으로 가득한 이 소년은 모두 자기를 멀리하고 있음을 알고 있었고, 또 그럴 수밖에 없다는 것을 이해했다. 하지만 한스만은 믿었다. 지금의 슬픔과 분노에 비하면 이전까지 느꼈던 슬픔은 무의미하고 우스울 뿐이었다. 그는 기벤라트 옆에서 잠시 걸음을 멈췄다. 그리고 핼쑥한 얼굴로 넌지시 말했다.

"이 비겁한 기벤라트! 겁쟁이, 나쁜 자식!"

그러고는 두 손을 바지 주머니에 찔러 넣고 나직이 휘파람을 불면서 사라졌다.

젊은이들에게 생각하거나 해야 할 일이 있는 것은 다행이었다. 그 사건이 있고 나서 며칠 뒤 갑자기 눈이 펑펑 내렸다. 그러고는 맑고 추운 겨울이 시작되었다. 아이들은 눈싸움과 스케이트를 할 수 있었다. 그리고 크리스마스와 방학이 얼마 남지 않았다는 것을 문득 깨닫고는 함께 모여 이야기를 나누며 즐거워했다. 이제 하일너 문제는 안중에도 없었다. 그는 거만한 표정으로 머리를 꼿꼿이 쳐들고 빠른 걸음으로 조용히 다녔다. 아무하고도 말을 섞지 않고 틈날 때마다 늘 지니고 다니는 수첩에 시를 적었다. 검은 방수포 표지에는 '수도사의 노래'라고 적혀 있었다.

떡갈나무, 오리나무, 너도밤나무, 버드나무에는 서리와 눈송이가 섬세하고 환상적인 형체로 얼어붙어 있었다. 연못에는 투명한 얼음이 강추위에 빠지직 소리를 냈다. 회랑 안뜰은 대리석 정원처럼 적막에 휩싸였다. 방마다 축제 분위기에 들뜬 목소리가 새어 나왔다. 심지어 근엄한 교사 둘도 크리스마스를 맞이하는 기쁨에 부드럽고 흐뭇한 표정을 지었다. 늘 찡그리고 있던 하일너의 얼굴도 조금은 밝게 펴졌다. 루치우스는 방학 때 어떤 책과 신발을 가지고 집에 갈지 고민했다. 집에서 오는 편지에는 가슴 설레는 멋진 이야기로 가득했다. 어떤 선물을 받고 싶은지, 언제 빵을 구울지, 머지않아 깜짝 놀랄 선물이 기다리고 있을 거라는 암시, 어서 만나기를 손꼽아 기다리는 기쁘고 들뜬 마음.

헬라스 방뿐 아니라 모든 학생들이 방학을 맞아 집으로 돌아가기 전에 작은 사건이 하나 벌어졌다. 어느 날 저녁, 가장 넓은 헬라스 방에서 크리스마스 축제를 열기로 했는데 그 자리에 교사들도 모두 초대하자고 의견을 모았다. 축사, 시 낭송 두 편, 플루트 독주, 바이올린 이중주가 준비되었다. 그리고 웃기고 재미있는 것 한 가지를 추가하려고 했다. 의논하는 자리에서 여러 가지 제안이 나오기는 했지만 썩 좋은 아이디어가 없었다. 그때 카를 하멜이 지나가는 말로 에밀 루치우스의 바이올린 연주가 재미있겠다고 했고, 모두 괜찮겠다고 생각했다. 그래서 애원하기도 하고, 이런저런 약속을 하기도 하고, 때로는 을러대기도 한 끝에 이 불쌍한 루치우스의 승낙을 받아냈다.

정중하게 쓴 초대장과 함께 교사들에게 보낸 차례표에는 다음과 같은 특별 순서가 적혀 있었다.

"고요한 밤, 바이올린 가곡, 실내악의 거장 에밀 루치우스의 바이올린 독주."

이것은 외진 연습실에서 열심히 연주에 몰두한 덕분에 붙여진 칭호였다.

교장, 교사, 복습 지도 교사, 음악 선생, 상임 조교 등이 모두 참석했다. 루치우스는 하르트너에게 빌린 검정색 프록코트를 입었다. 잘 다려진 예복 차림에 머리를 단정하게 빗어 넘긴 루치우스가 부드럽고 공손한 미소를 지으며 무대에 올랐다. 음악 선생의 이마에는 땀방울이 맺혔다. 사람들은 루치우스가 허리를 숙이며 인사할 때부터 웃음을 터뜨렸다. 가곡 '고요한 밤'은 그의 손가락 끝에서 몸서리치는 탄식이 되었고, 신음에 겨운 고통스러운 노래가 되었다. 그는 두 번이나 다시 시작했지만, 선율은 번번이 갈라지고 끊어질 뿐이었다. 그러면 강추위에 숲에서 나무를 찍는 나무꾼처럼 땀을 뻘뻘 흘리며 발로 박자를 맞추는 것이었다.

음악 선생은 화가 치밀다 못해 얼굴이 하얗게 질렸다. 교장은 아주 재미있는 듯 그를 보며 고개를 끄덕였다.

루치우스는 세 번째로 다시 시작해보았지만 역시나 멈추고 말았다. 결국 그는 바이올린을 내리고 청중을 향해 돌아서서 변명을 늘어놓았다.

"잘 안 되네요. 가을부터 바이올린을 시작했는데 말입니다."

그러자 교장이 소리쳤다.

"좋아, 루치우스 군. 우리는 네 노력을 높이 산단다. 그렇게 계속 노력하거라. 높이 오르려면 험한 길을 가야 한단다."

12월 24일 새벽 3시부터 어느 방이나 시끄럽고 활기가 넘쳤다. 창에는 예쁜 잎새 모양의 성에가 두껍게 끼어 있었다. 세면장 물은 꽁꽁 얼어버렸고, 살을 에는 듯 차가운 바람이 수도원 안뜰에 매섭게 몰아쳤다. 하지만 어느 누구도 이런 날씨를 신경 쓰지 않았다. 식당의 커다란 커피 끓이는 통에서는 증기가 뿜어져 나왔다.

동이 트기도 전에 외투와 목도리를 둘러쓴 학생들이 고향으로 가기 위해 무리 지어 수도원을 나섰다. 희미하게 모습을 드러낸 하얀 들판을 지나고, 고요한 숲을 가로질러 저 먼 기차역으로 걸어갔다. 학생들 모두 쉴 새 없이 떠들어대며 농담을 하는가 하면 크게 웃음을 터뜨리기도 했다. 각기 마음속에 소망과 기쁨, 기대를 가득 안고 있었다. 주의 어느 도시나 시골, 한적한 농가도 마찬가지였다. 크리스마스 장식이 되어 있는 따뜻한 방에서 부모와 형제자매들이 자기가 오기만을 기다리고 있다는 것을 모르는 사람은 없었다. 대부분의 학생들이 크리스마스를 맞아 먼 타향에서 고향으로 돌아가기는 처음이었다. 가족들은 사랑과 자랑스러운 마음으로 아이들을 기다렸다.

눈 덮인 숲 한가운데 자리 잡은 작은 역에서 학생들은 강추위를 견디며 기차를 기다렸다. 모두 이렇게 한마음으로 즐거워했던 적이 없다. 하지만 하일너는 기차가 도착했을 때 혼자 멀찍이 떨어져 있었다. 그는 친구들이 모두 기차에 오를 때까지 기다렸다가 마지막으로 혼자 다른 칸에 탔다. 다음 역에서 기차를 갈아탈 때 한스는 그를 쳐다보았다. 하지만 부끄럽고 안타까운 감정은 집에 돌아간다는 들뜬 마음과 기쁨에 묻혀버렸다.

아버지가 흡족한 미소로 그를 맞이했다. 그리고 책상 위에 산더미처럼 쌓인 선물이 그를 반겼다. 물론 기벤라트의 집에서는 크리스마스 파티가 열리지 않았다. 노래도, 축하하는 분위기도, 어머니도, 전나무도 없었다. 기벤라트 씨는 어떻게 즐기는지를 몰랐다. 하지만 그는 그토록 자랑스러운 아들의 선물을 사는 데 돈을 아끼지 않았다. 어쨌든 한스는 이런 크리스마스 분위기에 익숙했기에 전혀 아쉽지 않았다.

마을 사람들은 모두 한스의 안색이 좋지 않다고 했다. 몸도 너무 야위었고 얼굴도 창백하다는 것이었다. 수도원의 식사가 그렇게 부실하냐고 묻는 사람도 있었다. 한스는 그렇지 않다고 딱 잘라 말했다. 잘 지내고 있으며, 단지 가끔 두통이 날 뿐이라고 했다. 그러자 목사가 자기도 그 나이 때는 그랬다고 위로의 말을 해주었다. 그 문제는 그렇게 마무리되었다.

크리스마스에 미끈하게 얼어붙은 강에는 스케이트를 타는 사람들이 가득 들어차 있었다. 한스는 하루 종일 밖을 쏘다녔다. 새 옷차림에 신학교의 녹색 학생모를 쓰고. 그는 이전 학교에서 함께 공부했던 친구들이 부러워할 만큼 높은 세계에 올라선 것이다.

제4장

수도원에서 생활하는 4년 동안 매년 학생 한두 명이 정해진 길에서 이탈한다. 죽음을 맞이해 장송곡 속에 묻히거나 친구들의 배웅을 받으며 고향으로 돌아간다. 수도원에서 도망치는 학생이 있는가 하면 학칙을 어기고 퇴학을 당하는 학생도 있다. 아주 드물기는 하지만 상급 학생 중에 젊음의 고뇌에서 헤어나지 못하고 방황하던 끝에 권총의 방아쇠를 당기거나 물에 뛰어들어 간단하고 어두운 출구를 선택하기도 한다.

한스 기벤라트의 학년에서도 몇 명이 사라졌다. 게다가 우연이라고 하기에는 기이하게도 모두 헬라스 방 친구들이었다.

헬라스 방에는 힌딩거라고, 키 작고 얌전한 금발의 소년이 있었다. 아이들은 그를 힌두라는 별명으로 불렀다. 그는 알고이 지역 어느 마을 재봉사의 아들이었다. 어찌나 조용한 아이였는지 그가 죽고 나서야 한동안 사람들 입에 오르내렸다. 하지만 그것도 오래가지는 않았다. 그는 유명한 구두쇠 실내악의 거장 루치우스 옆 책상을 썼다. 그래서 다른 친구보다는 루치우스와 조금 더 가까이 지냈다. 하지만 그 외에는 친하게 지내는 동료가 없었다. 그가 사라진 뒤에야 헬라스 방 학우들은 그가 좋은 친구였다는 것을 비로소 깨달았다. 불평 한마디 없는 선한 친구로서, 가끔 격앙된 분위기가 연출되는 단체 생활의 휴식처로서.

1월 어느 날, 힌딩거는 스케이트를 타러 가는 친구들과 함께 연못으로 갔다. 스케이트가 없었던 그는 그냥 구경이나 할 생각이었다. 하지만 너무 추워서 가만히 있을 수가 없었다. 그는 몸에 열을 내려고 발을 동동 구르며 연못 주위를 왔다 갔다 뛰기 시작했는데, 길을 잘못 들어 들판 너머 다른 호수까지 이르고 말았다. 작은 호수의 물은 그렇게 차갑지 않아서 수면만 살짝 얼어 있었다. 그가 갈대를 헤치고 들어가는데 호수 기슭에서 얼음이 깨지고 말았다. 몸집이 작고 가벼웠는데도 말이다. 잠시 허우적거리며 소리를 지르던 그는 곧 차갑고 어두운 물속으로 가라앉았다. 아무도 없는 곳에서.

2시 수업이 시작되었을 때 사람들은 그가 보이지 않는다는 것을 깨달았다.

"힌딩거는 어디 갔나요?"

복습 지도 교사가 물었지만 대답하는 사람이 아무도 없었다.

"헬라스 방으로 가보도록 해요."

거기에도 그의 흔적이 없었다.

"지각인가요. 그냥 시작합시다. 74쪽 일곱째 구절. 어쨌든 다시는 이런 일이 없도록. 수업 시간은 반드시 엄수해야 합니다."

하지만 3시 종이 쳤는데도 힌딩거가 나타나지 않았다. 불안감이 들었던 교사는 학생을 보내 교장에게 알렸다.

교장은 곧장 교실로 뛰어왔다. 그는 진지하게 몇 가지 물어본 다음 상임 조교와 복습 지도 교사에게 학생 10명과 함께 실종자를 찾아보라고 했다. 남은 학생들은 받아쓰기 연습을 했다.

4시가 되자 나갔던 복습 지도 교사가 노크도 하지 않고 교실로 불쑥 들어와 교장에게 귓속말을 했다.

"조용히!"

교장이 호령하자, 학생들은 하던 공부를 멈추고 교장을 쳐다보았다.

교장은 낮은 목소리로 말했다.

"여러분의 친구 힌딩거가 호수에 빠진 모양입니다. 여러분도 함께 그를 찾아야겠어요. 마이어 선생이 인솔할 것이니 지시에 따라 행동하도록. 개별 행동을 해서는 절대 안 됩니다."

학생들은 겁먹은 표정으로 수군거리며 교사를 따라갔다. 마을 어른들 몇 명이 밧줄과 널빤지, 막대기 등을 가지고 와서 학생들과 함께 수색에 나섰다. 몹시 추운 날씨였다. 해는 벌써 숲 가장자리에 내려와 있었다.

마침내 눈 덮인 갈대숲에서 빳빳하게 굳은 소년의 시신이 들것에 실렸을 때는 이미 어둠이 깔린 뒤였다. 시신 주위에 몰려든 신학교 학생들은 두려움에 떠는 새처럼 불안한 듯 두 눈을 크게 뜨고 시신을 바라보며 추위에 곱은 푸르뎅뎅한 손가락을 문질렀다.

앞에서 가는 친구의 시신을 따라 학생들은 말없이 눈 덮인 들판을 걸어갔다. 그들은 숨이 막힐 듯 가슴이 떨렸다. 마치 사슴이 적의 냄새를 맡은 듯 소년들은 어렴풋이 죽음의 두려움을 느꼈던 것이다.

슬픔과 추위에 떠는 무리에 끼여 한스 기벤라트는 우연히 하일너 옆을 걸어가게 되었다. 울퉁불퉁한 들판을 걸어갈 때 두 사람은 발이 걸려 넘어질 뻔하면서 서로를 알아챘다. 죽음을 목격하고 몹시 놀란 한스는 잠시나마 이기심이 다 부질없다는 것을 마음 깊이 느꼈는지도 모른다. 어쨌든 한스는 친구의 창백한 얼굴을 보는 순간 이루 말할 수 없는 슬픔의 고통에 휩싸였다. 일순간 솟구치는 감정을 억누르지 못한 한스는 무심코 친구의 손을 잡으려고 했다. 그러나 하일너는 한스의 손을 뿌리치고 불쾌한 듯 고개를 돌렸다. 그리고 곧 등을 돌리더니 맨 뒤로 가버렸다.

모범생 한스는 몹시 가슴이 아프면서도 부끄러웠다. 얼어붙은 들판을 비틀거리며 걸어가는 내내 추위로 파랗게 질린 한스의 뺨으로 눈물이 하염없이 흘러내렸다. 그는 자신이 죄를 짓고 실수를 저질렀으며, 그것을 잊을 수 없고 후회해도 소용없다는 것을 깨달았다. 마치 맨 앞에서 들것에 실려 가는 사람이 재봉사의 아들이 아니라 자기의 친구 하일너인 것 같았다. 한스의 배신으로 인한 슬픔과 분노를 온몸에 품고 다른 세계로 떠나는 듯이. 성적이나 시험, 성공이 아니라, 양심의 순결과 더럽힘에 따라 사람을 평가하는 그런 세상으로.

국도에 다다른 일행은 곧 수도원으로 들어갔다. 수도원에서는 맨 앞에 서 있는 교장을 비롯해 모든 교사들이 나와서 죽은 힌딩거를 맞이했다. 살아 있는 힌딩거였다면 생각지 못할 명예였다. 선생들은 살아 있는 학생을 볼 때와는 다른 시선으로 죽은 학생을 바라본다. 두 번 다시 되돌릴 수 없는 삶과 젊음의 소중함을 잠시나마 가슴 깊이 되새기는 것이다. 평소에는 아무렇지 않게 소년의 가슴에 못을 박으면서도.

그날 저녁과 다음 날까지 눈에 보이지는 않지만 시체가 있다는 사실이 마술을 부린 듯했다. 학생들의 모든 행동과 언어를 부드럽게 만들었고, 마음을 달래주었으며, 살며시 감싸주었다. 짧은 동안이지만 싸움과 분노, 소란과 웃음이 사라졌다. 마치 물 위의 요정이 잠시 수면에서 사라져 생명체가 전혀 없는 듯 잔잔한 연못처럼.

죽은 친구 얘기를 할 때 학생들은 친구의 본명을 불렀다. 죽은 사람을 힌두라는 별명으로 부르는 것은 아무래도 예의가 아닌 것 같았기 때문이다. 살아 있을 때는 눈에 띄지 않고 아무도 찾지 않던 힌두의 이름과 죽음이 그 큰 수도원을 가득 채우고 있었다.

그다음 날 힌딩거의 아버지가 도착했다. 그는 아들이 누워 있는 방에서 두세 시간쯤 혼자 머물렀다. 그리고 교장에게 차를 대접받은 다음 '사슴' 여관에서 하룻밤을 묵었다.

장례식 날, 관은 침실, 즉 복도에 놓여 있었다. 알고이에서 온 힌딩거의 아버지는 아들의 관 옆에 서서 모든 과정을 묵묵히 지켜보았다. 전형적인 재봉사처럼 그의 몸은 몹시 가늘고 야위었다. 그는 녹색이 감도는 검정색 프록코트와 통이 좁은 낡은 바지를 입고, 손에는 해진 예모를 들고 있었다. 슬픔에 잠긴 그의 작고 파리한 얼굴은 바람에 떨리는 1크로이처(옛 독일의 화폐 단위—옮긴이)짜리 촛불처럼 초라하고 가냘팠다. 그는 교장과 교사들 앞에서 존경스러운 태도를 보이며 어찌할 바를 몰랐다.

관을 들어 올리기 전, 왜소한 재봉사는 슬픔에 잠긴 얼굴로 머뭇머뭇하며 앞으로 나와 애정 어린 손길로 관 뚜껑을 어루만졌다. 그러고는 당혹스러워하면서 눈물을 보이지 않으려고 애썼다. 그는 적막에 휩싸인 넓은 한가운데 겨울의 고목처럼 제자리에 서 있었다. 세상으로부터 버림받은, 아무런 희망도 없는, 그리고 체념한 듯한 모습으로. 보기에도 가슴 아픈 모습이었다. 목사가 곁으로 다가가 그의 손을 잡았다. 잠시 뒤 재봉사는 이상한 모양으로 뒤틀린 모자를 쓰고 관 바로 뒤를 따라갔다. 계단을 내려가 수도원 뜰과 낡은 문을 지나 눈 덮인 들판을 가로질러 낮은 담장의 묘지로 향했다.

묘지에서 음악 선생의 지휘에 따라 찬송가를 부르는 학생들은 대부분 지휘자의 손을 보지 않았다. 그들은 쓸쓸하고 초라한 재봉사를 바라보았다. 음악 선생은 화가 났다. 슬픔에 젖은 재봉사는 추위에 떨며 눈 위에 서 있었다. 그는 고개를 떨군 채 목사와 교장, 학생 대표의 조사를 묵묵히 들었다. 그리고 찬송가를 부르는 학생들을 멍하니 보며 고개를 끄덕였다. 가끔 윗옷 속에 넣어둔 손수건을 왼손으로 만지작거렸으나, 그것을 꺼내지는 않았다.

나중에 오토 하르트너가 이런 말을 했다.

"우리 아버지가 저기 서 계셨다면 어떨까 하는 생각이 들었어."

그러자 모두 자기들도 그런 생각을 했다고 입을 모았다.

장례식이 끝나고 교장이 힌딩거의 아버지를 데리고 헬라스 방에 들어왔다.

"여러분 중에 힌딩거와 각별히 친하게 지냈던 사람이 있습니까?"

교장이 학생들을 둘러보면서 말했다.

아무도 대답하지 않았다. 힌두의 아버지는 처량하고 불안한 표정으로 어린 학생들의 얼굴을 살폈다. 그때 루치우스가 앞으로 나왔다. 힌딩거의 아버지는 루치우스의 손을 꼭 잡았다. 하지만 아무 말도 하지 않고 겸연쩍게 고개만 끄덕이고 방을 나갔다. 그는 기차를 타고 먼 길을 떠났다. 눈 덮인 겨울의 숲과 들판을 달려 고향에 도착하면 아내에게 아들 카를 힌딩거가 어디에 묻혔는지 들려줄 것이다.

수도원을 뒤덮었던 마술의 힘은 오래가지 않았다. 얼마 지나지 않아 교사들이 야단치는 소리, 학생들이 문을 쾅쾅 닫는 소리가 또다시 들렸다. 헬라스 방의 사라진 친구 힌두도 차츰 잊혀졌다. 그 슬픔에 잠겼던 호숫가에 오래도록 서 있는 바람에 감기에 걸린 학생들도 있었다. 그들은 병실에 누워 있거나 털 슬리퍼를 신고 목에 천을 칭칭 감고 다니기도 했다.

한스 기벤라트는 목이 좋지 않은 것도, 다리가 아픈 것도 아니었다. 하지만 그 불행한 날 이후로 더욱 심각하고 어른스러워진 것 같았다. 그의 마음속에 큰 변화가 일어난 듯했다. 소년은 청년이 되어 있었던 것이다. 다른 세계로 옮겨 간 그의 영혼은 낯선 곳에 적응하지 못하고, 제자리를 찾지 못한 채 불안스럽게 이리저리 방황했다. 그것은 죽음의 공포도, 착한 힌두를 잃은 슬픔도 아니었다. 단지 하일너에 대한 죄책감이 돌연 되살아난 것이었다.

하일너는 학생 둘과 함께 병실에 누워 따뜻한 차를 마시며, 훗날 시를 지을 때 활용하려고 힌딩거의 죽음에 대한 느낌을 차분히 적어나갔다. 하지만 그는 그 일에 진지하게 매달리지 않았다. 그는 처량하고 힘들어 보였고, 함께 병실에 있는 친구들과 한마디도 나누지 않았다. 그는 누군가에게 이야기를 털어놓지 않고는 견딜 수 없는 사람이었다. 감수성이 예민한 그는 감금형의 벌을 받고 강제로 고독에 내쳐지면서 쓰라린 마음의 상처를 입었다.

교사들은 하일너를 불만투성이 혁명가로 낙인찍으며, 엄한 눈초리로 감시했다. 친구들은 슬며시 그를 피했고 상임 조교는 비아냥

거리는 태도로 최소한의 친절을 베풀었다. 하일너는 자신을 억압하는 굴욕적인 세계 대신 자신의 정신적인 친구, 셰익스피어와 실러, 레나우가 보여주는 더 강력하고 위대한 세계에 의지했다. 하일너의 시 '수도사의 노래'는 처음에 은둔자의 침울한 어조를 띠었다. 하지만 차츰 수도원과 교사들, 그리고 친구들에 대한 증오로 가득했다. 그는 고독 속에서 순교자의 고통스러운 쾌락을 한껏 누렸다. 그리고 아무도 받아주지 않는 현실에 도리어 만족했다. 끔찍하리만큼 모멸감에 찬 '수도사의 노래'를 쓰면서 그는 자신이 마치 어린 유베날리스(고대 로마의 풍자 시인—옮긴이)라도 되는 것처럼 느꼈다.

장례식이 끝나고 일주일이 지났다. 완쾌된 두 학생은 병실을 나갔고 하일너 혼자 누워 있었다. 그때 한스가 병문안을 왔다. 한스는 어색하게 인사하고 의자를 끌어다 침대 옆에 앉았다. 그리고 환자의 손을 잡으려 했다. 하지만 하일너는 화를 내며 벽 쪽으로 돌아누워 버렸다. 그는 쉽게 받아들이지 않았지만 한스는 물러서지 않았다. 한스는 친구의 손을 꽉 쥐고 억지로 자기를 돌아보게 했다. 하일너가 입을 삐죽거리며 화난 목소리로 말했다.

"대체 왜 이래?"

한스는 여전히 그의 손을 잡고 말했다.

"내 얘기 좀 들어줘. 그때 나는 겁이 나서 너를 외면했어. 하지만 내가 어떤 사람인지 너는 잘 알잖아. 나는 여기서 좋은 성적을 얻고, 가능하면 일등을 해야겠다고 결심한 사람이야. 너는 공부벌레라고 비웃었지. 그래, 네 말이 맞아. 하지만 그건 나의 이상이야. 나는 그보다 더 좋은 것이 무엇인지 생각해본 적이 없어."

하일너는 눈을 감고 있었다. 한스는 나직한 소리로 계속 말했다.

"나 좀 봐. 정말 미안해. 네가 나를 친구로 다시 받아줄지는 모르겠지만, 아무튼 나를 용서해줘."

하일너는 여전히 눈을 감은 채 아무 대답도 하지 않았다. 그의 마음은 솔직하게 기쁨의 미소로 친구를 바라보고 있었다. 하지만 고독하고 무뚝뚝한 역할에 익숙했던 그는 이 순간만큼은 가면을 벗으려 하지 않았다. 그래도 한스는 물러나지 않았다.

"제발, 하일너. 네 옆에서 서성거리느니 차라리 꼴찌를 하겠어. 우리 다시 친구로 지내자. 다른 놈들은 다 필요 없다는 것을 보여주자고."

하일너는 한스의 손을 꼭 쥐며 눈을 떴다.

며칠 뒤 하일너는 병실을 나왔다. 새로운 우정으로 수도원에 흥분이 감돌았다. 두 소년은 들뜬 나날을 보냈다. 특이한 어떤 경험은 아니었지만, 서로가 있다는 것 자체로 묘한 행복을 느꼈고, 말로 하지는 않았지만 은근한 일체감이 충만한 나날들이었다. 어쨌든 예전하고 달랐다. 오래 떨어져 있는 동안 두 소년은 변해 있었다. 한스는 더욱 온화하고 부드럽고 열정적이었다. 하일너는 더욱 힘차고 남자다웠다. 서로를 무척 그리워했던 두 소년이 다시 만난 것은 그들에게 크나큰 경험이자 소중한 선물이었다.

나이에 비해 성숙한 두 소년은 가슴 뛰는 수줍음 속에서 우정을 쌓으면서 달콤한 첫사랑의 비밀을 다른 친구들보다 먼저 경험했다. 게다가 이들의 결합에는 성숙한 남성의 거친 매력도 있었다. 또한 다른 친구들에 대한 반항심도 가미되어 있었다. 다른 친구들은 하일너를 피했고, 한스를 이해하지 못했다. 다른 아이들의 흔하디흔한 우정은 순박한 소년들의 소꿉장난에서 아직 벗어나지 못했다.

우정이 깊어지고 즐거울수록 한스는 학교생활에 점점 소홀했다. 새로운 행복이 신선한 포도주처럼 한스의 몸속에서 솟구쳐 피와 사상으로 스며들었다. 그에 비해 리비우스나 호메로스는 낡고 오래되고 하찮은 것에 지나지 않았다. 나무랄 데 없던 모범생 한스가 이상한 하일너에게 나쁜 영향을 받아 문제아로 변해가는 것을 보고 교사들은 놀라지 않을 수 없었다.

교사들이 가장 걱정하는 것은 청년으로 발효되기 시작하는, 이 위험한 시기의 조숙한 소년에게 기이한 기질이 나타나는 것이었다. 교사들은 처음부터 하일너의 천재적인 기질에서 뭔지 모를 섬뜩함을 느꼈다. 원래 천재와 교사 사이에는 깊은 심연이 가로놓여 있다. 그런 학생들은 처음부터 교사들이 싫어하는 태도를 보인다. 천재들은 으레 교사들을 손톱만큼도 존경하지 않는 불량아나 마찬가지다. 열네 살에 담배를 피우고, 열다섯 살에 연애를 하고, 열여섯 살에 술집을 드나든다. 금지된 책을 읽고, 드러내기 부끄러운 글을 쓰고, 가끔 비웃는 시선으로 교사를 쳐다본다. 교사의 교무일지에 그들은 언젠가 감금형에 처해질 가능성이 농후한 후보자나 선동가로 기록되는 것이다.

교사는 자기 반에 천재 한 명보다 멍청이 여러 명이 들어오기를 바란다. 생각해보면 당연한 일이다. 교사의 임무는 뛰어난 정신을 가진 인물이 아니라, 라틴어와 수학을 잘하고, 성실하며 정직한 사람을 키우는 것이기 때문이다. 하지만 상대방 때문에 견딜 수 없을 만큼 힘든 것은 어느 쪽일까? 교사가 학생 때문에, 아니면 학생이 교사 때문에? 어느 쪽이 더 상대를 억압하고 괴롭히는가. 누가 더 상대의 삶과 영혼을 더럽히고 상처를 입히는가. 이 문제를 곰곰이 생각할 때마다 누구나 어린 시절을 떠올리며 분노와 치욕을 느낄 것이다. 하지만 그것은 여기에서 논할 문제가 아니다.

우리에게 위안이 되는 것은, 진정한 천재들이 상처를 극복하고, 교사들에게 보란 듯이 훌륭한 작품을 만들어낸다는 것이다. 더구나 훗날 죽고 나서도 저 멀리서 비치는 환희의 후광에 둘러싸여 후세대 학생들에게 걸작품이나 고귀한 모범으로 소개되는 것이다.

이렇듯 학교에는 규칙과 정신의 싸움이 되풀이되고 있다. 우리는 국가와 학교가 매년 새롭게 자라는, 가치 있고 깊이 있는 정신을 가진 젊은이들을 뿌리째 뽑지 못해 안달하는 모습을 줄곧 목격한다. 게다가 교사들에게 미움받고 벌 받은 학생들, 학교에서 달아나거나 쫓겨난 학생들이 먼 훗날 민족의 정신적 자산을 더욱 풍요롭게 채우는 것 또한 변함없는 사실이다. 하지만 이따금 겉으로 드러내지 못하는 반항심으로 자신의 재능을 소모하고 결국 파멸에 이르는 경우도 있다. 이들의 수가 얼마나 되는지는 아무도 알 수 없다.

두 소년의 남다른 행동이 지극히 위험하다고 느낀 교사들은 사랑 대신 오랫동안 이어져온 규칙을 2배 더 엄하게 적용했다. 히브리어를 가장 잘하는 한스를 자랑스럽게 여기고 있던 교장만이 그를 구하고자 했지만 부질없었다. 교장은 일단 한스를 집무실로 불렀다. 그림처럼 아름다운 교장실은 옛날 수도원장의 저택 객실이었다. 이웃 마을 크니틀링겐에 살던 파우스트 박사가 가끔 여기 와서 엘핑겐 포도주를 마셨다는 얘기가 전해진다.

교장은 남다른 인물이었다. 학식도 그렇지만 실무적인 능력도 누구보다 뛰어난 사람이었다. 학생들에게는 인간적인 호의를 느끼며 스스럼없이 대하고자 반말을 자주 쓰기도 했다. 그러나 그에게는 결정적인 단점이 있었으니, 바로 지나친 허영심이었다. 그는 강단에 올라서 허풍선이처럼 아슬아슬한 상황에 빠져들기도 했고, 자기의 권위와 권력을 해치는 일은 절대 용납하지 않았다. 다른 의견을 받아들이거나 자기의 실수를 솔직하게 인정하지도 않았다. 별 생각 없고 열심히 하지도 않는 학생들은 교장과 더없이 잘 지냈다. 하지만 용기가 충만하고 정직한 학생들은 적잖이 어려웠다. 뭔가 다른 의견을 표하려고 하면 곧바로 흥분해서 펄펄 뛰는 것이었다. 어쨌든 격려 어린 눈빛과 마음을 사로잡는 듯한 목소리로 아버지처럼 자상한 친구 역할은 능숙하게 해냈다. 이번에도 그는 자기의 역할을 잘 이끌어내고 있었다.

"거기 앉게, 기벤라트."

그는 머뭇머뭇하며 수줍게 들어오는 소년의 손을 꼭 쥐고 다정하게 말했다.

"자네한테 할 얘기가 좀 있는데, 말을 놔도 되겠나?"

"그럼요, 교장 선생님."

"기벤라트, 요즘 자네 성적이 떨어진 건 자신도 잘 알고 있겠지. 히브리어 성적 말이야. 자네는 우리 학교에서 히브리어를 가장 잘하는 학생이었어. 그런 자네의 성적이 갑자기 떨어진 것이 나로서는 무척 안타깝다네. 혹시 히브리어에 대한 흥미가 떨어진 건가?"

"아닙니다, 교장 선생님!"

"잘 생각해봐! 그럴 수도 있지. 아니면 다른 과목에 주력하느라 그런 건가?"

"아닙니다, 교장 선생님!"

"그래? 그럼 다른 이유가 있겠군. 나는 그 이유를 알고 싶은데?"

"모르겠어요······. 숙제도 빠짐없이 하는걸요······."

"그래, 그건 맞아. 하지만 겉으로는 바뀐 게 없어 보여도 실제로는 다른 점이 있는 법이야. 물론 자네는 숙제를 빠짐없이 잘했지. 또 그렇게 해야 하고. 하지만 그 전에는 성적도 더 좋고 공부도 더많이 했어. 어쨌든 지금보다는 더 관심을 가지고 열심히 했어. 왜 갑자기 학구열이 식은 거지? 나는 그게 궁금해. 혹시 어디 아픈 데라도 있나?"

"아니요."

"두통은 어때? 그리 건강해 보이지는 않아서 말이야."

"네, 가끔 두통이 일기도 해요."

"학과를 감당하기 힘든가?"

"아니요. 전혀 그렇지 않아요."

"그럼 혹시 다른 책을 많이 있는 건가? 솔직히 말해봐."

"아니에요. 다른 책은 거의 읽지 않아요, 교장 선생님."

"그렇다면 도무지 모르겠군. 뭔가 문제가 있는 게 분명한데 말이야. 앞으로 열심히 공부하겠다고 약속하겠나?"

한스는 지배자가 내민 오른손에 자기 손을 올렸다. 교장은 엄중하면서도 다정한 눈길로 바라보았다.

"좋아, 그래야지. 아무튼 지치지 않도록 주의해야 해. 그러지 않으면 수레바퀴에 깔릴 수가 있거든."

교장은 한스의 손을 꽉 잡았다. 한스는 안도의 한숨을 내쉬며 문으로 걸어갔다. 그때 교장이 다시 그를 불러 세웠다.

"하나만 더, 기벤라트. 요즘 하일너와 친하게 지내지? 그렇지?"

"네, 아주 친합니다."

"다른 아이들보다 훨씬 더 가까운 사이인 것 같던데? 그렇지?"

"네, 제 친구니까요."

"어쩌다 그렇게 되었지? 두 사람은 성격도 완전히 다르지 않나?"

"모르겠어요. 아무튼 제 친구예요."

"내가 그 친구를 썩 탐탁지 않게 여긴다는 것은 자네도 잘 알고 있지? 그 애는 매사에 불만이 가득한 데다 정서도 불안정하지. 재능은 있는데 전혀 노력을 하지 않아. 그러니 자네한테는 좋지 않은 영향을 끼칠 뿐이야. 나는 자네가 그 애하고 거리를 뒀으면 하는데, 자네 생각은 어때?"

"그럴 수는 없어요, 교장 선생님."

"그럴 수 없다니, 왜? 이유가 뭐지?"

"제 친구니까요. 친구를 모른 척한다는 건 말이 안 돼요."

"음, 다른 친구들과 더 가까이 지내도 되잖아. 나쁜 영향을 끼칠 수 있는 하일너하고 가까이 지내는 건 자네 한 사람뿐이야. 그 결과가 벌써 이렇게 드러났잖아. 도대체 그 아이의 어떤 점이 그렇게 좋은 거지?"

"저도 모르겠어요. 그냥 우리는 서로를 좋아해요. 그 친구를 외면하는 건 비겁한 짓이라는 생각이 들어요."

"그래, 알겠다. 더 이상 강요하지 않겠다. 하지만 그 아이하고 조금씩 거리를 두도록 해. 그러는 게 좋겠어. 내가 바라는 건 그것뿐이야."

교장의 마지막 말에는 예의 그 부드러움이 전혀 없었다. 아무튼 한스는 교장의 방을 나왔다.

그때부터 한스는 다시 공부에 매진했다. 물론 예전처럼 진도가

쭉쭉 빠지는 것은 아니었다. 단지 뒤처지지 않을 만큼만 겨우 따라 갔다. 이 모든 것이 다 우정 때문이라는 것을 한스도 잘 알고 있었다. 하지만 해가 되었다는 생각은 들지 않았다. 오히려 지금까지 등한시해온 모든 것을 보상해주는 소중한 보물 같았다. 그것은 그동안 살아온 재미없고 의무적인 삶과는 비교조차 할 수 없을 만큼 깊고 따뜻한 사랑이 깃든 고귀한 삶이었다. 한스는 마치 사랑에 빠진 어린 여인 같은 기분이었다.

위대하고 영웅적인 행위 말고, 아무 의미 없이 지겹기만 한 공부를 더 이상 할 수 없었다. 그래서 한스는 절망적인 한숨을 지으며 계속해서 자신을 옭아맸다. 하일녀는 대충 공부하면서도 필요한 것을 빨리 외워서 습득하는 재능이 있었다. 하지만 한스에게는 그런 능력이 없었다. 하일녀는 매일같이 시간만 나면 한스를 꾀어냈다. 그래서 한스는 아침에 한 시간 일찍 일어나 공부하느라 힘들었다. 마치 적과 전투를 벌이기라도 하듯이 히브리어 문법 공부에 매진했다. 이제 한스가 흥미를 느끼는 것은 호메로스와 역사였다. 어둠 속을 더듬어 찾아가듯 호메로스의 세계를 이해해나갔다. 역사 속 영웅들은 그저 이름이나 숫자로 남지 않고, 불타는 눈빛과 붉은 입술과 손을 가지고 눈앞에 살아나 쳐다보았다. 불그스레하고 두툼하고 거친 손도 있었고, 냉철하고 차갑고 딱딱한 손, 그리고 가느다랗고 핏줄이 도드라진 뜨거운 손도 있었다.

그리스어 복음서를 읽을 때도 한스는 등장인물들이 너무 가까이 또렷하게 느껴져 놀란 것을 넘어 두렵기까지 했다. 마가복음 제6장에서 예수가 제자들을 거느리고 배에서 내리는 대목이 특히 그랬다. "사람들은 곧 예수이신 줄 알아보고, 그리로 달려가니라." 이 대목을 읽을 때 한스의 눈앞에 배에서 내리는 인간의 아들 예수가 나타났다. 그는 얼굴과 겉모습이 아니라 광채로 가득하고 사랑으로 빛나는 눈과 가볍게 손짓하는 가늘고 연약하고 아름다운 구릿빛 손으로 그것이 예수라는 것을 알아보았다. 섬세하고 강렬한 영혼이 빚은 손, 바로 그 영혼이 살아 숨 쉬는 손이었다. 그 손이 자기에게 오라고 손짓하며 반기는 것 같았다. 물결이 일렁이는 호숫가와 무겁게 가라앉은 고깃배의 뱃머리가 잠시 한스의 눈앞에 어른거리다 겨울철 내뿜는 입김처럼 곧바로 사라졌다.

이런 일이 가끔 되풀이되었다. 동경하는 인물이나 역사의 한 장면이 책에서 불쑥 튀어나오는 것이었다. 그들은 다시 살아나서 간절한 시선으로 살아 움직이는 눈망울을 파고드는 것이었다. 한스는 놀라워하면서 마음 가는 대로 받아들였다. 갑자기 나타났다가 일순간 사라지는 환영을 보면서, 자신에게 심오하고 기묘한 변화가 일어난 것 같은 기분이었다. 마치 자기가 검은 대지를 투명한 유리처럼 꿰뚫어보거나, 신이 자기를 내려다보기라도 하는 듯이. 그 소중한 순간들은 예고도 없이 불쑥 찾아왔다가 소리칠 틈도 없이 순식간에 사라졌다. 낯설고 성스러운 기운을 뿜어내는 순례자나 친한 손님처럼. 이들에게 말을 걸거나 억지로 붙잡을 수 없는 것이었다.

한스는 이런 체험을 아무에게도 말하지 않기로 했다. 하일너에게도 전혀 말하지 않았다. 하일너는 우울증이 더 심해진 나머지 불안증을 보였고 신경이 날카로웠다. 수도원이나 교사, 학교 친구들뿐 아니라 날씨, 인간의 삶과 신의 존재까지 신랄하게 비판했다. 싸움박질을 하는가 하면 별안간 말도 안 되는 장난을 걸기도 했다. 어쨌든 외톨이가 되어 친구들과 대립하면서 그는 옹졸하게 자존심만 내세웠다. 그러다 결국 반항심과 적대감에 빠져 헤어나지 못했다. 기벤라트는 그런 하일너를 말리지 않았다. 되레 자기도 거기에 휘말리고 말았다. 그래서 두 소년은 반감에 찬 시선으로 바라보는 친구들에게서 점점 더 멀리 떨어져 외딴섬이 되었다.

시간이 지날수록 한스는 불편한 주위의 시선에 신경 쓰지 않았다. 그리고 마음속으로는 교장이 없어졌으면 하고 바랐다. 한스는 교장에게 막연한 두려움을 느끼고 있었던 것이다. 기대를 한몸에 받던 한스가 이제는 교장의 노골적인 냉대와 경멸을 받았다. 그래서 특히 교장이 가르치는 히브리어에 점점 흥미를 잃었다.

몇 달이 지났다. 몇몇 학생들을 제외하고는 40여 명의 학생들의 육체와 영혼에 변화가 생겼다. 그것을 지켜보는 것만으로도 즐거운 일이었다. 학생들은 대부분 몸집에 비해 키가 훌쩍 커버렸다. 그래서 함께 자라지 못한 옷자락 사이로 팔다리가 희망에 찬 듯 길게 쑥 삐져나왔다. 사라져가는 소년의 자취와 어색하게 피어나는 청년의 모습 사이에 놓인 그들의 얼굴에는 명암이 엇갈려 나타났다. 성장기의 우락부락한 골격이 매끈한 이마에 드러나지는 않았지만 모세의 책을 공부함으로써 늠름한 어른의 기운이 잠깐이나마 서렸다. 이제는 뺨이 통통한 소년을 찾아보기 힘들었다.

한스도 변했다. 몸집과 키는 하일너와 비슷했지만 나이는 더 들어 보였다. 맑게 빛나던 이마의 부드러운 윤곽이 지금은 또렷해졌다. 눈은 움푹 패고, 얼굴빛은 병든 사람 같았다. 손발과 어깨는 뼈마디가 보일 정도로 야위었다.

하일너의 영향을 받은 한스는 학교 성적이 떨어질수록 다른 친구들과 점점 더 멀어졌다. 더 이상 모범생이나 유망한 최우등생으로서 다른 친구들을 내려다볼 수도 없었다. 그는 자만심을 내세울 처지가 아니었다. 하지만 다른 사람이 그런 내색을 하거나 스스로 느낄 때면 말할 수 없이 괴로웠다. 그래서 나무랄 데 없는 하르트너와 주제넘게 나서는 참견쟁이 오토 벵거와 몇 번이나 싸우기도 했다.

어느 날 오토 벵거가 또다시 한스를 업신여기며 놀려댔다. 참을 수 없었던 한스는 그에게 주먹을 날렸다. 그렇게 치고받는 싸움박질이 벌어졌다. 겁 많은 벵거도 허약한 상대를 때려눕힐 수는 있었으므로 한스는 주저하지 않고 주먹으로 때렸다. 마침 하일너는 거기 없었다. 다른 아이들은 말릴 생각은 하지 않고 싸움 구경만 하면서 한스가 징계받을 생각을 하며 고소해했다. 한스는 기절할 만큼 얻어맞았다. 코피가 터지고 갈비뼈도 온통 욱신거렸다. 통증과 수치심과 분노에 몸부림치면서 밤새 한숨도 이루지 못했다. 친구 하일너에게는 얘기하지 않기로 했다. 이때부터 한스는 모든 친구들과 절교하기로 마음먹었다. 그는 같은 반 친구들과 한마디도 말을 섞지 않았다.

비가 오는 날도 많고 해거름도 길어졌기 때문일까! 봄이 되자 수도원 학생들도 새로운 활동에 나섰다. 아크로폴리스 방에는 피아노를 잘 치는 학생과 플루트를 잘 부는 학생이 둘 있었다. 그래서 그 방에서는 밤의 음악회를 두 번이나 열었다. 게르마니아 방 학생들은 희곡 독서회를 가졌다. 경건주의 젊은이 몇 명은 성서 연구회를 만들어서 매일 밤 함께 모여 주석이 달린 칼프 출판사의 성서를 한 장씩 읽었다.

하일너는 게르마니아 방의 희곡 독서회에 들어가려고 했지만 거절당했다. 그는 화가 치밀어 참을 수 없었다. 그래서 복수심으로 성서 연구회에 들어가려고 했지만 거기서도 받아주지 않았다. 하지만 하일너는 점잖은 성서 모임 학생들 틈에 맘대로 자리 잡고 앉아 엄숙한 대화에 끼어들어 신성모독에 가까운 신랄한 독설을 퍼부으며 분쟁을 일으켰다. 그런 짓궂은 장난도 오래가지 않았다. 그러나 성서 문장 식으로 빈정거리는 말투는 오래 계속되었다.

어쨌든 주위 사람들은 하일너의 행동에 관심을 두지 않았다. 모두 새로운 영역을 열어나가는 데 정신을 빼앗겼다.

가장 화제에 오른 인물은 스파르타 방 학생으로 재능이 뛰어나고 재치 넘치는 소년이었다. 그의 목적은 명성을 떨치는 것이었다. 그리고 자신이 속한 방의 분위기를 활기차게 만들고, 재미있는 장난으로 단조로운 학교생활에 변화를 주는 것이었다. '둔스탄'이라는 별명을 가진 이 소년은 친구들의 관심을 끌고 명성을 떨칠 만한 별난 방법을 생각해냈다.

어느 날 아침, 학생들이 침실에서 나와 세면장으로 들어가다가 입구에 붙은 종이 한 장을 발견했다. 거기에는 '스파르타의 여섯 가지 경구'라는 제목 아래 남다른 친구들을 선별해 그들의 어리석은 행동과 장난, 우정을 이행시로 날카롭게 풍자했다.

기벤라트와 하일너도 공격을 받았다. 이 작은 집단은 흥분의 도가니에 빠졌다. 극장이라도 되는 듯 모두 세면장으로 몰려갔다. 그들은 여왕벌이 막 날아가려고 할 때의 꿀벌 떼처럼 마구 섞여서 밀치고 밀어내며 야단법석이었다.

다음 날 아침, 모든 방문에 경구와 풍자시가 나붙었다. 반박하거나 맞장구를 치는가 하면, 새롭게 공격하는 시구도 있었다. 하지만 이 소동을 일으킨 장본인은 바보가 아니어서, 더 이상 개입하지 않았다. 불이 붙은 장작을 곡간에 던지려고 했던 그의 목적은 달성되었다. 그는 멀찍이 떨어져서 손을 비비며 가만히 지켜볼 뿐이었다. 풍자시 소용돌이는 며칠 동안 가라앉지 않았고, 거의 모든 학생들이 거기에 휘말렸다. 주위의 소동에도 아랑곳하지 않고 여전히 공부에 전념하는 학생은 루치우스뿐이었다. 마침내 이 소동을 알게 된 한 교사가 수도원을 아수라장으로 만든 바람직하지 않은 유희를 금지했다.

영리한 둔스탄은 한 번 얻은 월계관에 만족하고 가만히 있을 인물이 아니었다. 그동안 그는 또 다른 결전을 준비하며 거기에 매진했다. 신문을 창간한 것이다. 초고지에 복사한 아주 작은 크기의 신문이었다. 둔스탄은 신문 기사를 쓰기 위해 수주일 동안 자료를 모았다. 신문 이름은 '바늘두더지'였고, 주로 우스꽝스러운 기사를 실었다. 여호수아서를 쓴 저자와 마울브론 신학교 학생이 나누는 가상의 웃기는 대화는 창간호 특종이었다.

신문은 엄청난 성공을 거뒀다. 둔스탄은 마감에 쫓기는 편집인이나 발행인의 표정과 모습을 하고 다녔다. 이 수도원에서 그는 옛날 베네치아공화국의 아레티노(피에트로 아레티노, 이탈리아 시인이자 극작가로 권력자들을 통렬하게 비판한 것으로 유명했다.—옮긴이)처럼 비난과 칭찬이 한꺼번에 쏟아지는 묘한 명성을 얻었다.

헤르만 하일너는 이 신문의 편집에 적극 가담했다. 그는 둔스탄과 함께 날카로운 풍자를 펼치는 감찰사가 되었고, 모두 놀라움을 금치 못했다. 하일너에게는 그만한 재치와 기질이 넘쳤다. 이 작은 신문은 거의 한 달 동안 수도원 전체를 흥분 상태에 빠뜨렸다.

한스는 친구가 하는 대로 가만히 두고 보았다. 한스는 그 일을 하고 싶지도, 그럴 만한 재능도 없었다. 게다가 요즘 하일너가 저녁마다 스파르타 방에서 시간을 보내느라 정신이 없다는 것도 미처 알아채지 못했다. 얼마 전부터 한스는 다른 생각에 빠져 있었기 때문이다. 한스는 넋이 나간 듯 어깨를 축 늘어뜨리고 다녔다. 하고 싶은 마음이 없으니 공부도 진도가 나가지 않았다. 그러던 어느 날 리비우스 시간에 이상한 일이 벌어졌다.

교사가 번역을 시키려고 한스를 호명했다. 하지만 한스는 자리에 그대로 앉아 있었다.

"무슨 일이죠? 왜 일어나지 않는 거죠?"

교사가 벌컥 화를 내며 소리쳤다.

하지만 한스는 꿈쩍도 하지 않았다. 몸을 꼿꼿이 펴고 똑바로 앉아 눈을 반쯤 감은 채 머리를 약간 숙이고 있었다. 교사가 소리쳤을 때 어렴풋이 깨기는 했지만, 꿈속인 듯 아득히 멀리서 들려오는 소리 같았다. 옆에 앉은 친구가 옆구리를 찌르는 것을 느꼈지만, 자기와 관련된 일이 아닌 것 같았다.

그는 다른 사람들에게 둘러싸여 있었다. 다른 손이 그를 잡고, 다른 목소리가 그에게 말을 걸었다. 나직하지만 바로 앞에서 들리는 소리였다. 그것은 말소리가 아니라 부드럽게 솟구치며 흐르는 샘물 소리 같았다. 그리고 수많은 눈빛이 그를 응시했다. 낯설지만 계시로 가득한 크고 빛나는 눈망울이. 아마도 그것은 방금 읽은 리비우스 속 로마 군중들의 눈인지 모른다. 아니면 꿈속이나 그림에서 본 낯선 사람들의 눈일 것이다.

"기벤라트! 자는 겁니까?"

교사가 소리쳤다.

학생은 천천히 눈을 뜨고 무슨 일이 있냐는 듯 교사를 응시하더니 고개를 저었다.

"졸았군요! 그러지 않았다면 우리가 지금 공부하고 있는 부분을 말해보세요."

한스가 손가락으로 책의 해당 부분을 가리켰다. 그는 어느 대목을 배우고 있는지 정확히 알고 있었다.

"그럼 지금이라도 일어서야 하지 않겠습니까?"

교사가 빈정거리듯 말했다. 한스는 그제야 일어났다.

"도대체 뭐 하는 거죠? 나를 봐요!"

한스는 교사를 쳐다보았다. 하지만 교사는 그의 시선이 마뜩찮은지 이상하다는 표정을 지으며 고개를 저었다.

"어디 아픈 데라도 있나요, 기벤라트?"

"아닙니다, 선생님."

"그럼 앉아요. 수업 끝나고 내 방으로 오세요!"

한스는 다시 앉아 몸을 숙여 리비우스를 들여다보았다. 완전히 잠이 깨어 정신을 차린 한스는 그제야 무슨 일인지 알아차렸다. 하지만 한스는 마음속으로 수많은 낯선 사람들의 흔적을 좇았다. 그들은 아득히 먼 알지 못하는 세계로 천천히 멀어져갔다. 그리고 저 먼 안개 속에 잠길 때까지 번득이는 눈길로 계속 한스를 지켜보는 것이었다. 그러자 교사의 목소리와 해석하는 학생의 목소리, 나지막이 수군거리는 목소리가 점점 가까이 들려왔다. 그러다 급기야 평소처럼 또렷하게 들리면서 현실감이 돌아오는 것이었다. 의자와 교단, 칠판도 원래 있던 자리에 그대로 있었다. 커다란 나무 콤파스와 삼각자가 벽에 걸려 있었고, 한스 주위로 학생들이 앉아 있었다. 호기심에 가득 찬 눈빛으로 빤히 한스를 쳐다보는 학생들도 많았다. 한스는 그제야 퍼뜩 정신이 들었다.

'수업 끝나고 내 방으로 오세요!' 교사의 말이 떠올랐다. 맙소사! 대체 무슨 일이 일어난 거지?

수업이 끝나자 교사가 한스에게 눈짓을 했다. 그는 한스를 데리고 뚫어지게 쳐다보는 학생들 사이를 지나갔다.

"무슨 일인지 말해봐요. 어떻게 된 거예요? 졸지는 않았다는 건가요?"

"네."

"그럼 내가 불렀을 때 왜 일어나지 않았죠?"

"저도 모르겠어요."

"내가 부르는 소리를 제대로 못 들은 건가요? 잘 안 들렸나요?"

"아니요, 들었어요."

"그런데 왜 일어나지 않았죠? 더구나 눈빛도 예사롭지 않고. 도대체 무슨 생각에 빠져 있었던 거죠?"

"별 생각 없었어요. 일어나려고 했어요. 정말이에요."

"그런데 왜 안 일어났나요? 몸이 안 좋은 건가요?"

"아니에요. 저도 왜 그랬는지 잘 모르겠어요."

"두통이 난 거예요?"

"아니에요."

"그럼 좋아요. 그만 나가보세요."

식사를 하기 전에 한스는 또다시 불려 갔다. 침실로 들어가자 교장이 의사를 대동하고 기다리고 있었다. 의사는 한스를 진찰하고 이것저것 물어보았지만, 뚜렷한 증상을 찾지 못했다. 의사는 사람 좋은 미소를 지으며 별 문제 없다고 말했다.

"신경쇠약이 조금 있기는 하지만 흔히 나타나는 겁니다, 교장 선생님!"

의사는 나지막하고 부드럽게 웃었다.

"일시적인 신경쇠약, 말하자면 가벼운 현기증이라고 할 수 있습니다. 매일 밖에 나가서 좋은 공기를 쐬어야 합니다. 두통에 좋은 물약을 조금 드리죠."

그 뒤 한스는 식사를 하고 나면 한 시간씩 산책을 해야 했다. 한스는 그것을 거부할 이유가 없었다. 다만 교장이 하일너하고는 절대 같이 나가지 말라고 엄명을 내렸는데, 그게 신경 쓰일 뿐이었다. 하일너는 화를 내며 욕을 해댔지만 어쩔 수 없었다. 한스는 매번 혼자 산책을 나갔는데, 그것도 나름대로 즐거웠다.

봄이 성큼 다가와 둥그스름하고 아름다운 언덕에는 푸른 풀과 나무의 새싹이 맑고 옅은 물결처럼 일렁거렸다. 나무들은 갈색 그물 같은 짙은 겨울의 옷을 떨쳐버리고, 어린잎과의 유희에 빠져 있었다. 그렇게 생생한 새잎의 푸른빛이 파도치듯 넘실거리는 주위의 색채와 어우러지는 것이었다.

라틴어 학교에 다닐 때 한스의 눈에 비친 봄은 지금과 달랐다. 그때는 생기 넘치는 호기심으로 자연을 하나하나 살펴보았다. 때가 되면 차례대로 돌아오는 철새와 순차적으로 피는 꽃들도 빠짐없이 관찰했다. 그러다 5월이 되자마자 강으로 달려가 낚시를 했다. 하지만 지금은 어떤 새인지 구분하거나, 새로 돋아난 싹으로 그것이 어떤 관목인지 알아보려고 하지 않았다. 다만 자연계 전체의 변화와 이곳저곳에서 돋아나는 색채를 바라볼 뿐이었다. 한스는 어린잎 냄새를 맡고 부드럽게 불어오는 산들바람을 느끼면서 놀라운 자연에 매료되어 들판을 걸었다.

얼마 지나지 않아 피곤이 몰려오자 한스는 그 자리에 드러눕고 싶은 충동이 일었다. 그는 현실이 아닌 다른 수많은 형상들에 둘러싸여 있었다. 한스는 그것이 무엇인지 모를 뿐 아니라 알아내려고 하지도 않았다. 그것은 밝고 따뜻하고 특이한 꿈이었다. 자기를 둘러싸고 있는 그것은 초상 같았고, 생소한 나무들이 늘어선 낯선 이국의 가로수 같았다. 하지만 아무 일도 일어나지 않았다. 그저 그림처럼 오직 바라볼 뿐이었다. 하지만 그 그림을 바라보는 것 자체가 한스에게는 또 다른 경험이었다.

한스는 다른 곳 다른 사람들 사이에 내던져진 기분이었다. 낯선 땅, 편안하고 부드러운 땅 위를 걷는 것 같았다. 가볍고 고요하며 꿈의 향기로 가득 찬 낯선 공기를 들이마시는 기분이었다. 이따금 그런 그림 대신 우울하지만 따뜻한 감정이 솟구치기도 했다. 마치 부드러운 손길이 자기 몸을 어루만지듯이.

한스는 책을 읽거나 공부를 할 때 집중하기가 힘들었다. 흥미가 나지 않는 것들은 그림자처럼 손에서 미끄러져 떨어졌다. 히브리어 단어를 잊어버리지 않으려면 수업 시간 30분 전부터 예습해야 했다. 마음으로 구체적인 무언가를 비춰보는 순간도 자주 나타났다. 책을 읽을 때면 거기에 등장하는 사물들이 살아나 눈앞에서 움직이는 것이었다. 바로 옆에 있는 실제 사물보다 더 실제 같고 더 생생했다. 한스는 자신의 기억력이 제대로 작동하지 않을 뿐 아니라 점점 더 둔해지고 흐릿해진다는 것을 깨닫고 절망에 빠졌다. 그러면서도 아주 오래된 기억들이 소름 끼칠 정도로 또렷이 떠오르는 것이었다. 그럴 때마다 한스는 너무 놀라서 벌벌 떨었다.

수업을 할 때, 혹은 책을 읽을 때 가끔 아버지와 안나 할멈, 혹은 예전 학교 친구와 선생들이 떠오르기도 했다. 그들의 모습이 눈앞에 떠오를 때면 잠시나마 한스의 집중력은 온통 거기에 쏠렸다. 슈투트가르트에서 있었던 일, 주 시험을 치를 때, 방학 때 있었던 일들이 되살아났다. 강가에 앉아 낚싯대를 드리우고 햇살이 넘실거리는 강물 냄새를 맡던 광경도 떠올랐다. 그와 동시에 꿈에 그리던 그 시간들이 마치 아득한 옛날 일들 같기도 했다.

어느 흐리고 따뜻한 날 저녁, 그는 하일너와 함께 침실을 왔다 갔다 했다. 그는 하일너에게 고향과 아버지, 낚시와 학교 이야기를 했다. 친구는 그날따라 말없이 한스의 이야기를 듣기만 하면서 가끔 고개를 끄덕일 뿐이었다. 그러다 하루 종일 노리개처럼 가지고 다니던 작은 자를 허공에 휘두르면서 골똘한 생각에 잠기는 것이었다. 한스도 차츰 말이 없었다. 밤이 깊어지자 두 사람은 창턱에 걸터앉았다.

"이봐, 한스."

마침내 하일너가 입을 열었다. 흥분으로 떨리는 목소리였다.

"왜?"

"아니, 아무것도 아니야."

"뭐야? 말해봐."

"그냥 생각나서. 네가 이야기를 많이 하니까……."

"도대체 뭔데? 무슨 얘기야?"

"한스, 너 여자 뒤를 따라가 본 적 있어?"

잠시 침묵이 흘렀다. 이런 이야기를 나누기는 처음이었다. 한스는 두려움이 솟구쳤다. 하지만 수수께끼처럼 신비로운 그 세계가 동화 속 정원처럼 그의 마음을 끌었다. 한스는 자기 얼굴이 달아오르는 것을 느꼈다. 손가락이 살며시 떨렸다.

"딱 한 번. 바보 같던 어린 시절에."

한스는 귓속말을 하듯 말했다.

다시 침묵이 흘렀다.

"하일너, 너는?"

하일너가 한숨을 지었다.

"그만두자! 괜히 꺼냈어. 다 쓸데없는 얘기야."

"아냐, 그렇지 않아."

"좋아하는 여자가 있어."

"네가? 정말이야?"

"고향에. 이웃집 아가씨야. 이번 겨울에 그녀한테 키스했지."

"키스를 했다고?"

"그래. 해거름이었어. 황혼 무렵 얼음판 위에서. 그녀가 스케이트 벗는 것을 도와주다가 키스했어."

"그 여자가 아무 말도 안 하던?"

"아무 말도 안 했어. 그녀는 그냥 도망쳐 버렸어."

"그러고 나서?"

"그것뿐이야."

하일너는 또다시 한숨을 지었다. 한스는 그가 금단의 동산에 나타난 영웅 같았다.

그때 종이 울렸다. 잠자리에 들 시간이었다. 불이 꺼지자 사방이 적막에 잠겼다. 한스는 자리에 누웠지만 한 시간 가까이 잠을 이루지 못했다. 그는 하일너가 애인에게 키스하는 모습을 상상해보았다.

다음 날 한스는 좀더 물어보고 싶었으나 왠지 민망해서 그만두었다. 하일너도 한스가 물어보지 않는데 굳이 그 이야기를 꺼내지 않았다.

시간이 흐를수록 한스의 학교생활은 점점 더 나빠졌다. 교사들은 못마땅한 표정으로, 이상하다는 눈길로 한스를 쏘아보았다. 몹시 언짢아하던 교장도 어두운 얼굴로 한스를 대했다. 동급생들도 기벤라트의 성적이 곤두박질쳐서 일등을 하겠다는 목표를 단념한 지 오래라는 사실을 이미 알아차렸다. 그 사실을 눈치채지 못한 것은 하일너뿐이었다. 하일너는 원래 학교를 중요하게 생각하지 않았다. 한스도 무슨 일이 일어나든, 또 어떻게 변하든 신경 쓰지 않았다. 될 대로 되라는 식으로 내버려두었다.

하일너는 신문 편집에도 싫증을 느끼고 친구 곁으로 다시 돌아왔다. 그는 교장이 엄하게 금지했는데도 몇 차례 한스의 산책에 따라나섰다. 그는 한스와 함께 햇볕이 드는 언덕에 누워 공상에 빠지기도 하고, 시를 낭송하기도 하고, 교장을 놀리는 이야기도 했다. 한스는 매일 행여나 하일너가 연애 이야기를 털어놓을까 하고 내심 기다렸다. 하지만 하일너는 먼저 이야기를 꺼내지 않았고, 시간이 지날수록 한스는 점점 더 물어보기 어려웠다.

친구들은 여전히 두 사람을 따돌렸다. 하일너가 '바늘두더지'에서 친구들에 대해 짓궂은 농담을 마구 퍼붓는 바람에 누구 하나 그를 신뢰하지 않았다.

그러다 신문이 폐간되었다. 꽤 오래 버틴 셈이었다. 원래 겨울부터 봄이 되기까지 따분한 몇 주일만 내놓을 생각이었다. 이제 아름다운 계절이 시작되었다. 식물을 채집하거나, 산책을 하거나, 밖에서 놀이를 하거나, 즐거운 일이 얼마든지 많았다. 점심때가 되면 수도원 안뜰은 체조하는 사람, 씨름하는 사람, 달리기를 하는 사람, 공치기를 하는 사람들로 활기가 넘치고 환성 소리가 가득했다.

그러던 어느 날 엄청난 사건이 터지고 말았다. 장본인은 바로 발길에 채이는 돌과 같은 헤르만 하일너였다.

교장은 자기가 엄하게 금지했는데도 하일너가 자신을 비웃듯 매일같이 기벤라트의 산책에 따라나선다는 것을 알게 되었다. 교장은 한스 대신 오랫동안 자신과 대립해온 하일너를 집무실로 불렀다. 교장은 말을 놓으려고 했으나 하일너는 단호하게 거부했다. 교장은 명령을 따르지 않은 것을 엄하게 질책했다. 그러자 하일너는 한스가 자신의 친구라고 하면서 자기들의 교제를 금지할 권한이 누구에게도 없다고 반박했다. 극렬한 논쟁 끝에 하일너는 몇 시간의 감금에 처해졌다. 더불어 앞으로는 기벤라트와 함께 외출하지 말라는 엄명이 떨어졌다.

다음 날 한스는 '공인된' 혼자만의 산책에 나섰다. 그는 2시에 돌아와 다른 학생들과 함께 교실에 들어갔다. 수업이 시작될 무렵 하일너가 보이지 않는다는 것을 알게 되었다. 힌두가 없어졌을 때와 똑같았다. 하지만 이번에는 아무도 지각이라고 생각지 않았다. 3시에 교사 셋과 모든 학생들이 사라진 친구를 찾아 나섰다. 몇 팀으로 나뉘어 숲 속을 헤매며 하일너를 불렀다. 교사 둘과 많은 학생들이 하일너가 자살했는지도 모른다는 불길한 생각을 했다.

5시에 지역 내 모든 파출소에 전보를 쳤다. 저녁에는 하일너의 아버지에게 속달을 보냈다. 밤늦도록 아무런 흔적도 찾지 못했다. 방마다 소곤대는 소리가 밤새 그치지 않았다. 하일너가 물에 뛰어들었다는 추측을 하는 학생들이 많았다. 그냥 집으로 돌아갔을 거라고 말하는 학생도 있었다. 하지만 사라진 하일너의 수중에는 한 푼도 없었다는 것이 확인되었다.

모든 사람들이 한스는 뭔가 알고 있다고 믿었다. 하지만 그렇지 않았다. 그 누구보다 놀라고 걱정한 사람은 다름 아닌 한스였다. 밤이 되자 한스는 침실에서 다른 학생들이 서로 얘기하는 소리를 엿들었다. 학생들은 추측하기도 하고 말도 안 되는 소리를 지껄이기도 하고, 빈정거리기도 했다. 한스는 그 모든 소리에 귀 기울였다. 그리고 침대로 올라가 이불을 뒤집어쓰고 친구를 걱정하며 괴롭고 힘든 시간을 보냈다. 친구가 다시 돌아오지 않을지도 모른다는 불길한 생각에 그는 더욱 불안했다. 슬픔과 두려움에 시달리던 끝에 한스는 지쳐 잠이 들었다.

같은 시각 하일너는 몇 마일 떨어진 숲에 누워 있었다. 너무 추워서 잠을 잘 수 없었다. 하지만 그는 차가운 공기를 한껏 들이마시며 진심으로 자유를 만끽하고, 좁은 새장에서 탈출한 새처럼 팔다리를 마음껏 뻗었다. 하일너는 점심때부터 계속 걷기만 했다. 크니틀링 겐에서 얻어 온 빵을 먹으면서 봄의 싱싱한 나뭇가지 사이로 어두운 하늘과 별, 그리고 빠르게 흘러가는 구름을 바라보았다. 어디로 가느냐, 그런 것은 그에게 중요하지 않았다. 하일너는 진저리 나는 수도원에서 벗어났고, 지시나 엄명으로 자신의 의지를 꺾을 수 없다는 것을 교장에게 보여주었다.

다음 날도 사람들은 하루 종일 그를 찾아 헤맸지만 소용없었다. 이틀째 되는 밤, 하일너는 마을 근처 들판의 짚 더미 속에서 잠을 자고 아침에 다시 숲으로 들어갔다. 그리고 저녁 무렵 마을로 내려가다가 그곳을 순찰하던 경찰에게 붙잡혔다. 경찰은 살갑게 우스갯소리를 해가며 그를 읍사무소로 데려갔다. 하일너는 거기서 익살을 부리고 귀염을 떨어대며 읍장의 호감을 샀다. 읍장은 그를 자기 집으로 데려가 재워주었다. 잠들기 전에 햄과 달걀을 넉넉히 대접해주기도 했다. 다음 날 수도원에 있던 아버지가 아들을 데리러 왔다.

탈주자가 돌아왔을 때 수도원의 흥분은 극에 달했다. 하일너는 당당하게 고개를 들고 나타났다. 그 짧은 천재적 여행을 조금도 뉘우치지 않았다. 잘못했다고 인정하고 용서를 구하라고 했으나 단호하게 거절했다. 교사회의의 비공개 재판에서도 조금도 굽히지 않고 지극히 불손한 태도로 일관했다. 교사들은 그를 붙잡으려고 했지만 그는 이미 선을 넘고 말았다. 결국 그는 퇴학이라는 불명예를 얻었고, 저녁에 아버지를 따라 먼 길을 떠났다. 다시는 돌아올 수 없는 길을. 친구 기벤라트하고는 아쉽게도 이별의 악수밖에 나눌 수 없었다.

불복종과 타락으로 더럽혀진 이 '극악무도한' 사건에 대해 교장은 격한 감정을 표출하며 유장한 연설을 했다. 슈투트가르트의 교육청에 제출한 보고서는 훨씬 절제되고 엄정하며, 훨씬 부드럽게 씌어졌다. 학생들에게는 퇴학당한 무뢰한 하일너와 편지를 주고받아서는 안 된다는 명령이 떨어졌다. 물론 한스는 피식 미소를 지을 뿐이었다. 수도원에서는 몇 주일 동안 하일너의 탈주 이야기가 끊이지 않았다. 거리가 더욱 멀어지고, 시간이 흐를수록 이 사건에 대한 학생들의 생각이 달라졌다. 그때는 겁먹고 피하던 탈주자 하일너를 지금은 자유를 찾아 날아간 독수리처럼 부러워하는 자들이 많았던 것이다.

헬라스 방에는 빈자리가 2개나 생겼다. 뒤에 사라진 학생은 앞에 사라진 학생처럼 빨리 잊혀지지 않았다. 교장은 두 번째 사건도 조용히 사그라들기를 바랐다. 하일너는 수도원의 평화를 해칠 짓을 하지 않았다. 그의 친구 한스는 애타게 기다렸지만 그에게서 어떤 편지도 오지 않았다. 하일너는 떠났고, 소식이 끊겼다. 하일너와 그의 탈주 사건은 점차 지난 이야기가 되었고, 마지막에 가서는 전설로 남았다. 주체할 수 없는 열정에 사로잡힌 소년은 천재적인 행동과 방황을 되풀이하면서 고뇌를 통해 엄격하고 엄숙한 삶을 체득했으리라. 그리하여 위대한 정도는 아니더라도 남보다 앞서는 떳떳한 사람이 되었으리라.

남겨진 한스는 하일너의 도주를 알고 있었을 거라는 의혹의 시선을 받았다. 교사들도 더 이상 한스를 호의적으로 대하지 않았다. 수업 시간에 한스가 질문에 제대로 대답하지 못하면 이렇게 말하는 교사도 있었다. "그 잘난 친구를 왜 따라가지 않았죠?"

교장은 한스를 방관했다. 바리새인이 세관에게 하듯이 경멸이 가득한 표정으로 동정 어린 시선을 보내는 것이었다. 기벤라트는 학생들과도 어울리지 못했다. 그는 나병 환자나 다름없는 취급을 받게 된 것이다.

제5장

들쥐가 비축해둔 먹이로 살아가듯이 한스는 그동안 배운 지식으로 연명해나갔다. 하지만 그것마저 바닥나자 궁색하게 하루하루를 보내야 했다. 곤경에서 벗어나고자 없는 힘을 억지로 짜내어 노력해보았지만, 절망적이고 아무런 희망이 없다는 것을 느꼈을 때 한스는 허탈한 웃음밖에 나오지 않았다.

한스는 쓸데없는 노력을 더 이상 하지 않았다. 모세오경에 이어 호메로스를 포기했고, 그다음에는 크세노폰과 대수를 차례로 포기했다. 자신에 대한 교사들의 평판이 점점 나빠져도 신경 쓰지 않았다. 그의 성적은 '수'에서 '우'로, '우'에서 '미', 마지막에는 '가'까지 곤두박질쳤다. 한스는 두통을 달고 살았다. 아니면 헤르만 하일너 생각을 하고, 새털처럼 가볍고 기이한 꿈에 빠지기도 하고, 멍하니 허공을 응시하며 생각에 잠긴 채 몇 시간이고 앉아 있기도 했다.

교사들의 비난은 점점 거세졌고, 그때마다 한스는 비굴한 미소를 살짝 지을 뿐이었다. 정이 많고 젊은 복습 지도 교사 비트리히만이 옹색한 미소를 짓는 한스를 가엾게 여기며 가슴 아파 했다. 그리고 나쁜 방향으로 빗나간 소년 한스를 너그럽고 따뜻하게 감싸주었다. 다른 교사들은 모두 한스를 못마땅해했다. 수업이 끝나도 남아서 자습하라고 하는가 하면, 가끔 한스의 잠든 공명심을 일깨우고자 넌지시 빈정거리기도 했다.

"혹시 안 자면 이 문장을 한번 읽어볼래요?"

특히 화가 난 건 교장이었다. 허영심이 충만한 교장은 자기의 시선이 얼마나 큰 영향을 미치는지에 대해 남다른 자부심을 가지고 있었다. 그래서 으르듯이 무서운 눈초리로 쳐다보았지만 한스는 여전히 옹색한 미소를 지을 뿐이었다. 그럴 때마다 교장은 이성을 잃을 정도로 화가 치밀었다. 한스의 미소가 교장의 신경을 건드린 것이다.

"그 멍청하고 바보 같은 미소는 그만두게. 대성통곡을 해도 시원찮을 판에!"

한스는 아버지의 편지를 읽고 몹시 큰 마음의 상처를 입었다. 교장이 아버지에게 편지를 보냈고, 깜짝 놀란 아버지는 아들의 마음을 바로잡으려고 편지를 보낸 것이다. 애원하는 투의 그 편지에는 착실하게 살아가는 사람들이 으레 표현하는 격려와 도덕적인 분노에 대한 온갖 글들이 나열되어 있었다. 그러려고 한 건 아니더라도 한 마디 한 마디마다 호소로 가득한 애절한 눈물이 배어나서 아들은 몹시 마음 아팠다.

교장과 아버지, 교사와 복습 지도 교사까지, 어린 소년들을 키워 내는 의무에 충실한 지도자들은 자신들의 기대를 가로막는 장애물이 한스의 마음속에 자리 잡고 있다는 것을 깨달았다. 그래서 쓸데없는 고집과 나태함으로 가득한 기질을 꺾고 다시 올바른 길로 이끌어야 한다고 생각했다. 정이 많은 복습 지도 교사 말고는, 핼쑥한 소년의 얼굴에 떠오른 당혹스러운 미소 뒤에 수렁에 빠진 한 영혼이 거기에서 벗어나지 못하고 스러져가면서 불안과 절망으로 주위를 두리번거리고 있다는 것을 알지 못했다.

학교와 아버지, 몇몇 교사들은 속된 명예욕이 가녀린 어린 생명을 참혹하게 짓밟고 있다는 것을 몰랐다. 감수성이 가장 예민하고 상처받기 쉬운 소년 시절에 왜 매일 늦은 밤까지 공부를 해야 하는가? 왜 그에게서 토끼를 빼앗고, 라틴어 학교 친구들과 이렇게 멀리 떨어뜨려 놓는 것인가? 왜 낚시를 하거나 시내를 산책하지 못하게 하는가? 왜 심신을 고단하게 할 뿐인 별 중요하지도 않은 명예심을 자극해서 부질없는 속된 이상에 매달리게 하는가? 시험이 끝난 뒤에도 왜 쉬지 못하게 하는가? 지칠 대로 지쳐 길바닥에 쓰러진 이 망아지는 이제 아무짝에도 쓸모없는 존재가 되어버렸다.

여름이 시작될 무렵 마을 의사가 다시 와서 한스를 진찰했다. 그는 성장기에 흔히 나타나는 경미한 신경쇠약일 뿐이라고 했다. 방학 때 푹 쉬고, 잘 먹고, 숲에서 충분히 산책하면 좋아질 거라고 말이다.

하지만 안타깝게도 그때까지 가지도 못했다. 방학을 3주 남겨둔 어느 날이었다. 오후 수업을 하는 중에 교사가 한스를 심하게 꾸짖었다. 교사가 계속 모욕적인 말을 퍼붓자 한스는 의자에 털썩 주저 앉아 겁에 질린 듯 부들부들 떨면서 흐느꼈다. 수업이 중단되었고, 한스는 남은 오후에 계속 침대에 누워 있었다.

그다음 날 수학 시간이었다. 교사가 한스에게 앞에 나와서 칠판에 기하학 도형을 그리고 그것을 증명해보라고 했다. 한스는 칠판 앞에 서는 순간 머리가 어지러웠다. 그는 힘없이 칠판에 휘갈기다가 들고 있던 분필과 자를 떨어뜨렸다. 그리고 그것을 주우려고 몸을 숙이다가 바닥에 무릎을 꿇은 채 일어나지 못했다.

마을 의사는 자기 환자가 어이없는 지경에 빠지자 크게 화를 냈다. 의사는 한스에게 당장 요양이 필요하다고 말했다. 그리고 신경과 전문의를 불러서 상담을 받아보아야 한다고 조심스럽게 권했다.

"저 아이는 무도병(신경병으로 손발을 제대로 움직이지 못해 춤을 추는 듯한 모습을 보이는 데서 붙여진 이름—옮긴이) 증세를 보이고 있어요."

의사가 교장의 귀에 대고 소곤거렸다. 매정하리만큼 화난 표정을 지으며 고개를 끄덕이던 교장은 자상하고 연민에 찬 아버지 같은 표정을 지어야겠다고 생각했다. 교장에게는 별로 어려운 일도 아니었고, 되레 더 잘 어울렸다.

의사와 교장은 각각 따로 한스의 아버지에게 편지를 썼다. 그리고 그 편지를 한스의 호주머니에 넣어주고 그를 집으로 보냈다. 분노에 차 있던 교장은 이제 어두운 근심에 휩싸였다. 불과 얼마 전 하일너 사건으로 한바탕 소동이 벌어졌는데, 또다시 불행한 사건이 났다고 하면 과연 교육청이 어떻게 생각할까?

이 불의의 사건에 대해 훈시를 할 법한 교장이 놀랍게도 아무런 언급도 하지 않았다. 그는 한스가 집으로 돌아가기 전까지 아주 살갑게 대해주었다. 교장은 한스가 이번에 요양을 떠나면 다시 돌아오지 않으리라는 것을 잘 알고 있었다. 완전히 회복된다 하더라도 한동안 공부를 하지 않아 한참 뒤처진 상태에서 몇 개월은커녕 몇 주일도 따라잡지 못한다는 것을 알고 있었다. 물론 교장은 작별 인사를 하면서 격려하는 차원에서 '다시 만나자'고 말했다. 하지만 헬라스 방에 놓인 3개의 빈자리를 볼 때마다 마음이 무거웠다. 뛰어난 재능을 타고난 소년 둘을 떠나보낸 데에 혹여 자기 책임도 있는 게 아닌가 하는 우울한 생각이 들었던 것이다. 하지만 배포가 크고 도덕심이 강한 교장은 득 될 것 하나 없는 침울한 의구심을 떨쳐버렸다.

신학교 학생은 작은 여행 가방을 들고 떠났다. 그 뒤로 예배당과 문, 박공지붕과 탑을 비롯한 수도원 건물, 숲과 언덕이 모습을 감췄다. 그리고 바덴 국경 지대의 풍요로운 과수원이 나타났다. 포르츠하임, 검푸른 전나무가 울창한 슈바르츠발트의 산이 차례로 보였다. 수없이 많은 계곡마다 물이 흘렀고, 내리쬐는 태양빛에 더욱 푸르게 빛나는 전나무 숲은 그 어느 때보다 시원한 그림자를 짙게 드리웠다. 소년은 창밖으로 고향의 정취가 가득한 풍경을 바라보자 기분이 좋아졌다.

하지만 고향이 가까워지자 아버지가 떠올랐다. 마중 나와 있을 아버지의 얼굴을 보기가 두려운 마음에 짧은 여행의 기쁨마저 사라져버렸다. 슈투트가르트에 시험 치러 갔던 일, 마울브론 신학교로 떠났던 일, 긴장감과 불안감 속에 솟구쳤던 기쁨과 더불어 그때의 기억이 되살아났다.

교장은 물론 한스 자신도 수도원으로 돌아가지 않으리라는 것을 잘 알고 있었다. 신학교와 학문, 야심 찬 희망은 모두 사라졌다. 한스는 그것 때문에 슬프지는 않았다. 그보다는 아버지의 기대를 저버리고 실망을 안겨줬다는 죄책감에 한없이 우울했다. 지금 한스는 푹 쉬고 싶은 생각뿐이었다. 실컷 자고, 마음껏 울고, 끝없이 꿈속을 헤매고 싶었다. 모든 걱정과 괴로움을 떨쳐버리고 혼자 있고 싶었다. 하지만 아버지 집에서는 그러지 못하리라는 생각밖에 들지 않았다.

기차 여행이 끝날 때쯤 두통이 일었다. 정든 고향, 어릴 때 뛰놀던 언덕과 숲을 지나면서도 창밖을 내다보지 않았던 한스는 자칫 고향의 기차역을 지나칠 뻔했다.

마침내 한스는 우산과 여행 가방을 들고 고향 땅에 내려섰다. 아버지는 묵묵히 아들을 살펴보았다. 잘못된 길로 빠진 아들에게 실망하고 화가 났던 아버지는 교장의 마지막 편지를 읽고 당혹스러운 가운데 두려움이 솟구쳤다. 그는 아들이 말할 수 없이 처참하고 파리한 모습으로 나타날 거라고 생각했다. 마르고 허약해 보이기는 했지만 혼자 걸을 수 있는 것을 보고 아버지는 조금 마음이 놓였다.

아버지가 심각하게 받아들이고 내심 불안해하는 것은 교장과 의사의 편지에 적힌 아들의 신경쇠약 증세였다. 지금까지 집안에 신경쇠약에 걸린 사람이 없었다. 그런 환자들 얘기가 나오면 그는 늘 이해할 수 없다는 식으로 미치광이 취급을 하며 조소와 경멸 어린 동정을 보내곤 했다. 그런데 지금 아들이 그런 끔찍한 병에 걸려서 돌아온 것이다.

집에 온 첫날 한스는 아버지가 꾸중을 하지 않아서 몹시 기뻤다. 하지만 이내 그것이 아버지의 의도된 행동이라는 것을 알았다. 아버지는 걱정과 불안한 마음을 내색하지 않고 자상하게 대해주려고 무척 애썼다. 가끔 아버지는 이상하다 싶을 만큼 뭔가 염탐하는 눈빛으로 아들을 바라보았다. 그리고 짐짓 부드러운 목소리로 말을 걸면서 몰래 동태를 살피는 것이었다. 한스는 점점 더 위축되었다. 그리고 자신의 현재 상태에 막연한 불안감이 들어 괴로웠다.

날이 좋을 때는 숲으로 들어가 몇 시간이나 누워 있곤 했다. 그러면 기분이 상쾌했다. 거기에 있을 때면 가끔 행복했던 소년 시절의 기억이 스치면서 상처 입은 영혼을 희미하게 어루만졌다. 꽃과 벌레들을 관찰하고, 지저귀는 새소리를 듣고, 산짐승의 발자국을 따라가기도 했다. 하지만 그것도 잠깐이었다. 대부분은 이끼 위에 고단한 몸을 누이고 두통이 이는 머리를 감싸 쥐며 뭔가를 생각하려고 몸부림쳤다. 하지만 소용없었다. 결국 미지의 꿈이 또다시 한스를 저 먼 곳으로 데려가는 것이었다.

한번은 이런 꿈을 꾸기도 했다. 들것에 실린 하일너의 시신을 보고 다가가려고 했으나 교장과 교사들이 그를 홱 밀어젖혔다. 한스가 다가가려고 할 때마다 그들은 마구 때리면서 밀어내는 것이었다. 신학교 교사들뿐 아니라 라틴어 학교 교장과 슈투트가르트의 시험관도 화난 표정으로 거기 서 있었다. 그러다 일순간 장면이 바뀌고 들것 위에 누워 있는 것은 물에 빠져 죽은 힌두였다. 우스꽝스러운 차림을 한 힌두의 아버지는 높은 실크 모자를 쓰고 굽은 다리로 아들의 시신 옆에 서서 슬픈 표정을 짓고 있었다.

다른 꿈도 꾸었다. 한스는 도망친 하일너를 찾아 숲을 헤매고 있었다. 저 멀리 나무 사이로 걸어가는 하일너의 뒷모습이 보였다. 하지만 한스가 부르려고 하면 어느새 사라지고 말았다. 그러다 하일너가 멈춰 서더니 한스가 다가오자 이렇게 말했다. "나는 애인이 있어." 그러고는 큰 소리로 웃으며 숲 속으로 사라졌다.

조금 마르고 잘생긴 남자가 배에서 내리는 것이 보였다. 남자는 그윽하고 성스러운 눈빛과 아름답고 평온한 손을 가지고 있었다. 한스가 그에게 다가가자 또다시 순식간에 사라졌다. '도대체 이건 무슨 의미일까?' 골똘히 생각에 잠긴 한스의 머릿속에 복음서의 한 대목이 떠올랐다. "사람들이 곧 예수이신 줄 알아보고, 그리로 달려 가니라."

한스는 이제 그리스어 '알다'가 어떤 변화형인지 알아내려고 골 몰했다. 또 이것의 현재형과 부정형, 완료형, 미래형, 단수와 양수, 더 나아가 복수형까지 생각해내려고 했다. 이것들이 뒤죽박죽 섞여 서 명확하게 떠오르지 않으면 가슴이 조마조마하고 식은땀이 흘렀 다. 조금 뒤 정신을 차리고 나니 머릿속에 온통 생채기가 난 기분이 었다. 그리고 저도 모르게 인상을 쓰면서 체념과 죄의식과 졸린 듯 한 미소를 짓는 순간, 교장의 목소리가 들렸다. "그 멍청하고 바보 같은 미소는 그만두게. 대성통곡을 해도 시원찮을 판에!"

가끔 몸이 조금 나아지는가 싶을 때도 있었지만, 한스의 건강은 점점 악화되었다. 한스 집안의 주치의는 인상을 찌푸리며 진찰 결 과를 알려주지 않고 계속 미뤘다. 그는 한스의 어머니를 담당했었 고, 그녀의 사망을 선고한 의사였다. 그리고 지금은 가끔 아버지의 관절통을 봐주고 있었다.

그때 한스는 라틴어 학교에 다니던 2년 동안 친구를 한 명도 사귀 지 않았다는 것을 문득 깨달았다. 그때 같이 학교를 다녔던 친구들 은 이제 고향을 떠났거나 견습공으로 바쁜 나날을 보내고 있었다. 한스는 그중 친하게 지낸 사람이 하나도 없었다. 그래서 그들에게 도움을 구할 수도 없었고, 그들도 한스를 전혀 신경 쓰지 않았다.

기껏해야 나이 든 교장이 두어 번 다정하게 말을 걸었고, 라틴어 교사와 목사도 밖에서 한스를 마주치면 정답게 대하며 고개를 끄덕였다. 하지만 한스는 그들에게 아무 가치도 없는 사람이었다. 뭔가를 가득 담을 그릇도, 온갖 씨를 뿌릴 논밭도 아니었다. 한스에게 관심을 기울이고 그를 위해 시간을 낼 이유가 없었던 것이다.

목사라도 관심과 애정을 가지고 한스를 보살펴주었다면 그렇게 불행하지 않았을 것이다. 하지만 목사가 해줄 수 있는 것이 무엇인가? 그가 줄 수 있는 것이라고는 학문, 아니면 학문을 연구하는 마음가짐 따위였다. 하지만 그런 것은 벌써 예전에 남김없이 주었다. 그 이상 목사가 줄 수 있는 것은 없었다. 그는 라틴어 실력이 의심스럽지도 않았고, 누구나 아는 성경의 교리로 설교를 하지도 않았다. 그는 어려운 처지에 놓인 사람들이 기꺼이 찾아갈 만한 그런 목사가 아니었다. 그는 걱정과 괴로움을 덜어줄 선한 눈빛과 다정한 말투를 가지고 있지도 않았다. 아버지도 아들에 대한 실망감을 내색하지 않으려고 애쓸 뿐, 친구처럼 한스를 위로해주지 못했다.

누구에게도 사랑받지 못하고 외면당한 한스는 햇볕이 내리쬐는 작은 정원에 앉아 있거나 숲 속에 누워 몽상에 잠겼다. 가끔 괴로운 상념에 빠지기도 했다. 책을 읽을 수도 없었다. 책을 펴자마자 머리가 아프고 눈이 아렸던 것이다. 어떤 책을 보든 수도원 생활과 그때의 악령이 떠올랐다. 그리고 숨을 쉴 수도 없는 무시무시한 꿈의 구석진 자리로 한스를 몰아넣고 꼼짝달싹도 하지 못하게 이글거리는 눈빛으로 지켜보는 것이었다.

이처럼 고통과 고독에 내쳐진 병든 소년에게 위로자로 둔갑하고 다가오는 유령이 있었다. 그 유령은 점점 친근하게 달라붙더니 급기야 한스와 떼어놓을 수 없게 되어버렸다. 그것은 바로 죽음에 대한 생각이었다. 권총을 손에 넣거나 숲 어딘가에 밧줄을 매달기는 쉬웠다. 한스는 매일 산책길에 이런 생각을 했다. 그는 조용하고 아무도 모르는 곳을 찾아다녔다. 그리고 한 곳을 발견하고 그곳에서 죽음을 맞이하기로 했다. 한스는 시간 날 때마다 거기에 갔다. 머지않아 여기에서 사람들이 자신의 시체를 발견하는 상상을 하면 묘한 쾌감이 솟구치기도 했다.

밧줄을 매달 나뭇가지도 정해놓았고, 자기 몸무게를 감당할 수 있는지도 확인해보았다. 이제 한스 앞에는 어떤 장애물도 없었다. 그리고 충분한 시간을 가지고 아버지에게 짧은 편지를, 헤르만 하일너에게는 꽤 긴 편지를 썼다. 자신의 시신 옆에서 발견될 편지를.

모든 준비가 끝나자 한스의 마음은 되레 평온해졌다. '숙명의' 나뭇가지 아래 앉아 있으면, 자신을 내리누르는 듯한 기분도 사라지고, 희열이 몰려왔다.

진작에 저 나뭇가지에 목매달 것을! 그는 돌처럼 확고하게 생각을 굳혔고, 이미 죽음은 결정되었다. 한스는 얼마간 마음의 평안을 얻었다. 그리고 먼 길을 떠나기 전에 누구나 그러듯이, 마지막 날 아름다운 햇빛을 한껏 누리고, 혼자 마음껏 몽상에 젖어보고 싶었다. 언제든 떠날 준비가 되어 있었다. 익숙한 환경에 자유의지로 머물면서 위험하기 짝이 없는 자신의 결심을 조금도 눈치채지 못하는 사람들의 얼굴을 바라보고 있으면, 늘 그렇듯 쓸쓸하면서도 은근한 쾌감을 느꼈다. 의사를 만날 때마다 한스는 이렇게 생각했다. '자, 두고 봐!'

운명의 여신은 한스가 그 음울한 계획을 만끽하게 했다. 한스는 매일 죽음의 잔을 들고 희열과 삶에 대한 의지 몇 방울을 들이켰다. 상처투성이의 온전하지 못한 젊은이 하나쯤 뭐 그리 대수겠는가. 하지만 어쨌든 그 영혼은 자신의 원을 끝까지 그려야 한다. 그리고 자신의 계획을 단념해서는 안 된다. 쓰디쓴 삶의 잔을 들이켜기 전까지는.

떨쳐버릴 수 없는 상념의 고통이 사라지고, 체념으로 인해 기운은 없었지만 부드럽고 편안한 기분이 들었다. 한스는 멍하니 하루하루를 보내기도 하고, 어떤 감흥도 없이 푸른 하늘을 쳐다보곤 했다. 가끔 그는 몽유병자나 어린아이처럼 보였다.

어느 날 한스는 힘없이 쓸쓸하게 정원 가문비나무 아래 앉아 있었다. 그때 시 한 구절이 머릿속을 스쳤다. 라틴어 학교에 다닐 때 배운 옛 시였다. 한스는 시구가 잘 기억나지 않는데도 입으로 계속 흥얼거렸다.

아, 피곤하여라!
아, 지쳤어라!

지갑은 텅 비고

주머니에 돈 한 푼 없다네.

　그는 기억나는 대로 가락에 맞춰 별 생각 없이 스무 번이나 웅얼거렸다. 그때 마침 창가에 서 있던 아버지가 이 소리를 듣고 깜짝 놀랐다. 감정이 무딘 아버지가 단조로운 리듬에 아무 뜻도 없는 듯한 이 노래를 몇 번이나 흥얼거리는 것을 이해할 수 없는 것도 당연했다. 아버지는 한숨을 내쉬며 아들의 정신병을 치유할 수 없다고 생각했다. 이때부터 아버지는 불안한 마음으로 아들을 더욱 눈여겨보았다. 물론 한스는 이를 눈치챘고, 그래서 몹시 괴로웠다. 하지만 아직 저 튼튼한 나뭇가지에 밧줄을 매달 때가 아니었다.

　어느덧 시간이 흘러 무더운 여름이 되었다. 주 시험을 치르고 맞이한 여름방학 이후로 벌써 1년이 지났다. 가끔 한스는 지난 추억을 어렴풋이 떠올렸다. 하지만 감수성이 무딜 대로 무뎌져서 아무런 감동 없이 무덤덤하기만 했다. 다시 낚시를 하고 싶었지만 아버지에게 말을 꺼내기가 무서웠다. 강가에 서 있을 때면 한스는 괴로운 상념에 빠져들었다. 가끔 그는 사람들 눈에 띄지 않는 강기슭에 오래도록 머물렀다. 그리고 애처롭고 쓸쓸한 눈길로 희미한 물고기 떼를 바라보았다.

　매일 해 질 무렵이면 수영을 하러 강 위쪽으로 갔다. 그럴 때면 번번이 감독관 게슬러의 작은 집을 지나가야 했다. 한스는 3년 전 몹시 좋아했던 엠마 게슬러가 집에 왔다는 것을 우연히 알게 되었다. 그녀의 모습이 궁금했던 한스는 두세 번 그녀를 보았다. 그녀의 모습은 달라져 있었다. 여리고 아름다운 소녀가 성숙한 처녀가 되었다. 세련되지 못한 걸음걸이와 요즘 유행하는, 소녀답지 않은 머리 모양은 그녀의 분위기에 어울리지 않았다. 치렁치렁 늘어뜨린 옷도 마찬가지였다. 더구나 여성스러워 보이려고 억지로 애쓰는 모습이 되레 우스꽝스러웠다. 한스는 그녀의 모습을 차마 볼 수 없었다. 그녀를 볼 때마다 이루 말할 수 없이 달콤하고 따뜻한 감정을 느꼈던 지난 추억이 떠오르면서 짐짓 서글퍼지기까지 했던 것이다.

그때는 모든 것이 지금 같지 않았다. 훨씬 더 아름답고, 더 즐겁고, 더욱 생기 넘쳤다. 이미 오래전부터 한스는 라틴어와 역사, 그리스어와 시험, 신학교와 두통밖에 몰랐다. 하지만 그때는 동화책과 도둑 이야기책도 읽었다. 작은 정원에는 한스가 직접 설치한 물레방아도 돌아가고 있었다. 저녁때는 나숄트 집 현관에 모여 리제한테 모험 이야기를 들었다. 그때는 가리발디라고 부르던 이웃집 할아버지 그로스요한을 꽤 오랫동안 강도 살인범이라고 상상하기도 했다.

매달 한 가지씩 기다려지는 일들도 있었다. 건초 만들기, 토끼풀 베기, 그해의 첫 낚시, 가재 잡기, 홉 열매 따기, 나무 흔들어 자두 따기, 불 지펴 감자 굽기, 그리고 곡식 타작…… 그 중간에 즐거운 일요일과 축제일도 있었다.

신비한 마법처럼 한스의 마음을 끄는 일들이 무수히 많았다. 집과 골목, 계단, 곡간 바닥, 분수, 울타리, 사람들과 동물들, 그 모든 것이 사랑스럽고 정겨웠다. 그것은 한스에게 수수께끼처럼 비밀스러운 세계였다. 홉 열매를 딸 때는 한스도 거들면서 성숙한 처녀들의 노랫소리에 귀 기울이며 자기도 외우려고 애썼다. 웃음이 터져나올 만큼 재미있는 가사가 대부분이었지만, 목이 멜 정도로 몹시 애처롭고 슬픈 노래도 있었다.

이 모든 것들이 하나씩 사라져갔다. 한스가 미처 깨달을 틈도 없이. 처음에는 저녁때 리제의 이야기를 듣는 일이 없어졌고, 그다음에는 일요일 아침 낚시가 사라졌다. 그러고는 동화책도 읽지 않게 되었고, 마침내 홉 열매 따는 일과 정원의 물레방아도 사라졌다. 그 모든 추억이 다 어디로 가버렸는가.

나이에 비해 성숙한 한스는 병든 채로 하루하루를 보내면서 꿈속 같은 제2의 유년기를 체험했다. 지나간 유년 시절에 대한 미련이 남은 그의 동심은 강렬하게 솟구치는 그리움을 안고 꿈처럼 아름다운 시절로 달려갔다. 그리고 마법에 걸린 듯 추억의 숲을 헤맸다. 병적이리만큼 강하고 또렷하게 떠오르는 추억이었다. 그것을 직접 경험했던 지난날 못지않은 애정과 열정으로 한스는 그 모든 추억에 잠겼다. 기만으로 가득 차고 강박에 사로잡혔던 어린 시절이 봇물 터지듯 마음속에 솟구쳤다.

줄기를 잘라낸 나무는 뿌리에서 다시 새싹이 돋아난다. 한창 젊은 시기에 상처 입고 병든 영혼도 꿈 많은 봄날 같은 어린 시절로 돌아간다. 거기서 새 희망을 찾아 끊어진 생명의 끈을 다시 이으려는 듯이. 뿌리에서 돋아난 새싹은 나날이 쑥쑥 자라난다. 그러나 생명을 품고 있을 뿐, 결코 나무가 될 수는 없다.

한스 기벤라트도 그랬다. 그래서 어린 시절 그가 꿈꿨던 길을 한번 더듬어 가볼 필요가 있다.

오래된 돌다리 근처에 골목이 2개 있는데, 그중 한 골목 모퉁이에 기벤라트의 집이 있었다. 마을에서 가장 길고 넓고 쭉 뻗은 '게르버' 거리에 자리 잡고 있었다. 짧고 좁고 초라하며 몹시 가파른 오르막 언덕길은 '매의 거리'로 불렸다. 오래전 그 거리에 매가 그려진 간판이 달린 음식점이 있었다고 해서 붙여진 이름이다.

게르버 거리에는 선하고 착실한 마을 토박이들이 주로 살았다. 이들은 집과 묘지, 정원을 가지고 있었다. 집 뒤쪽 가파른 언덕까지 정원이 이어져 있었고, 울타리는 1870년에 놓인, 노란 금작화가 뒤덮인 철둑에 면해 있었다. 게르버 거리만큼이나 세련된 곳은 광장이었다. 교회와 지방청, 법원, 시청, 교구청이 광장을 둘러싸고 세련된 도시 분위기를 자아냈다. 게르버 거리에는 공공건물이 전혀 없었다. 그 대신 번듯한 현관문과 고풍스러운 목조 건물, 밝고 단정한 박공지붕이 늘어서 있었다. 낯설지 않고 편안하고 환한 집들이 길 한쪽에만 자리 잡고 있는데, 그 맞은편에 성벽이 세워져 있고 그 아래 강이 흐르기 때문이었다.

곧게 뻗은 넓은 게르버 거리가 깨끗하고 세련된 분위기를 풍기는 것과는 반대로 '매의 거리'는 어두운 색깔의 낡은 집들이 빽빽이 들어차 있었다. 담벽은 회칠이 떨어져 나가 얼룩덜룩했고, 박공지붕은 툭 튀어나와 있었으며, 여기저기 갈라진 현관문과 창문에는 널빤지가 덧대어 있었다. 굴뚝은 한쪽으로 기울었고, 홈통은 깨져 있었다. 집들은 자리와 햇빛을 더 많이 차지하려고 다투는 듯했다. 길이 좁고 제멋대로 굽어 있어서 장막이 드리운 듯 온종일 어둠침침했다. 해 질 무렵이나 비 오는 날은 물안개까지 낀 암흑천지였다.

창문마다 장대와 줄에 빨래가 널려 있지 않은 날이 없었다. 좁고 지저분한 골목길에 수많은 사람들이 다닥다닥 모여 살았다. 세 들어 사는 사람이나 하룻밤 묵어 가는 사람들 말고도 많았다. 쓰러져 가는 집집마다 사람들로 가득 찬 그런 곳에는 늘 가난과 범죄와 질병이 득시글거렸다. 티푸스가 발병하거나 살인이 일어나는 곳도 늘 그 거리였다. 도둑 사건이 나면 맨 먼저 '매의 거리'부터 수색했다. 장돌뱅이들이 하룻밤 묵는 곳도 거기였다. 그중에 우스꽝스러운 마사(磨沙, 금속을 닦는 데 쓰이는 백토—옮긴이) 장수 호테호테와 가위를 갈고 다니는 아담 히텔도 있었다. 마을 사람들은 히텔이 범죄와 나쁜 짓을 저지르고 다닌다고 속닥거렸다.

학교에 들어가서 처음 몇 해 동안 한스는 '매의 거리'에 자주 놀러 갔다. 허름한 차림의 옅은 금발 소년들은 무리를 이루고 다녔다.

한스는 종종 꺼림칙한 그 무리에 끼어 당시 악명을 떨치던 로테 프로뮐러한테 살인 이야기를 들었다. 로테 아주머니는 여인숙 주인하고 살았는데, 헤어지고 나서 5년 동안 옥살이를 했다. 그녀는 젊었을 때 소문이 자자할 정도로 미인이었다. 공장 노동자 중에 그녀와 정을 통한 사람이 수두룩했다. 그에 관한 추문이 나도는가 하면 칼부림이 나기도 했다. 혼자 사는 그녀는 저녁때 공장 문이 닫히고 나면 커피를 끓이며 이야기를 시작했다. 누구나 그녀의 집에 들어갈 수 있었다. 부녀자들과 젊은 노동자, 이웃 아이들까지 그 집에 몰려들었다. 그들은 문지방을 둘러싸고 앉아 공포에 떨면서 그녀의 이야기를 들었다. 불에 그을려 시커먼 돌화로 위에 놓인 주전자에는 물이 끓고 있었다. 푸르스름한 석탄불과 함께 옆에 놓인 기름 촛대의 불빛이 괴이하게 깜박거리며 구경꾼들이 빽빽이 들어선 음산한 방을 비췄다. 벽과 천장에 사람들의 그림자가 크게 드리워 마치 귀신이 움직이는 것 같았다.

여덟 살이었던 한스는 거기서 핑켄바인 형제를 만났다. 그리고 아버지가 무섭게 금했는데도 1년 가까이 그들과 어울렸다. 마을에서도 가장 교활한 그 불량아 형제의 이름은 돌프와 에밀이었다. 이들은 과일을 훔치고 산짐승을 몰래 죽이는 것으로 유명했다. 꾀와 장난에 있어서는 이들을 당해낼 자가 없었다. 이들은 새알이나 납총알, 까마귀 새끼, 찌르레기, 토끼를 짬짬이 몰래 내다 팔았다. 더욱이 금지된 밤낚시도 주저 없이 했다. 정원이란 정원은 모두 마음대로 드나들었다. 뾰족한 울타리와 유리 조각이 박힌 담장도 훌쩍 뛰어넘었다.

하지만 한스가 가장 친하게 지낸 아이는 '매의 거리'에 사는 헤르만 레히텐하일이었다. 고아인 헤르만은 병약하고 남달리 조숙했다. 한쪽 다리가 짧아서 목발을 짚고 다녀야 했던 그는 골목길에서 아이들과 함께 놀지 못했다. 창백하고 야윈 얼굴은 고뇌의 빛으로 가득했다. 그리고 나이답지 않게 굳은 입술에 턱은 유달리 뾰족했다. 헤르만은 손재주가 뛰어났다. 그리고 낚시를 무척 좋아했는데 그의 열의가 한스에게 옮겨졌다.

그때 레히텐하일에게는 낚시 허가증이 없었다. 하지만 두 소년은 사람들이 보지 않는 곳에서 몰래 낚시를 했다. 낚시의 즐거움 중 사람들 눈을 피해 숨어서 하는 낚시가 가장 재미있다는 것은 누구나 아는 사실이었다.

절름발이 레히텐하일은 낚시에 관한 모든 것을 한스에게 가르쳐주었다. 낚싯대를 적당한 크기로 자르는 법, 말총 꼬는 법, 낚싯줄 물들이기, 올가미 모양으로 실 매는 법, 낚싯바늘을 뾰족하게 만드는 법. 그리고 날씨와 강물을 보는 법, 물을 흐리게 하려면 밀기울을 풀면 된다는 것, 물고기에 맞는 미끼가 무엇인지, 바늘에 미끼 다는 법도 알려주었다. 물고기를 구별하는 법과 물고기들이 미끼에 달려드는 소리, 낚싯줄을 알맞은 깊이로 늘어뜨리는 법도 가르쳐주었다. 그는 말로 한 것이 아니었다. 몸동작과 손놀림을 직접 보여주면서 줄을 당기거나 풀 때 어떻게 숨을 쉬어야 하는지, 그리고 손가락에 전해지는 세밀한 느낌까지 알려주었다. 레히텐하일은 가게에서 파는 좋은 낚싯대와 코르크, 투명한 낚싯줄 같은 가공된 도구를 하찮게 여겼다. 그리고 직접 만든 도구가 아니면 고기를 낚을 수 없다는 생각을 한스에게 심어주었다.

한스는 핑켄바인 형제와 싸우고 헤어졌다. 하지만 말이 없고 다리를 저는 레히텐하일하고는 싸우지 않았다. 레히텐하일도 한스를 멀리하지 않았다. 2월 어느 날 레히텐하일은 옷을 벗고 허름한 침대에 누웠다. 목발은 의자 위에 올려놓았다. 그런데 갑자기 열이 오르더니 조금 있다가 숨이 멎었다. 그는 그렇게 조용히 먼 곳으로 떠났다. 얼마 지나지 않아 '매의 거리'에서는 레히텐하일이 잊혀졌다. 하지만 한스는 그와의 아름다운 추억을 오래오래 간직했다.

'매의 거리'에는 그 밖에 별난 사람들이 많았다. 술주정이 심해서 해고된 뢰텔러를 모르는 사람은 없을 것이다. 그는 2주일에 한 번 정도 만취한 상태로 길바닥에 뻗어 있거나 오밤중에 소란을 피웠다. 하지만 평소에는 어린아이처럼 순한 사람이었다. 그는 늘 다정한 미소를 짓고 다녔다. 그는 한스에게 타원형 담배통 냄새를 맡게 해주었고, 가끔 한스가 물고기를 가져오면 함께 구워 먹기도 했다. 그에게는 유리 눈알이 박힌 말똥가리 박제와 가늘고 맑은 소리로 옛날 춤곡이 흘러나오는 아주 오래된 시계도 있었다.

맨발로 걸어 다니더라도 커프스단추는 꼭 달고 다니는 늙은 기계공 포르슈를 모르는 사람 역시 없을 것이다. 그의 아버지는 역사가 오래된 초등학교의 엄격한 교사였다. 포르슈는 성경을 절반이나 외우고, 격언과 금언도 많이 알고 있었다. 하지만 백발의 나이에 지식도 많은 사람이 술을 진탕 마시는가 하면 아무 여자나 쫓아다녔다. 취하면 기벤라트의 집 모퉁이에 앉아 지나가는 사람을 불러 세우고 격언을 장황하게 늘어놓았다.

"한스 기벤라트 2세, 사랑하는 아들. 내 얘기 좀 들어보슈. 시라(구약성서의 일부인 집회서를 쓴 사람―옮긴이)가 말하기를, 남에게 잘못된 충고를 하지 않고, 그로 인해 나쁜 마음도 품지 않는 사람에게 복이 있으리니! 그것은 아름다운 나무의 푸른 잎 같아서, 어떤 것은 떨어지고, 어떤 것은 다시 돋아나느니. 사람의 인생도 이와 같아, 어떤 이는 죽고, 어떤 이는 태어나네. 자, 이제 가봐! 물개 같은 놈아!"

포르슈 노인은 딱딱한 격언 말고도 귀신 이야기나 공포스러운 전설을 많이 알고 있었다. 그는 귀신이 어디에 나타나는지 알면서도 자기 이야기에 의구심을 가졌다. 그는 자기가 이야기하면서도 자기 이야기나 그것을 듣는 사람들을 비웃듯, 의심스러운 투로 과장되게 이야기를 시작했다. 그리고 이야기를 하다 보면 겁이 나는 듯 점점 고개를 움츠리고 목소리를 낮추는 것이었다. 그러다 마지막에는 오싹하리만큼 작은 목소리로 끝맺었다.

무시무시한 추억들이 허름하고 좁은 골목에 얼마나 많이 숨어 있었던가? 한스의 마음을 끄는 아련한 추억들이. 자물쇠 장수 브렌들

레도 그 골목에 살았다. 그가 일하던 곳은 문을 닫은 뒤로 황폐하게 변했다. 그는 반나절 동안 창가에 앉아 사람들로 소란스러운 거리를 우울하게 쳐다보았다. 가끔은 세수도 하지 않고 누더기 차림으로 거리를 돌아다녔다. 그러다 재미있다는 표정으로 아무 아이나 눈에 띄면 귀와 머리를 끌어당겨 붙들고는 멍이 들 정도로 온몸을 꼬집어댔다.

그러던 어느 날 그는 층계에서 아연 줄에 목을 매달았다. 너무 끔찍한 모습에 아무도 그에게 다가가지 못했다. 한참 뒤 늙은 기계공 포르슈가 뒤로 다가가서 양철가위로 줄을 잘랐다. 그러자 혀를 쑥 내밀고 있는 시체가 계단을 곤두박질해서 공포에 질린 사람들 한가운데 떨어졌다.

넓고 환한 게르버 거리에서 나와 어둡고 어수선하고 축축한 '매의 거리'에 들어설 때마다 이상하게 숨이 막히는 듯하면서도 즐겁고 무시무시한 기분이 한스의 가슴을 내리눌렀다. 그것은 호기심과 두려움, 양심의 가책과 기대에 들뜬 모험심이 복합된 감정이었다. '매의 거리'는 지금도 동화나 기적, 이제까지 들어본 적 없는 도깨비 이야기가 실현될 수 있는 곳이었다. 마술과 유령이 실제로 있을 법한 곳이기도 했다. 전설이나 불미한 로이틀링겐의 옛날이야기를 읽을 때처럼 사람들은 이곳에서 흥미진진한 공포에 사로잡히는 것이었다. 이 책들은 교사들에게 영락없이 빼앗겼다. 존넨비르틀레, 신더하네스, 메서카를레, 포스트미헬, 그리고 이와 비슷한 범죄 거리의 영웅, 중죄범과 모험가들의 행동과 형벌이 있는 그대로 적혀 있었다.

'매의 거리' 말고도 보통의 동네와 다른 곳이 하나 있었다. 어두운 다락 혹은 색다른 방에서 보고 듣고 경험하고 몰두할 수 있는 특별한 곳. 그곳은 바로 낡고 엄청나게 큰 피혁 공장 건물이었다. 어두운 다락에는 아주 큼지막한 가죽이 걸려 있고, 지하실에는 숨겨진 굴과 들어가지 못하도록 막아놓은 통로가 있었다. 저녁에 리제가 아이들을 모아놓고 아름다운 동화를 들려준 곳도 여기였다.

이곳은 맞은편 '매의 거리'보다 조용하고 편안하며 인간적이었다. 하지만 '매의 거리' 못지않게 수수께끼 같은 일이 잔뜩 있었다. 굴과 지하실, 무두질하는 뜰과 시멘트 바닥에서 일하는 견습공들의 모습은 왠지 기이하고 남다른 데가 있었다. 입을 쩍 벌리고 하품을 하듯 입구가 탁 트인 아주 큰 방이 있었다. 적막에 휩싸인 그 방은 공포스러우면서도 사람을 끌어당기는 분위기였다. 무뚝뚝하고 사나운 집주인은 식인종 같아서 모두 무서워하며 피했다. 리제는 요정처럼 이 기괴한 집을 돌아다녔다. 정이 많은 그녀는 모든 아이들과 새들, 고양이와 강아지의 수호자이자 어머니였다. 그녀는 동화나 노래도 많이 알고 있었다.

한스는 오래전부터 가지 않게 된 이 세계를 생각하고 꿈꾸고 있었다. 극도의 환멸과 절망을 떨쳐버리고 지나간 아름다운 시절로 돌아간 것이다. 그때는 희망에 부풀었고, 자기를 둘러싼 세계가 마치 거대한 마법의 숲 같았다. 저 깊은 곳에 무시무시한 위험과 마법의 보물, 에메랄드의 성들이 숨겨진 숲. 한스는 야생의 숲에 들어서기는 했지만, 기이한 일들이 펼쳐지기도 전에 지쳐버렸다. 그는 미궁과도 같은 어두운 입구에 서 있었다. 하지만 이번에는 한 걸음 떨어져서 호기심을 채우려 할 뿐이었다.

한스는 두세 번 '매의 거리'로 가보았다. 안개에 싸인 어둠, 역한 냄새, 햇볕이 들지 않는 구석진 모퉁이와 계단도 그대로였다. 노인들이 문간에 앉아 있고, 떼투성이 옅은 금발의 아이들이 소리를 지르며 뛰어다니는 것도 예전과 다름없었다. 늙어버린 기계공 포르슈는 한스를 알아보지도 못했다. 한스가 수줍게 인사했지만 투덜거리며 빈정댈 뿐이었다. 가리발디로 불리던 그로스요한은 저세상 사람이 되었다. 로테 프로뮐러도 그렇고. 우편배달부 뢰텔러는 아직 거기 살았다. 그는 음악이 흘러나오는 시계를 아이들이 고장 냈다고 불평을 늘어놓더니 한스에게 담배통 냄새를 맡게 해주었다. 그러고는 느닷없이 구걸을 했다. 뢰텔러는 핑켄바인 형제의 소식을 들려주었다. 한 녀석은 담배 공장에 다니는데 벌써부터 술을 마신다고 했다. 다른 한 녀석은 1년 전 교회 축성식에서 칼부림을 일으키고 달아나 소식이 없다고 했다. 참담하고 우울한 이야기뿐이었다.

어느 날 저녁 한스는 피혁 공장 문을 지나 축축한 뜰로 들어갔다. 낡고 엄청나게 큰 그 집에 재미있었던 지난 시절의 추억과 자기의 어린 시절이 숨어 있기라도 한 듯이.

그는 굽은 계단과 돌이 깔린 현관을 지나 어두운 계단을 올라가 가죽이 주렁주렁 매달린 다락방으로 더듬더듬 걸어갔다. 가죽 냄새가 코를 찌르면서 추억의 뭉게구름이 솟아올랐다. 그는 계단을 내려와 뜰로 나왔다. 거기에는 무두질하는 구덩이와 가죽 부스러기를 널어놓는, 좁다란 지붕이 덮인 건조대가 있었다. 역시나 벽 앞에는 리제가 의자에 앉아 있었다. 그녀는 바구니를 앞에 놓고 감자 껍질을 벗기고 있었고, 아이들이 그녀를 둘러싸고 앉아 이야기를 듣고 있었다.

한스는 어둑한 문지방에 서서 이야기를 들어보려고 했다. 어둠이 내려앉은 피혁 공장의 뜰은 아늑하고 평화롭기 그지없었다. 들리는 것이라고는 뜰 저편 담 아래로 흘러가는 가냘픈 강물 소리와 칼로 감자 껍질을 벗기는 소리, 그리고 아이들에게 들려주는 이야깃소리뿐이었다. 아이들은 쪼그리고 앉아 꼼짝도 하지 않았다. 리제는 한밤중에 강 건너편에서 어린아이 목소리가 성 크리스토포루스를 불렀다는 이야기를 하고 있었다.

한스는 잠시 서서 이야기를 듣다가 어두운 현관을 지나 집으로 돌아왔다. 그는 이제 더 이상 어린아이가 될 수 없다는 것, 해 질 무렵 피혁 공장 뜰에서 리제 주위에 앉아 있을 수 없다는 것을 깨달았다. 그리고 그는 앞으로 피혁 공장과 '매의 거리'에 두 번 다시 가지 않겠다고 다짐했다.

제6장

가을이 깊어갔다. 검푸른 전나무 숲에는 횃불처럼 노랗고 빨갛게 불타는 활엽수들이 군데군데 퍼져 있었다. 골짜기는 짙은 안개가 잔뜩 끼어 있었고, 아침이면 차디찬 강물에 물안개가 피어올랐다.

한때 신학교 학생이었던 한스는 핼쑥한 얼굴로 매일 밖을 나돌아다녔다. 이웃 사람들과 어울릴 수도 있었겠지만 그는 일부러 피해다녔다. 어울리고 싶은 마음이 전혀 없었고, 몸도 너무 피곤했기 때문이다. 의사는 물약, 간유, 달걀을 권하고 냉수욕을 하면 몸이 좋아질 거라고 했다.

하지만 어느 것도 효과가 없었다. 어쩌면 당연한 일이었다. 뜻과 목적이 있어야 건강한 삶을 살 수 있을 텐데, 젊은 나이인데도 기벤라트에게는 그런 것이 전혀 없었다. 아버지는 한스가 서기나 기능공이 되었으면 했다. 하지만 아직 기력이 없었기 때문에 몸을 회복하는 게 우선이었다. 이제 앞으로 어떻게 할지 진지하게 생각할 때가 된 것이다.

혼란스러운 마음도 사그라들어서, 한스는 더 이상 자살을 생각하지 않았다. 하지만 변덕맞게 솟구치던 긴장과 불안감이 가라앉고 우울증이 찾아왔다. 부드러운 늪 속으로 빠져들듯이 한스는 버둥거리지 않고 거기에 몸을 내맡겼다.

이제 그는 가을의 들판을 거닐면서 계절의 힘에 무릎을 꿇었다. 저무는 가을, 소리 없이 떨어지는 낙엽, 갈색으로 물든 들판, 짙은 새벽안개, 무르익다 지쳐서 말라버린 나무줄기. 병든 사람들이 그러듯 한스는 이런 것들을 보면서 절망에 잠겼다. 이들처럼 사라지고, 잠들고, 죽고 싶었다. 하지만 아직 젊은 기력이 이러한 바람을 억누르고 넌지시 삶에 집착했다. 그래서 그는 더욱 괴로웠다.

한스는 노랗게 물들다 갈색으로 변한 다음 벌거숭이가 된 나무를 바라보았다. 숲에 자욱이 퍼진 우윳빛 안개, 마지막 열매를 따고는 더 이상 거들떠보지 않는, 생기 없이 시들어가는 과실나무가 있는 정원을 바라보았다. 수영과 낚시의 계절이 지나고 낙엽으로 뒤덮인 강물을 보았다. 그 서늘한 강가에는 피혁 공장의 우락부락한 직공밖에 없었다. 며칠 전부터 과일 찌꺼기들이 쉴 새 없이 강물에 떠내려갔다. 압착장과 물레방앗간에서 과즙 짜기가 한창이었던 것이다. 어느 거리나 과즙이 발효되는 냄새가 감돌았다.

아래쪽 물레방앗간에서 구둣방 플라이크 아저씨가 작은 압착기를 빌려 과즙을 짤 때 한스를 불렀다.

물레방앗간 앞마당에 크고 작은 압착기, 달구지, 과일이 수북한 바구니와 자루, 양쪽에 손잡이가 달린 통, 등에 지는 통, 둥글넓적한 그릇, 나무통, 산더미처럼 쌓인 과일 찌꺼기, 나무 지렛대, 손수레, 비어 있는 운반구가 여기저기 널려 있었다. 압착기는 삐걱삐걱 소리를 내기도 하고 찍찍거리는가 하면 신음 소리를 내기도 하면서 움직였다. 압착기는 모두 다 녹색 칠이 되어 있었다. 황갈색으로 변한 과일 찌꺼기, 사과 바구니, 옅푸른 강물, 맨발로 뛰어다니는 아이들, 햇살이 비치는 맑은 가을 하늘, 이런 것들이 녹색 압착기와 어울려 기쁨과 삶의 재미, 풍요로운 인상을 자아내며 보는 사람의 마음을 끌었다. 사과가 으깨지는 소리를 들으면 떫은맛이 고이면서 먹고 싶은 생각이 들었다. 그리고 얼른 사과 하나를 집어 입에 베어 물지 않고는 못 배긴다. 갓 짜낸 달달한 적황색 과즙이 햇빛에 반짝이며 대롱에서 흘러나왔다. 그것을 보면 단숨에 한 잔 들이켜지 않을 수 없다. 그러고는 눈망울이 촉촉이 젖으면서 달달한 행복이 자기 몸속에서 파도치는 것을 느끼는 것이었다. 사람을 흐뭇하게 만드는 달달한 과즙의 상큼한 향내가 저 멀리까지 퍼져 나갔다.

이 향기야말로 한 해의 가장 훌륭한 성장과 결실의 정수라고 할 수 있었다. 겨울을 맞이하기 전에 이 향기를 들이마실 수 있어서 좋았다. 그렇게 해서 수없이 많은 기쁘고 좋았던 일들을 떠올리며 감사하는 마음을 가지는 것이었다. 따뜻한 기운을 내뿜는 5월의 비, 쏴 하고 쏟아지는 여름날의 비, 상쾌한 가을날의 아침 이슬, 부드럽게 몸을 휘감는 봄 햇살, 쨍쨍 내리쬐는 따가운 여름 햇볕, 하얗고 새빨간 꽃망울, 적갈색으로 반들거리는 잘 익은 과일나무, 계절이 마련해주는 아름답고 즐거운 모든 것들.

누구에게나 아름다운 나날이 계속되는 계절이었다. 거만한 부자들도 체면 따위 생각하지 않고 직접 통통한 과일을 들어 무게를 가늠해보고, 10개가 넘는 사과 자루를 하나하나 세어보고, 들고 다니는 은잔으로 사과즙을 맛보기도 했다. 그리고 주위 사람들에게 자기네 사과즙에는 물이 한 방울도 섞이지 않았다고 말했다. 못사는 사람들은 사과 자루가 하나밖에 없었다. 그들도 유리잔이나 질그릇에 사과즙을 따라 마시고, 즙통에 물을 타기도 했다. 그렇다고 해서 이들이 남보다 덜 뿌듯하고 보람을 덜 느끼는 것은 아니었다. 과즙을 짜지 못한 사람들은 친척이나 이웃에게 한 잔씩 얻어 마시고 과일 하나를 주머니에 집어넣는 사람도 있었다. 이들은 전문적인 단어를 늘어놓으며 자기도 이쪽에 대해 알 만큼 안다는 것을 보여주려고 했다.

부잣집 아이든 가난한 집 아이든 모두 작은 잔을 하나씩 들고 다녔다. 아이들은 사과를 베어 먹으면서 손에 들고 있는 빵을 함께 먹었다. 근거는 없지만 그렇게 하면 나중에 배가 아프지 않다는 속설이 있기 때문이었다.

아이들이 떠드는 소리 말고도 어른들 고함 소리에 정신이 없었다. 기분이 좋은 이들은 한껏 들뜬 목소리로 말하며 바쁘게 왔다 갔다 했다.

"하네스, 이리 와. 여기. 이거 한잔 마셔봐."

"고맙네. 하지만 벌써 배가 불러서 말이야."

"자네는 50킬로그램에 얼마 줬나?"

"4마르크. 최상품이야. 먹어보겠나?"

이따금 생각지도 못한 소동이 일어나기도 했다. 자루가 터지면서 땅바닥에 사과가 쏟아진 것이다.

"이를 어째! 내 사과. 좀 도와주시오."

주위 사람들 모두 사과 줍는 것을 거들었다. 개구쟁이 몇 놈은 그 틈을 타 사과를 주머니에 집어넣었다.

"이놈들, 주머니에 넣지는 말거라. 여기서 마음대로 먹는 건 좋은데, 주머니에 넣고 가지는 마. 거기, 내려놔."

"이봐, 그렇게 빼지 말고 내 거 한번 먹어봐."

"이야, 꿀맛이네. 꿀맛이야. 얼마나 만든 거요?"

"두 통밖에 안 돼. 그래도 꽤 짭짤한 거지."

"한창 더울 때가 아니어서 정말 다행이군. 그랬으면 벌써 동이 났을 거야."

까탈스러운 노인 몇 명이 올해도 어김없이 나타났다. 과즙을 짜지 않은 지 오래되었지만, 이 방면에 경험과 지식이 많았다. 이들은 예전 자기들이 과즙을 짜던 시절에는 과일을 거저 얻곤 했다는 얘기를 늘어놓았다. 그때는 지금보다 훨씬 싸고, 품질도 좋아서 과즙에 설탕 같은 것은 아예 넣을 생각조차 하지 않았고, 나무에 달리는 열매의 양도 지금보다 훨씬 많았다고 자랑을 해댔다.

"그때야말로 수확할 맛이 났지. 나도 사과나무 한 그루가 있었는데 250킬로그램이나 땄으니까."

까탈스러운 노인들은 지금 시절이 예전보다 훨씬 못하다 어떻다 하면서도 압착기를 돌아다니며 사과즙을 맛보았다. 이가 쓸 만한 노인들은 사과를 으적으적 씹어 먹었다. 한 노인은 큼지막한 배를 몇 개나 먹더니 결국 복통을 일으켰다.

그는 한숨을 내쉬며 말했다.

"정말이지, 예전에는 10개쯤 먹어도 아무렇지 않았는데."

그는 큼지막한 배를 10개나 먹어치워도 배앓이를 하지 않던 시절을 떠올리며 한숨을 푹푹 내쉬었다.

플라이크는 북새통 한가운데 압착기를 세워놓고 나이 든 견습공의 도움으로 과즙을 짰다. 바덴에서 주문한 사과로 만든 그의 과즙은 최상품이었다. 그는 흡족해하며 맛을 보려는 사람들에게 기꺼이 대접했다. 그의 아이들은 북새통을 이루는 사람들 무리 속에서도 더 신나고 즐겁게 뛰어다녔다. 내색하지는 않았지만 가장 행복해하는 사람은 그의 밑에서 일하는 젊은 견습공이었다. 산악 지대 가난한 농부의 집에서 태어난 견습공은 들판에서 힘껏 일하고, 과즙까지 마음껏 마실 수 있어서 너무나 행복했다. 더구나 품질이 뛰어난 과즙은 더없이 달콤했다. 건강한 기운이 넘치는 시골 청년은 사티로스(반인반수, 호색가로 비유되기도 한다.—옮긴이) 가면처럼 이를 드러내고 히죽거렸다. 그의 손은 다른 일요일보다 깨끗했다. 구두를 만드는 일을 하는 사람치고는 너무 곱고 매끈했다.

과즙을 짜는 곳에서 한스는 주눅 든 표정으로 아무 말도 하지 않았다. 그는 오고 싶어서 온 게 아니었다. 그에게 처음 과즙 잔을 내민 것은 나숄트 씨네 리제였다. 한스는 과즙을 마셨다. 달달하고 맛이 강한 과즙을 머금자 어린 시절 가을에 즐겼던 재미있는 추억들이 환한 미소처럼 되살아났다. 그리고 또다시 그것을 즐기고 싶은 마음이 살며시 솟아났다. 아는 사람들이 한스에게 말을 걸면서 과즙을 건넸다. 플라이크의 압착기에 도착했을 때 한스는 이미 즐거운 분위기 속에서 과즙을 여러 잔 먹은 뒤였다. 한스는 완전히 다른 기분을 느꼈다. 그는 구둣방 아저씨를 향해 유쾌하게 인사했고, 과즙에 관한 흔한 농담을 건네기도 했다. 플라이크 아저씨는 놀란 기색을 드러내지 않고 그를 반갑게 맞이했다.

30분쯤 지났을 때였다. 파란 치마를 입은 아가씨가 다가와 플라이크 아저씨와 젊은 견습공에게 웃으며 인사하고 과즙 짜는 것을 도와주었다.

아저씨가 말했다.

"이 아이는 하일브론에서 온 내 조카딸이란다. 애의 고향에서는 다른 수확 축제가 열린단다. 그곳에는 포도가 많이 나거든."

그녀는 열여덟아홉 살쯤 된 것 같았다. 평야 지대 사람답게 동작이 경쾌하고, 명랑한 성격이었다. 키는 썩 크지 않았지만, 균형 잡히면서도 풍만한 몸집이었다. 둥그런 얼굴, 검은 눈동자, 따뜻한 눈매, 키스를 부르는 예쁜 입술이 활발하고 똑똑해 보였다. 어쨌든 건강하고 쾌활한 하일브론 아가씨였다. 하지만 경건한 구둣방 아저씨의 친척이라는 게 믿어지지 않았다. 아무래도 그녀는 속세 사람이었던 것이다. 매일 밤 빠짐없이 성경과 고스너(독일의 신학자이자 작가 요하네스 고스너—옮긴이)의 《작은 보물 상자》를 읽는 눈빛은 아니었다.

한스는 문득 걱정스러운 표정으로 엠마가 빨리 갔으면 했다. 하지만 그녀는 계속 남아서 웃고 재잘거리고 상대의 농담을 재치 있게 맞받아치기도 했다. 한스는 부끄러워서 아무 말도 하지 못했다. 존칭을 쓰면서 아가씨와 사귀는 것은 끔찍한 일이라는 생각이 들었다. 더구나 이 아가씨는 너무 쾌활하고 말이 많았다. 그녀는 한스가 옆에 있든 말든 그가 부끄러워하든 말든 전혀 신경 쓰지 않았다. 한스는 어쩔 줄을 모르고 수레바퀴에 깔린 달팽이처럼 더듬이를 오그려 껍데기 속으로 들어갔다. 그는 말없이 지겹다는 표정을 지어 보이려고 했지만 제대로 되지 않았다. 그저 누가 죽기라도 한 듯한 표정이 될 뿐이었다.

하지만 사람들은 그런 것에 신경 쓸 겨를이 없었다. 엠마는 더 말할 것도 없고. 그녀는 2주 전에 플라이크 아저씨 집에 왔다고 했다. 그런데 그녀는 벌써 마을의 모든 사람들을 사귀었다. 신분의 고하를 따지지 않고 아무한테나 가서 과즙을 맛보고, 농담을 하며 웃고, 다시 돌아와서 열심히 도와주는 시늉을 하면서 아이들을 안으며 사과를 주었다. 그녀는 흥에 겨운 웃음을 주위에 퍼뜨렸다.

그녀는 지나가는 개구쟁이를 불러서 '사과 먹을래' 하고 빨간 사과를 쥔 채 두 손을 뒤로 감추고 '오른손, 왼손' 하며 알아맞혀 보라고 했다. 하지만 아이들은 한 번도 맞히지 못했다. 아이들이 툴툴거리면 그제야 사과를 주었는데, 그나마 작고 덜 익은 것이었다.

엠마는 한스 이야기를 익히 들어 알고 있는 듯 두통을 달고 사는 사람 맞냐고 물었다. 하지만 한스가 미처 대답하기도 전에 옆 사람에게 다른 이야기를 꺼냈다.

한스가 몰래 집으로 가려고 하는데, 플라이크 아저씨가 그의 손에 지렛대를 쥐어주며 말했다.

"조금만 더 도와줘. 엠마가 거들 거야. 나는 구둣방에 좀 가봐야 해서 말이야."

구둣방 아저씨가 자리를 뜨자 견습공과 플라이크 부인이 함께 과즙을 날랐고, 한스와 엠마 둘만 압착기 옆에 남았다. 한스는 온 힘을 짜내서 미친 듯이 일했다. 한참 일하고 있는데 갑자기 지렛대가 무거웠다. 이상하다 싶어서 고개를 들어보니 엠마가 큰 소리로 웃고 있는 게 아닌가. 그녀가 장난을 친답시고 지렛대를 누르고 있었던 것이다. 한스가 화난 표정으로 다시 잡아당겼지만, 그녀는 계속 버텼다.

한스는 아무 말도 하지 않았다. 그녀가 누르고 있는 지렛대를 돌리려니 왠지 부끄럽고 난감했다. 그래서 천천히 지렛대를 멈췄다. 그는 달콤한 흥분이 일면서도 조마조마했다. 젊은 아가씨가 부끄러운 줄도 모르고 그의 얼굴을 빤히 쳐다보았다. 그러자 그녀가 다르게 느껴졌다. 더욱 친하게 느껴지면서도 그것이 낯설었다. 한스는 겸연쩍어하면서 허물없는 미소를 지었다.

지렛대가 완전히 멈추자 엠마가 말했다.

"쉬엄쉬엄해요."

그러고는 마시다 만 과즙 잔을 내밀었다.

한스에게는 그 한 모금이 아까 마셨던 과즙보다 더 진하고 달콤했다. 그는 과즙을 더 마시고 싶은 듯 비어 있는 잔을 들여다보았다. 무엇 때문인지 심장이 두근거리고 숨이 가빴다.

두 사람은 다시 일을 했다. 한스는 그녀의 치맛자락이 자기 몸을 스치고, 그녀의 손이 자기 손에 닿게 하려고 가까이하면서도 자기가 뭘 하는지도 몰랐다. 하지만 그녀의 몸이 자기 몸에 스칠 때마다 두려운 기쁨에 들뜬 심장은 멎어버릴 것 같았다. 그리고 달콤한 행복이 온몸을 부드럽게 감쌌다. 그는 무릎이 떨리고 머릿속이 윙윙거리며 핑 도는 것 같았다.

한스는 자기가 무슨 말을 하는지도 몰랐다. 그녀와 이야기를 나누면서 한스는 그녀가 웃으면 자기도 따라 웃고, 그녀가 말도 안 되는 소리를 하면 손가락으로 가리키며 부러 겁을 주기도 했다. 그리고 그녀가 준 과즙을 두 번이나 들이켰다. 그와 함께 수많은 기억들이 스쳤다. 해 질 무렵이면 사내들과 함께 현관에 서 있던 하녀들, 이야기책의 문구 두세 개, 수도원 학교를 다닐 때 헤르만 하일너의 입맞춤, 학생들이 나눴던 '아가씨들'이나 '애인이 생기면 어떨까' 하는 이야기와 달콤한 말들, 한스는 산길을 올라가는 노새처럼 숨이 가빴다.

모든 것이 달라 보였다. 바쁘게 왔다 갔다 하는 사람들이 곱고 밝은 구름 속에 잠겼다. 한데 섞여서 침울하게 울려 퍼지던 말소리, 욕설, 웃음소리가 사그라들었다. 강물과 낡은 다리는 그림처럼 흐릿했다.

엠마의 모습도 달라졌다. 한스의 눈에는 그녀의 얼굴이 보이지 않았다. 단지 검고 생기발랄한 눈과 붉은 입술, 그 사이로 삐죽 나온 하얀 이만 보였다. 그녀의 형체는 사라지고, 한스에게는 부분부분 따로 눈에 들어왔다. 검정 양말 위에 신은 목 짧은 구두, 목덜미까지 내려온 헝클어진 곱슬머리, 파란 목도리를 감은 그을린 둥그런 목, 옷이 팽팽하게 당겨진 어깨, 그 아래로 일렁이는 가슴, 발그레하고 맑은 귀.

조금 뒤 엠마가 손잡이 달린 통에 잔을 떨어뜨렸다. 그녀는 잔을 집으려고 몸을 굽혔다. 그때 그녀의 무릎이 통 모서리를 누르면서 한스의 손목에 닿았다. 한스도 천천히 몸을 굽혔는데, 그녀의 머리카락이 자기 얼굴에 스칠 것 같았다. 그녀의 머리에서 나는 은은한 향기가 콧속으로 들어왔다. 그 아래 흐트러진 곱슬머리의 그늘이 드리운, 따뜻한 갈색으로 빛나는 목덜미가 파란 조끼 속에 파묻혔다. 꽉 채운 고리 사이로 그녀의 목덜미가 살짝 드러났다.

엠마가 다시 몸을 일으키자 그녀의 무릎이 한스의 팔을 내리 스쳤고, 그녀의 머리칼이 그의 뺨을 스쳤다. 몸을 굽히느라 그녀의 얼굴이 빨갛게 상기되었다. 한스의 온몸에 강한 전율이 퍼졌다. 그는 얼굴이 하얗게 질리면서 갑자기 피로가 밀려들었다. 그래서 압착기 나사를 꽉 쥐었다. 이제 그의 심장은 발작을 일으키듯 펄떡거렸고, 팔에 힘이 빠지고 어깨까지 아팠다.

이후로 한스는 한마디도 하지 않았고 그녀와 눈을 마주치지도 않았다. 그녀가 딴 곳에 시선을 둘 때면 아직 음미하지 못한 쾌감과 찜찜한 양심의 가책이 마구 섞여서 솟구치는 것을 억누르며 그녀를 빤히 쳐다보았다. 이 순간에는 그의 마음속에서 뭔가 끊어져 나가고, 저 먼 푸른 해안가에 펼쳐진 새롭고 낯선 땅이 그에게 오라고 손짓하는 것이었다. 그는 이것이 무엇인지 알 수 없었다. 그저 희미한 예감이 들 뿐이었다. 가슴을 태우는 불안감과 달콤한 고통이 무엇인지, 고통과 기쁨 중 어느 것이 더 큰지.

그가 느낀 기쁨은 신선한 사랑의 힘, 생기 있게 살아 움직이는 생명에 대한 첫 예감이었다. 그의 고통은 아침의 평온이 깨지고, 두 번 다시 돌아가지 못할 어린 시절의 세계가 자신의 마음속에서 사라졌음을 의미했다. 파손을 겨우 면한 한스의 쪽배는 새로운 폭풍과 입을 쩍 벌리고 있는 심연, 커다란 암초에 점점 가까이 다가가고 있었다. 올바른 지도하에 지금까지 살아온 젊은이는 이제 안내자 없이 혼자 이곳을 벗어나 살아남을 방법을 찾아야 했다.

그때 마침 구둣방 젊은 견습공이 돌아와 한스 대신 압착기를 맡았다. 한스는 엠마의 손길을 느낄 수 있을까, 다정하게 말을 걸어줄까 하는 마음에 조금 더 머물렀다. 그녀는 압착기를 여기저기 돌아다니며 수다를 떨고 있었다. 한스는 괜히 견습공을 보기가 부끄러워서 인사도 하지 않고 몰래 빠져나와 집으로 돌아갔다.

그 후 이상하게도 모든 것이 달라 보였다. 아름다워 보이면서 마음이 설렜던 것이다. 과즙 찌꺼기를 주워 먹고 통통하게 살진 참새들이 찍찍거리며 하늘을 휙 날아갔다. 하늘이 이처럼 높고 아름답고 그리움에 사무칠 만큼 푸르렀던 적이 있는가. 강물이 이렇게 맑고 청록색 거울처럼 빛났던 적이 있는가. 강둑에 부딪치는 하얀 거품이 이렇게 눈부셨던 적이 있는가. 모든 것이 새로 그려져서 장식 테두리가 있고 투명하고 깨끗한 유리 액자에 끼워진 멋진 그림 같았다. 게다가 모든 것이 떠들썩한 축제를 기다리고 있는 것 같았다. 이상하게도 한스의 마음속에는 두려움과 함께 처음 느껴보는 찬란한 희망이 세차고 불안하게, 그리고 부드럽게 파도쳤다. 하지만 이것이 실현되지 못할 꿈일 뿐이라는 절망감이 요동쳤다. 모순된 감정의 샘물이 희미하게 솟구치는 것이었다. 한스의 마음 깊숙이에서 강렬한 무언가가 쇠사슬을 끊고 튀어 오르려고 몸부림치는 듯했다. 그것은 울음이나 노래, 소리를 지르는 것, 아니면 한바탕 웃음일 것이다. 들뜬 감정은 집에 돌아와서야 겨우 가라앉았다. 집에서는 모든 것이 그대로였다.

"어디 갔다 왔니?"

기벤라트 씨가 물었다.

"물레방앗간요. 플라이크 아저씨한테요."

"그렇구나. 그 집은 과즙이 얼마나 나왔더냐?"

"두 통 정도요."

한스는 아버지에게 과즙 짤 때 플라이크 아저씨네 아이들을 불러 달라고 부탁했다.

"그래야지. 다음 주 짤 테니까 그때 다 데려오너라."

저녁 식사까지는 한 시간이나 남았다. 한스는 정원에 나갔다. 푸른색을 띤 것은 가문비나무 두 그루뿐이었다. 한스는 개암나무 가지를 하나 꺾어서 시든 잎을 마구 휘저어 떨어뜨렸다. 해는 이미 산 너머로 완전히 기울었다. 머리카락처럼 가느다란 전나무 우듬지가 솟은 검푸른 산세가 물기를 머금은 맑고 푸른 저녁 하늘을 가르고 있었다. 황갈색으로 타오르는 길게 퍼진 잿빛 구름이 고향으로 돌아오는 배처럼 느긋하고 거침없이 옅은 금빛 하늘을 가르며 골짜기로 떠내려갔다.

한스는 늘 그렇듯 아름답게 물드는 저녁노을에 젖어 하염없이 정원을 거닐었다. 가끔 걸음을 멈추고 엠마의 모습을 떠올려보고자 눈을 감았다. 압착기 옆 자기 앞에 서 있던 모습, 자기 잔에 든 과즙을 건네던 모습, 큰 통 위로 몸을 숙였다 일으킬 때 빨갛게 달아오른 얼굴, 그녀의 머리칼, 꽉 끼는 파란 옷 위로 드러난 몸매와 목, 검은 머리칼의 그늘이 드리워 갈색으로 빛나는 목덜미, 이 모든 것들이 떠오르는 순간 그는 황홀한 전율에 휩싸였다. 하지만 그녀의 얼굴은 아무리 해도 그려지지 않았다.

어둠이 완전히 깔렸는데도 한스는 춥지 않았다. 짙은 황혼은 장막에 가려진 비밀 같았다. 한스는 자신이 하일브론 아가씨를 사랑하고 있음을 깨닫기 시작했다. 하지만 갓 눈뜬 남성의 혈기는 그저 낯설고 마음이 조마조마하고 피곤한 기분으로 어렴풋이 느낄 뿐이었다.

저녁을 먹으면서 한스는 자신이 완전히 변했다는 것을 깨달았다. 그리고 자신을 둘러싸고 있는 오래되고 익숙한 분위기가 이상하게 여겨졌다. 아버지와 늙은 하녀, 식탁, 집 안의 모든 물건들이 돌연 너무나 낡아 보였다. 긴 여행을 떠났다가 이제 막 돌아온 것처럼 놀랍고 어색하면서도 정겹게 이 모든 것을 바라보았다. 죽음을 부르는 나뭇가지를 탐할 때만 해도 멀리 떠나려는 사람의 애처로운 우월감에 젖어 지금 그대로였던 사람들과 물건들을 굽어보았다. 하지만 지금은 예전으로 돌아가 잃어버린 현실을 되찾고 놀란 미소를 지었다.

식사를 하고 일어서려는 한스에게 아버지가 예의 무뚝뚝한 투로
말했다.

"한스야, 너는 기계공이 좋으냐, 서기가 좋으냐?"

"네?"

한스가 깜짝 놀라 되물었다.

"다음 주말에 기계공 슐러 씨한테 가도 되고, 아니면 다음 주중에
시청에 가서 견습생으로 들어갈 수도 있단다. 한번 생각해보고 내
일 다시 얘기하자."

한스는 밖으로 나왔다. 아버지가 갑자기 그런 것을 묻자 당혹스
러웠다. 활력적인 일상이 생각지도 않게 그의 앞에 불쑥 다가왔다.
몇 달 전부터 생소하게 느껴지던 일상이 유혹하듯, 그리고 으르듯
다짐을 강요했다. 한스는 기계공이나 서기에 전혀 관심이 없었다.
그는 힘을 써야 하는 육체노동을 조금 두려워했다. 그때 기계공이
된 학교 친구 아우구스트가 떠올라 그에게 물어보기로 했다.

한스는 그 일을 깊이 생각할수록 더 우울하고 머릿속이 흐릿했
다. 하지만 이건 당장 해야 할 중요한 일이 아니었다. 그보다는 다
른 뭔가가 한스를 급히 내몰았다. 한스는 초조하게 현관을 왔다 갔
다 했다. 그러다 돌연 모자를 들고 집을 나와 골목길을 천천히 걸어
갔다. 한 번 더 엠마를 만나야 할 것 같았다.

어둠이 완전히 깔렸다. 술집에서 사람들이 소리치고, 쉰 목소리
로 노래 부르는 소리가 들렸다. 등불이 켜진 창문들도 많았다. 하나

둘 등불이 켜지면서 어둠 속에 희미한 붉은빛을 던졌다. 서로 손을 잡고 골목을 걸어가는 젊은 아가씨들이 큰 소리로 재잘대고 웃음을 터뜨렸다. 이들은 희미한 불빛이 가물거리는 거리를 따뜻한 물결이 일렁거리듯 젊음과 기쁨으로 가득 채웠다. 한스는 이들을 똑바로 바라보았다. 목구멍으로 튀어 나올 듯 심장이 요동쳤다. 커튼이 내려진 창문 안쪽에서 누군가 바이올린을 연주하고 있었다. 우물가에서는 여인 하나가 상추를 씻고 있었다.

다리 위를 산책하는 두 쌍의 젊은 남녀도 보였다. 한 쌍은 남자가 시가를 피우며 여자의 손을 살며시 잡고 흔들었다. 다른 한 쌍은 서로 바싹 붙어서 천천히 걸어갔다. 남자는 여자의 허리를 감싸고 여자는 머리와 어깨를 남자의 가슴에 깊숙이 기댔다. 그동안 한스는 이런 모습을 많이 봐왔지만 전혀 신경 쓰지 않았다. 하지만 지금은 은밀한 의미로 다가왔다. 어렴풋이 성욕을 자극하며 달콤하게 느껴졌던 것이다. 한스는 계속 이들을 바라보았다. 그는 상상의 날개를 펴고 가까이에서 손을 흔드는 이해의 지평선으로 향했다. 그는 숨이 막힐 듯 가슴이 떨렸다. 그는 어떤 큰 비밀에 다가가고 있다는 것을 느꼈다. 달콤한 것인지 무서운 것인지는 모르겠지만 가슴 떨림으로 이를 예감했다.

한스는 플라이크 아저씨 집 앞에서 걸음을 멈췄다. 하지만 들어갈 엄두가 나지 않았다. 들어가서 무슨 말을 하고, 또 어떻게 행동할 것인가! 한스는 열한두 살 때 여기 자주 놀러 왔던 기억이 났다.

그때 플라이크 아저씨는 성경 이야기를 들려주었다. 한스가 지옥이며 악마, 성령에 대해 끊임없이 물어봐도 아저씨는 머뭇거리지 않았다. 이런 기억이 한스의 마음을 편하게 만들지는 않았다. 되레 양심의 가책이 느껴졌다. 그는 자기가 무엇을 하고 싶고, 뭘 원하는지 알 수 없었다. 출입금지 표시가 있는 비밀의 세계에 서 있는 기분이었다. 구둣방 아저씨의 어두운 문 앞에 서 있으니 뭔가 잘못을 저지르고 있는 것 같았다. 들어가지도 않고 여기 서 있는 자신을 아저씨가 본다면, 지금 문을 열고 나온다면, 한스를 혼내기보다 비웃을 것 같았다. 한스는 그것이 무엇보다 두려웠다.

한스는 조용히 집 뒤로 갔다. 뜰의 울타리 너머로 불 켜진 거실이 들여다보였다. 구둣방 아저씨는 보이지 않았고, 부인이 바느질이나 뜨개질을 하는 것 같았다. 큰아들은 자지 않고 책상 앞에 앉아 책을 읽었다. 엠마는 집 안을 왔다 갔다 했다. 청소하느라 바쁜지 슬쩍 나타났다 사라졌다 했다. 고요한 가운데 먼 골목길을 걸어가는 발소리와 정원 너머로 나지막이 흐르는 강물 소리가 또렷이 들렸다. 밤은 점점 깊어가고 밤공기는 더 차가웠다.

거실 창문 옆 작은 복도에 창문이 있었다. 시간이 꽤 지났을 때 이 창문에 뭔가 어른거리더니 고개를 쑥 내밀고 어둠 속을 살폈다. 한스는 그것이 엠마라는 것을 알았다. 기대에 부풀어 마음이 조마조마한 나머지 심장이 멎을 것만 같았다. 엠마는 창가에 서서 한스가 있는 쪽을 바라보았다. 한스는 그녀가 자기를 알아보았는지도 모른다는 생각을 할 여유조차 없었다. 그는 꼼짝도 하지 않고 그녀를 응시했다. 그녀가 자기를 알아보기를 기대하며 조마조마한 마음으로.

희미한 형체가 창가를 떠나더니 곧 정원 쪽 작은 문이 열리는 소리가 나면서 밖으로 나오는 엠마의 모습이 보였다. 한스는 너무 놀라서 달아날까 망설이다가 그냥 울타리에 기대서 있었다. 그리고 어두운 뜰을 가로질러 천천히 자기에게 다가오는 그녀를 가만히 바라보았다. 그녀가 한 걸음 다가올 때마다 한스는 달아나고 싶은 충동이 일었다. 하지만 더 강한, 알 수 없는 힘에 붙들려 꼼짝도 하지 않았다.

이제 그의 바로 앞에 엠마가 서 있었다. 두 사람은 울타리를 사이에 두고 반걸음밖에 떨어져 있지 않았다. 그녀는 이상하다는 듯 한스를 유심히 살펴보았다. 한동안 둘 다 아무 말이 없었다. 마침내 그녀가 나지막이 물었다.

"너, 여기 웬일이야?"

"아냐, 아무것도."

그녀가 '너'라고 불렀을 때 한스는 그녀가 자신의 살을 어루만지는 것 같은 기분이었다.

엠마가 울타리 너머로 손을 내밀었다. 한스는 수줍게 그녀의 손을 살며시 잡고 조금 움켜쥐었다. 그녀가 손을 빼려고 하지 않자 그는 용기를 내어 따뜻한 손을 부드럽게 천천히 어루만졌다. 그녀가 흔쾌히 받아들이는 듯하자 이번에는 그녀의 손을 자기 뺨에 갖다 댔다. 흥분과 야릇한 체온이 가슴을 파고들었고, 행복감에 몸이 나긋나긋해지는 기분이었다. 그의 주위로 왠지 미지근하고 끈적한 공기가 감도는 것 같았다. 이제 골목길과 정원은 그의 시야에서 사라졌다. 그의 눈에는 오직 그녀의 환한 얼굴과 검은 곱슬머리밖에 보이지 않았다.

그녀의 나직한 목소리가 저 먼 밤하늘에서 들리는 것 같았다.

"키스해줄래?"

환한 그녀의 얼굴이 다가왔다. 그녀가 몸을 내밀자 울타리 나뭇가지가 밖으로 비어져 나왔다. 은은한 향이 나는 곱슬머리가 한스의 이마를 스쳤다. 눈을 감은 그녀의 시원스럽게 넓은 하얀 눈꺼풀과 까만 속눈썹이 한스의 눈앞으로 바싹 다가왔다. 한스의 입술이 수줍게 소녀의 입술에 닿는 순간 그의 온몸에 강한 전율이 퍼졌다. 그는 몸을 떨며 주춤 뒤로 물러났다. 하지만 그녀가 두 손으로 한스의 머리를 붙잡고 얼굴을 바싹 갖다 대면서 그의 입술을 놓지 않았다. 그는 그녀의 입술이 달아오르는 것을 느꼈다. 그녀는 마치 그를 삼켜버릴 듯이 자기 입술로 그의 입술을 탐욕스럽게 빨아댔다. 한스는 힘이 풀리면서 나락으로 떨어지는 것 같았다. 남의 입술이 자기 입술에서 떨어지기도 전에 전율을 일으키던 희열이 견딜 수 없는 고단함과 고통으로 바뀌었다. 엠마가 그의 입술을 놓아주자 한스는 조금 비틀거리며 떨리는 손으로 울타리를 꽉 잡았다.

"너, 내일 저녁에 다시 와!"

엠마는 그렇게 말하고 집 안으로 달려갔다. 그 뒤로 5분밖에 지나지 않았는데도 한스는 시간이 꽤 많이 흐른 것 같았다. 그는 여전히 울타리를 붙들고 멍한 눈길로 그녀가 사라진 뒤안길을 바라보았다. 너무 지쳐서 한 걸음도 내딛기 힘들었다. 꿈속 같은 기분에 빠진 그는 위로 솟구친 피가 머릿속에서 맥박 치는 소리를 들었다. 심장이 고통스럽게 불규칙적으로 파도쳤다. 한스는 곧 숨이 멎어버릴 것만 같았다.

그때 문이 열리면서 구둣방 아저씨가 나타났다. 늦도록 일하고 지금 온 모양이었다. 한스는 사람들에게 들킬까 봐 얼른 도망쳤다. 그는 잘 떨어지지도 않는 발을 천천히 옮기며 비틀비틀 겨우 걸어갔다. 만취한 사람처럼 한 걸음만 더 내디디면 바닥에 쓰러질 것 같았다. 조는 듯한 박공지붕과 흐릿한 붉은빛이 흘러나오는 창문들이 늘어선 어두운 골목길이 색 바랜 무대의 배경처럼 그의 옆을 흘러갔다. 다리와 강물, 마당과 정원도 흘러갔다. 게르버 거리의 분수는 유난히 큰 소리로 물을 뿜어댔다.

한스는 꿈속을 헤매듯 의식 없이 문을 열고 깜깜한 복도를 지나 계단을 올라갔다. 문을 지나 또 다른 문을 열고 들어가 책상 앞에 앉았다. 한참 뒤에야 한스는 자기 방에 와 있다는 것을 깨달았다. 옷을 벗어야겠다는 생각이 들기까지 또 한참이 걸렸다. 그는 옷을 벗고 멍하니 창가에 앉아 있다가 차가운 가을 밤공기를 느끼고 부르르 떨면서 이불 속으로 들어갔다.

한스는 곧바로 잠이 들 것 같았다. 하지만 자리에 누워 몸이 따뜻해지자 심장이 뛰면서 피가 거세게 솟구치더니 불규칙적으로 맥박이 쳤다. 눈을 감으니 자신의 입에 아직도 소녀의 입술이 붙어 있는 것 같았다. 자기 영혼을 깡그리 빨아들인 다음 고통의 정열을 불어넣을 듯이.

한스는 밤늦게 잠들었다. 그리고 누군가에게 쫓겨다니면서 이 꿈 저 꿈을 넘나들었다. 한스는 오싹하리만큼 짙은 어둠 속에 서 있었다. 그는 손을 더듬어 엠마의 팔을 잡았다. 그러자 그녀가 그를 껴안았다. 두 사람은 부드러운 물결에 떠내려가면서 깊은 물속으로 서서히 가라앉았다. 그때 돌연 구둣방 아저씨가 한스 앞에 나타나더니 자기에게 왜 오지 않느냐고 물었다. 그 순간 한스는 웃음을 터뜨렸다. 그것은 플라이크 아저씨가 아니라 마울브론 기도실 창턱에 앉아 재미있는 이야기를 늘어놓던 헤르만 하일너였기 때문이다. 하지만 이 장면도 금세 사라졌다.

어느새 한스는 과즙 압착기 옆에 서 있었다. 엠마가 지렛대를 누르고 있었고, 한스는 지렛대를 돌리려고 안간힘을 썼다. 그녀는 한스를 향해 몸을 숙이고 그의 입술을 더듬었다. 적막과 어둠 속에서 한스는 또다시 따뜻하고 어두운 심연 속으로 가라앉았다. 금방이라도 기절할 듯이 머리가 어지럽더니 신학교 교장의 연설 소리가 들렸다. 한스 이야기를 하고 있는 것 같기도 했지만 알 수 없었다.

다음 날 아침 한스는 늦잠을 잤다. 무척 화창한 날이었다. 그는 잠을 깨고 정신을 차리려고 계속 정원을 거닐었지만 졸음의 안개는 걷힐 기미가 보이지 않았다. 정원에 홀로 피어 있는 보라색 과꽃이 햇빛 아래서 아름답고 환하게 빛났다. 아직 8월인 듯이. 따뜻하고 부드러운 햇살이 살갑게 어리광을 부리듯 시든 가지와 잎이 떨어진 덩굴 주위로 흘러내렸다. 마치 이른 봄처럼. 하지만 한스는 별 감흥 없이 멍하니 바라보았다. 그는 어느 것에도 관심이 없었고, 아무것도 느끼지 못했으며, 자기와 상관없다고 생각했다.

문득 이 정원에서 자기가 키우던 토끼가 뛰놀고, 물레방아가 돌아가면서 절구를 찧던 시절의 기억이 또렷이 떠올라 한스의 마음을 세차게 두드렸다.

그러자 자연스럽게 3년 전 9월 어느 날이 떠올랐다. 스당(프랑스 동부의 도시로 독일군이 프랑스 군에 맞서 대승을 거둔 곳―옮긴이) 기념일 전날이었다. 아우구스트가 담쟁이덩굴을 들고 한스를 찾아왔다. 이들은 깃대를 반들반들하게 닦고 황금빛 꼭대기에 담쟁이를 매달았다. 그러고는 내일 있을 일들을 이야기하며 손꼽아 기다렸다. 그것 말고는 아무 일도 없었다. 하지만 두 소년은 축제를 고대하며 잔뜩 들떠 있었다. 깃발은 햇빛에 반짝였고, 안나 할멈은 자두 케이크를 구웠다. 밤이 되면 높은 바위에서 스당의 불이 밝혀질 것이다.

한스는 왜 지금 그 생각이 났는지, 왜 이리 강하고 아름답게 떠오르는지, 그 기억을 떠올리는 지금 자신이 왜 이렇게 슬프고 참담한

지 알 수 없었다. 이별을 알리려고, 다시는 돌이킬 수 없는 지난 행복의 고통을 남기려고 유년과 소년 시절이 추억의 옷을 두르고 기쁘게 미소 지으며 나타났다는 것을 알지 못했다. 그는 이 추억이 어젯밤 엠마와의 기억과 어울리지 않고, 예전의 행복과는 다른 무언가가 자기 마음속에 일어나고 있다는 것을 느낄 뿐이었다. 또다시 황금빛으로 반짝이는 깃대가 보이고, 아우구스트의 웃음소리가 들리고, 방금 구운 케이크 냄새도 느껴졌다. 너무나도 즐겁고 행복했던 그 모든 것이 과거의 일이 되어 생소하게만 느껴졌다. 한스는 나무껍질이 거칠한 아름드리 가문비나무에 몸을 기대고 절망스럽게 흐느껴 울었다. 잠시나마 눈물은 위안과 구원이 되었다.

점심때 한스는 아우구스트에게 달려갔다. 몸집과 키가 더 커진 친구는 벌써 일급 견습공이었다. 한스는 친구에게 그 일에 관심이 있다고 말했다. 그러자 친구는 세상 경험이 아주 많은 듯한 표정으로 말했다.

"쉽지 않아. 그럼, 쉽지 않고말고. 일단 너는 몹시 허약하잖아. 처음 1년은 쇠를 단련하는 일을 하면서 계속 망치질만 해야 하거든. 수프 숟가락 같은 망치가 아니라고. 게다가 쇠도 나르고 저녁에 일을 마치고 나면 청소도 해야 돼. 줄질도 얼마나 힘든 줄 아니? 더구나 초짜한테는 일이 손에 익을 때까지 잘 안 드는 낡은 줄을 준다고. 원숭이 궁둥이처럼 매끄러운 걸로 말이야."

한스는 곧 풀이 죽어서 망설이며 말했다.

"그럼 나는 안 하는 게 낫겠다."

"아니, 그런 말이 아냐. 지레 겁부터 먹으면 쓰나. 단지 우리 작업장이 무도장은 아니라는 뜻으로 한 말이야. 그것 말고는, 멋진 일이지. 머리도 좋아야 하고. 안 그러면 변변찮은 대장장이밖에 안 돼. 여기 좀 봐."

아우구스트는 정교하고 번들거리는 작은 기계 부품을 서너 개 가져와서 보여주었다.

"이건 0.5밀리미터도 어긋나면 안 돼. 다 수작업으로 만든 거야. 나사까지 손으로 만들었지. 눈을 부릅뜨고 정신을 집중해야 해. 이걸 더 갈아서 단단하게 만드는 거야."

"멋지다. 내가 궁금한 건……."

아우구스트가 웃음을 터뜨리며 말했다.

"두려워? 견습 시절에는 당연히 힘들지. 어쩔 수 없잖아. 다 그런 걸. 하지만 내가 있잖아. 내가 옆에서 도와줄 테니 걱정 마. 다음 주 금요일부터 시작해봐. 토요일은 2년간의 견습 기간이 끝나고 처음으로 주급을 받는 날이야. 그래서 일요일에 축하 파티를 열 거야. 맥주랑 케이크도 준비하고 사람들도 많이 모일 거야. 너도 꼭 와. 그래야 우리 일이 어떤지 알지. 그때 보라고. 어쨌든 우린 친한 친구였잖아."

식사를 하면서 한스는 아버지에게 기계공이 되고 싶은데, 일주일 뒤에 시작해도 되겠냐고 물었다.

"그렇게 하렴."

아버지는 그렇게 말하고 그날 오후 한스와 함께 슐러의 작업장에 가서 견습 신청을 했다.

하지만 해거름이 되자 한스는 이런 일들을 다 잊고 오늘 밤 엠마가 자기를 기다릴 거라는 생각밖에 하지 않았다. 그러자 벌써부터 숨이 가빴다. 때로는 시간이 너무 천천히 흘러가는 것 같았고, 때로는 너무 빨리 지나가는 듯했다. 마치 급류 쪽으로 배를 저어 나가는 사공처럼 한스는 엠마와의 만남을 향해 빠르게 나아갔다. 오늘 밤은 밥 생각이 없었다. 그래서 그는 우유를 한 잔 들이켜자마자 밖으로 나갔다.

모든 것이 어제와 같았다. 조는 듯한 어두운 골목, 불 꺼진 창문, 흐릿한 가로등 불빛, 유유히 거니는 연인들.

구둣방 아저씨의 정원 울타리에 이르렀을 때 한스는 가슴이 조마조마해서 어쩔 줄을 몰랐다. 부스럭 소리가 날 때마다 흠칫했다. 어둠 속에서 몰래 주위를 두리번거리는 자기 모습은 영락없는 도둑이었다. 1분도 지나지 않아 엠마가 나왔다. 그녀는 두 손으로 한스의 머리칼을 쓰다듬더니 정원 문을 열어주었다. 한스는 살며시 발을 옮겼다. 그녀는 한스를 이끌고 덤불 사잇길을 걸어가서 뒷문을 지나 어두운 복도로 들어갔다.

그들은 지하실 계단 꼭대기에 나란히 앉았다. 어둠 속이었기에 한참 지나서야 서로의 얼굴을 알아볼 수 있었다. 기분이 좋은지 소녀는 끊임없이 속닥거렸다. 그녀는 이미 여러 번 키스를 해보았고, 연애에 관해서도 모르는 게 없었다. 그녀에게는 숫기 없고 유약한 한스가 딱이었다. 그녀는 갸름한 한스의 얼굴을 두 손으로 감싸고 이마와 눈, 뺨에 차례로 키스했다. 그녀의 입술이 그의 입술에 닿아 한참을 빨아대자 한스는 머리가 핑 돌고 맥이 빠져서 그녀에게 기댔다. 그녀는 조용히 웃으며 그의 귀를 잡아당겼다.

그녀는 끊임없이 재재거렸다. 한스는 가만히 듣고 있기는 했으나 무슨 내용인지는 머리에 들어오지 않았다. 그녀는 한스의 팔과 머리칼, 목과 두 손을 부드럽게 쓰다듬고, 자기 뺨을 그의 뺨에 갖다 대고, 자기 머리를 그의 어깨에 기댔다. 그는 말없이 가만히 앉아 그녀에게 몸을 맡겼다. 달콤한 전율과 불안한 행복에 휩싸였다. 그러다 가끔씩 열에 들뜬 환자처럼 가볍게 몸을 떨었다.

"넌 정말 알다가도 모르겠어. 겁이 많은 거야?"

그녀가 웃으며 말했다.

그녀는 한스의 손을 잡고 머리칼이 흘러내린 자기 목덜미에 갖다 댔다. 그리고 자기 가슴에 올려놓고 살짝 눌렀다. 부드러운 곡선이 일렁거리는 느낌은 달콤하고도 생소했다. 두 눈을 감은 한스는 한없이 나락으로 떨어지는 듯했다.

"그만! 이제 됐어!"

그녀가 다시 키스하려고 했을 때 한스가 거절하듯 말했다.

그녀가 웃으며 두 팔로 그를 껴안고 끌어당겼다. 그녀의 몸이 닿자 한스는 넋이 나간 듯 아무 말도 하지 않았다.

"너 나 좋아해?"

그녀가 물었다. 한스는 그렇다고 대답하고 싶었지만 자기도 모르게 계속 고개만 끄덕였다.

그녀는 또다시 그의 손을 끌어당겨 재미있다는 듯이 입고 있는 조끼 속으로 쑥 집어넣었다. 한스는 다른 생명체의 호흡과 맥박을 직접적으로 느끼고 가슴이 뜨거워졌다. 그리고 심장이 멈추고 숨이 막힐 것만 같았다.

한스는 손을 빼면서 신음하듯 말했다.

"그만 집에 가야겠어."

비틀거리며 일어서던 그는 자칫 계단 아래로 굴러떨어질 뻔했다.

"왜 그래?"

엠마가 깜짝 놀라며 물었다.

"모르겠어. 너무 피곤해."

그녀는 한스를 꼭 안고 울타리까지 부축해서 데려다주었다. 하지만 한스는 그것조차 인식하지 못했다. 그녀가 잘 가라고 인사하는 것도, 뒤에서 문이 닫히는 소리도 듣지 못했다. 그는 골목길을 걸어갔는데, 어떻게 집에 왔는지조차 알지 못했다. 마치 폭풍우에 휩쓸린 것 같기도 했고, 세찬 파도가 자신을 마구 흔들며 떠밀고 가는 것 같기도 했다.

한스는 양쪽으로 늘어선 집들에서 희미한 등불이 가물거리는 것을 보았다. 집 위로 산등성이와 전나무 우듬지, 짙은 밤의 어둠, 조용히 떠 있는 커다란 별들이 보였다. 바람이 불어왔고, 강물이 다리 기둥에 부딪치는 소리가 들렸다. 정원과 흐릿한 집의 윤곽, 어둠, 가로등과 별들이 강물에 비쳤다.

한스는 다리 위에 주저앉았다. 너무 힘들어서 집까지 못 갈 것 같았다. 그는 다리 난간에 가만히 걸터앉아, 다리 기둥에 부딪치는 강물 소리, 강물이 둑에 부딪쳐 거품을 일으키는 소리, 물레방아 소리를 들었다. 그의 손은 어느새 식어서 차가웠다. 가슴과 목구멍에 막혀 있던 피가 갑자기 쏟아져 나갔다. 피가 심장으로 솟구칠 때는 머리가 핑 도는 것 같았다.

한스는 자기 방으로 돌아와 침대에 눕자마자 잠들었다. 그는 꿈속에서 이 공간 저 공간을 왔다 갔다 하며 끊임없이 심연으로 빨려 들었다. 한밤중에 고통에 지쳐 눈을 떴다. 그러고는 꿈인지 현실인지 가물가물한 상태로 아침까지 누워 있었다. 애타는 그리움에 목이 마르고, 제압할 수 없는 힘에 내던져진 채. 이른 새벽 그는 아픔과 괴로움을 못 이기고 울음을 터뜨렸다. 한없이 흐느끼던 그는 눈물로 축축한 베개에 얼굴을 묻고 다시 잠들었다.

제7장

기벤라트 씨는 과즙 압착기 옆에서 점잔을 떨어대며 부산스럽게 움직였다. 한스도 거들었다. 구둣방 아저씨네 아이들 둘이 와서 부지런히 과일 나르는 시늉을 했다. 아이들은 과즙을 맛볼 작은 유리잔과 커다란 검은 빵을 들고 다녔다. 엠마는 오지 않았다.

아버지는 술통을 들고 나가더니 30분이 지나서야 돌아왔다. 한스는 아버지가 자리를 비우자 용기를 내어 엠마에 대해 물어보았다.

"엠마는 어딨어? 오지 않겠대?"

아이들은 먹을 것을 입에 잔뜩 물고 있었다. 그래서 말할 수 있을 때까지 꽤 기다려야 했다.

"누나는 벌써 떠났는데."

아이들이 고개를 계속 끄덕이며 말했다.

"떠났다니? 어디로?

"자기 집으로."

"완전히 떠난 거야? 기차로?"

아이들이 세차게 고개를 끄덕였다.

"언제?"

"오늘 아침."

아이들은 사과를 더 먹으려고 손을 뻗었다. 한스는 과즙 통을 멍하니 쳐다보며 압착기를 돌렸다. 그는 그제야 모든 것을 납득할 것 같았다.

아버지가 돌아오자 모두 신나게 일했다. 저녁이 되자 아이들이 고맙다고 인사하고 집으로 돌아갔다.

저녁을 먹고 한스는 홀로 방에 앉아 있었다. 10시가 지나고 11시가 되었는데도 불을 켜지 않았다. 그러다 어느새 깊이 잠들었다. 평소보다 늦게 일어난 한스는 뭔가 잃어버린 것 같은, 그래서 몹시 불행한 듯한 기분이 들었다. 그녀는 작별 인사 한마디 없이 떠나버렸다. 마지막으로 그녀를 만난 날 밤에는 이미 그녀가 떠날 날이 정해져 있었다. 그는 그녀의 미소와 입맞춤, 능숙한 행위를 떠올렸다. 그녀는 한스를 진심으로 대하지 않았다.

분노와 여전히 남아 있는 사랑의 기운은 흥분과 불안에 둘러싸여 우울한 고통으로 변했다. 한스는 정원으로 나갔다. 그리고 거리와 숲을 헤매다 다시 집으로 돌아왔다.

이렇게 해서 한스는 남모르는 사랑의 비밀을 너무 빨리 알아버렸다. 그것은 달콤하기보다 몹시 쓴맛이었다. 허탈한 한숨과 그리운 추억, 우울한 사색으로 보낸 날들, 가슴 벅찬 심장 박동에 잠 못 이루고, 무시무시한 꿈에 빠져 보낸 밤들. 꿈속에서 격렬하게 끓어오른 피는 거대하고 무시무시한 환영이 되기도 하고, 목을 휘감아 죽이려고 하는 팔이 되기도 하고, 이글거리는 눈빛을 가진 공상 속 짐승이 되기도 하고, 아찔할 만큼 깊은 심연이 되기도 하고, 활활 타오르는 어마어마하게 큰 눈이 되기도 했다.

싸늘한 가을밤, 잠이 깬 한스는 혼자 고독에 잠겼다. 그는 엠마를 보고 싶어 견딜 수가 없었다. 그러다 눈물에 젖은 베개에 얼굴을 묻고 잠들었다.

금요일이 다가왔다. 한스가 작업장에 가는 날이었다. 아버지는 파란 아마포 작업복과 파란 반모직 모자를 사 주었다. 한스가 보기에 대장장이 작업복 차림의 자기 모습이 너무나 우스꽝스러웠다. 학교와 교장의 사택, 수학 선생의 집, 플라이크 아저씨의 구둣방이나 목사관을 지나갈 때는 기분이 무척 참담할 것 같았다. 공부를 하면서 흘린 땀과 눈물, 공부 때문에 포기해야 했던 소소한 기쁨들, 자부심과 공명심, 희망에 들뜬 꿈은 이제 다 사라졌다. 그 모든 것이 다른 친구들보다 늦게 이 보잘것없는 견습공이 되기 위해서였단 말인가! 그것도 사람들의 조롱 속에서 작업장에 들어가려고?

하일너가 이 모습을 봤다면 뭐라고 했을까?

시간이 지나자 한스는 파란 대장장이 작업복이 익숙해졌다. 그리고 이 옷을 입게 될 금요일이 기다려지는 것이었다. 거기에서는 적어도 새로운 경험을 할 수 있을 것이다.

하지만 이런 생각도 금세 사라졌다. 마치 시커먼 구름 속을 스치는 섬광처럼. 한스는 엠마가 떠났다는 사실을 머릿속에서 지울 수 없었다. 그의 피는 소녀와 함께 보낸 흥분에 들떴던 시간을 잊지도, 억누르지도 못했다. 그의 피는 점점 더 많은 것을 얻으려고, 보고 싶은 마음을 충족하려고 기세를 떨치며 솟구쳤다.

올가을은 유난히 아름다웠다. 부드러운 햇살, 은빛 반짝이는 새벽, 화창한 한낮, 맑은 저녁 하늘. 짙은 푸른색의 벨벳 같은 먼 산, 황금빛으로 반짝이는 밤나무, 보랏빛 머루 잎사귀가 뒤덮인 담과 울타리.

한스는 불안감을 떨쳐버리고자 몸부림쳤다. 그는 자기가 상사병에 걸렸다는 것을 사람들이 알아챌까 봐 종일토록 시내와 들판을 돌아다녔다. 하지만 저녁이 되면 골목길에 나가 하녀들을 바라보기도 하고, 마음이 꺼림칙하면서도 몰래 젊은 연인들을 뒤따라가기도 했다. 마음을 사로잡는 모든 욕망들이 엠마와 함께 왔다가 짓궂게도 함께 사라졌다.

한스는 그녀 옆에서 느꼈던 불안과 괴로움을 더 이상 생각하지 않기로 했다. 다시 그녀를 만나게 되면 과감하게 그녀의 비밀을 파헤치고, 마법에 걸린 사랑의 정원으로 들어가리라 마음먹었다. 하지만 그 동산의 문은 굳게 닫혀 한스는 들어갈 수 없었다. 그의 생각은 절망에 몸부림치며 위험하고 관능적인 덤불숲에서 방황했다.

한스는 자학에 빠진 나머지 마법에 걸린 좁은 세계를 벗어나면 아름답고 넓은 세계가 밝고 환하게 펼쳐져 있다는 사실을 외면했다.

조마조마한 마음으로 기다리던 금요일이 되었다. 일찍 일어난 한스는 되레 기분 좋게 푸른 작업복과 모자 차림으로 게르버 거리를 지나 슐러의 작업장으로 갔다. 한스를 아는 사람들은 의아한 눈길로 쳐다보았다. "어떻게 된 거야? 너 대장장이 되려고?"라고 물어보는 사람도 있었다.

작업장에서는 벌써 작업이 시작되었다. 주인은 쇠를 단련하고 있었다. 그가 빨갛게 달궈진 쇠를 모루 위에 올려놓자 숙련공이 제법 무거워 보이는 망치로 두들겨댔다. 주인은 형태를 제대로 만들려고 가볍게 두드렸다. 그는 집게를 거침없이 움직이며 손에 익은 망치로 박자를 맞춰 중간중간 모루를 쳤다. 활짝 열린 문으로 새어 나온 그 소리가 아침 거리에 맑고 가볍게 울려 퍼졌다.

기름 때와 줄밥으로 시커먼 기다란 작업대 앞에 나이 지긋한 숙련공과 아우구스트가 나란히 서 있었다. 이들은 자신의 바이스에서 일하고 있었다. 천장에 매달린 가죽 벨트가 윙윙거리며 빠르게 돌아갔고, 그에 따라 선반과 숫돌, 풀무와 천공기가 움직였다. 그것은 수력으로 움직이는 것이었다.

한스가 작업장에 들어가자 아우구스트가 그를 보고 고개를 끄덕이고는, 주인이 시간 날 때까지 문 앞에서 기다리라는 몸짓을 했다. 한스는 쑥스러운 듯한 태도로 화로와 멈춰 있는 선반, 요란한 소리를 내며 돌아가는 가죽 벨트, 도르래를 유심히 쳐다보았다.

일을 끝낸 주인이 한스에게 다가와 쇠를 달구느라 뜨거워진 딱딱하고 커다란 손을 내밀었다.

"모자는 저기 걸어라."

주인은 벽에 박힌 못을 가리켰다.

"이쪽으로 와봐. 이 바이스가 네 자리다. 여기서 일하는 거야."

그는 한스를 맨 뒤 바이스로 데려가 그것을 다루는 법과 작업 도구, 작업대 정리하는 법을 가르쳐주었다.

"네 아버지께서 네가 힘이 세지 않다는 말씀은 하시더구나. 내가 보기에도 그렇고. 힘을 기를 때까지는 망치질을 안 해도 된다."

주인은 작업대 밑에서 주철 톱니바퀴 하나를 꺼냈다.

"이걸로 시작하거라. 주조한 지 얼마 되지 않아서 바퀴가 아직 매끈하지 않아. 울퉁불퉁한 면이랑 모난 부위를 갈아내서 다듬는 거야. 그래야만 정밀한 기계 부품이 망가지지 않거든."

주인은 톱니바퀴를 바이스에 끼웠다. 그리고 낡은 줄을 쥐고 시범을 보였다.

"자, 나머지는 네가 해봐. 다른 줄을 쓰면 안 된다. 점심때까지 할 수 있을 거다. 끝나면 나한테 보여주고. 시키는 일 외에 다른 건 신경 쓰지 않아도 된단다. 견습공은 원래 딴생각을 하면 안 되거든."

한스는 줄질을 시작했다.

그러자 주인이 벌컥 소리쳤다.

"가만! 그게 아니야. 왼손은 줄 위에 올려야지. 너 왼손잡이냐?"

"아니요."

"그럼, 됐다. 다시 해봐."

주인은 문에서 가장 가까운 바이스로 돌아갔다. 한스는 자기가 제대로 할 수 있을까 하는 마음으로 일을 시작했다.

몇 번 문질러보니 톱니바퀴가 생각보다 부드럽고 잘 벗겨져서 놀랐다. 하지만 슬슬 벗겨지는 것은 잘 바스러지는 주철 표면이었다. 매끈하게 다듬어야 하는 것은 그 밑에 있는 우툴두툴한 쇠였다. 한스는 그 사실을 곧 깨달았다. 그는 집중해서 열심히 일했다. 소년 시절에 재미있는 놀이를 그만둔 뒤로 유익한 물건을 자기 손으로 직접 만드는 기쁨을 누려본 적이 없다.

그때 주인이 한스에게 소리쳤다.

"조금 천천히 해. 박자를 맞춰서 줄질을 하라고. 하나, 둘, 하나, 둘. 그리고 그 위를 꽉 눌러. 안 그러면 줄이 망가져."

나이 지긋한 숙련공이 선반에서 일하고 있었다. 한스는 무슨 일을 하는지 궁금해서 곁눈질을 했다. 그 숙련공은 원반에 강철 굴대를 끼우고 벨트를 걸었다. 굴대는 빠르게 돌아가면서 요란한 소리를 내고 불꽃을 튀겼다. 그사이 숙련공은 머리카락처럼 얇고 번득이는 쇠 부스러기를 털어냈다.

작업 도구, 쇳덩이, 강철과 놋쇠, 하다 만 일감, 번들번들한 작은 톱니바퀴, 끌과 천공기, 회전 철구, 여러 가지 모양의 선반용 끌과

송곳이 곳곳에 나뒹굴었다. 화로 옆에는 묵직한 망치와 달군 쇠를 다듬는 망치, 모루 덮개, 집게와 땜인두가 걸려 있었다. 줄과 절삭기가 벽에 늘어서 있었다. 선반 위에는 기름걸레와 작은 빗자루, 금강사 줄, 쇠톱이 놓여 있었다. 그리고 기름통과 산소통, 못 상자, 나사 상자 등이 곳곳에 널브러져 있었다. 여기서는 숫돌이 자주 쓰였다.

한스는 꽤 까매진 자기 손을 보자 흐뭇했다. 그런데 다른 동료들의 시커멓고 기운 작업복에 비해 자기 작업복은 너무 새파래서 우스워 보였다. 한스는 머지않아 자기 작업복도 그렇게 해지기를 기대했다.

아침이 지나자 손님들이 찾아오면서 작업장은 더욱 활기를 띠었다. 가까운 편물 공장에서 온 직공들은 작은 기계 부품을 갈거나 고쳤다. 한 농부는 수리를 맡긴 세탁기 압착 롤러가 어떻게 됐는지 확인하러 왔다. 하지만 작업이 끝나지 않았다고 하자 욕설을 퍼붓고 떠났다. 그러고 나서 점잖은 공장 주인이 찾아와 옆방에서 한스의 작업장 주인과 상담했다.

그러는 동안에도 사람들은 쉼 없이 일했다. 톱니바퀴와 벨트도 규칙적으로 계속 돌아갔다. 한스는 난생처음 노동의 찬가를 들었고, 또 그것에 공감했다. 처음 일을 시작하는 노동자에게 그 찬가는 큰 감동이었고, 신선한 매력이었다. 한스는 하찮은 자신과 그 삶이 커다란 선율에 섞여 조화를 이루고 있다는 생각이 들었다.

9시부터 15분간 휴식하는데, 모두 빵 한 조각과 과즙 한 잔을 먹었다. 아우구스트는 그제야 신참 견습공 한스에게 인사하며 격려해 주었다. 그러고는 일요일에 있을 일들에 대해 떠들어댔다. 그날 아우구스트는 처음 받은 주급으로 동료들과 마음껏 즐길 생각이었다.

한스는 자기가 줄질하고 있는 톱니바퀴가 어디에 쓰이는지 물었다. 아우구스트는 탑시계에 들어갈 톱니바퀴라고 했다. 그리고 어떻게 작동되는지 설명하려고 하는데 최고참 숙련공이 줄질을 시작하는 바람에 모두 제자리로 뛰어갔다.

10시가 지나고 11시가 되어가자 한스는 기운이 빠지기 시작했다. 무릎과 오른팔이 조금 아팠던 것이다. 다리를 바꿔가며 딛고, 팔다리를 슬며시 뻗어보았지만 소용없었다. 한스는 잠시 줄을 내려놓고 바이스에 몸을 기댔다. 한스를 쳐다보는 사람은 없었다. 그렇게 가만히 서서 머리 위로 돌아가는 벨트 소리를 듣고 있으니 머리가 살짝 어지러웠다. 그래서 잠시 눈을 감고 있는데, 마침 그의 뒤에 있던 주인이 소리쳤다.

"왜 그래? 벌써 지친 거야?"

"네, 조금 힘들어서요."

한스가 솔직하게 말하자 다른 숙련공들이 웃음을 터뜨렸다.

"곧 익숙해질 거야. 자, 이리 와봐. 납땜을 보여줄 테니."

주인이 여유 있게 말했다.

한스는 납땜을 신기하게 바라보았다. 인두를 불에 달구고, 땜질할 부위에 납땜액을 발랐다. 뜨겁게 달궈진 인두에서 하얀 금속이 흘러 치익치익 소리를 내며 부드럽게 떨어졌다.

"걸레로 꼼꼼히 닦아내야 해. 납땜액은 금속을 부식시키니까 흘린 것을 그냥 두면 절대 안 돼."

한스는 자신의 바이스 앞에 서서 또다시 줄로 작은 톱니바퀴를 문질렀다. 팔이 욱신거렸고, 줄을 계속 누르고 있는 바람에 왼손이 벌게지고 아팠다. 정오가 되자 최고참 숙련공이 줄을 내려놓고 손을 씻으러 갔다. 한스는 줄질한 것을 들고 주인에게 갔다. 주인은 대충 훑어보고 말했다.

"그 정도면 좋아. 네 자리 밑의 상자에 똑같은 톱니바퀴가 하나 더 있으니까 오후에는 그걸 다듬어."

한스는 손을 씻고 밖으로 나갔다. 점심시간은 한 시간이었다.

상점 견습원 둘이 한스를 따라오면서 빈정거렸다. 그들은 예전에 학교를 같이 다녔던 친구들이었다.

"주 시험에 합격한 대장장이 아냐?"

한 친구가 큰 소리로 말했다.

한스는 걸음을 재촉했다. 그는 자기가 이 일을 마음에 들어 하는지도 알 수 없었다. 작업장 분위기는 마음에 들었다. 하지만 너무 힘들어서 쉬고 싶은 마음뿐이었다.

집 문 앞에 다다르자 편히 앉아 점심을 먹을 수 있다는 생각에 기뻤다. 하지만 돌연 엠마가 떠올랐다. 오전에 한스는 그녀를 한 번도 생각하지 않았다. 그는 조용히 자기 방으로 들어가 침대에 쓰러졌다. 너무 괴로워 견딜 수가 없었다. 울음을 터뜨리고 싶었지만 눈물마저 말랐는지 나오지 않았다. 그는 또다시 영혼을 좀먹는 그리움 속에서 절망에 몸부림쳤다. 머리가 지끈거렸다. 흐느끼지 않으려고 애쓰다 보니 목까지 아팠다.

한스는 곤혹스러운 기분으로 점심을 먹었다. 아버지 질문에 대답하고, 작업장 이야기도 하고, 아버지의 농담도 받아주어야 했다. 아버지는 기분이 좋은지 한스를 가만히 놔두지 않았다. 한스는 점심을 다 먹자마자 뜰로 나가 햇볕을 쬐면서 반쯤 잠에 취해 15분가량 그렇게 있다가 다시 일터로 갔다.

오전이 지나기도 전에 한스의 두 손에 물집이 벌겋게 잡혔다. 점점 더 아프더니 저녁에는 잔뜩 부풀어 올라서 손을 놀릴 수도 없었다. 그날 작업이 끝나고 한스는 아우구스트와 함께 작업장을 깨끗이 청소하고 집으로 돌아갔다.

그다음 날은 더욱 아팠다. 물집은 더 부풀어 올랐고 두 손은 타는 듯이 아팠다. 주인은 기분 나쁜 일이 있는지 별일 아닌 일에도 욕을 해댔다. 아우구스트는 며칠 있으면 물집이 가라앉는다며 한스를 위로했다. 그러고 나면 굳은살이 박여 아프지 않다는 것이었다. 하지만 한스는 죽고 싶을 만큼 슬프고 불행한 기분에 빠졌다. 그는 하루 종일 시계만 힐끔거리며 아무런 희망 없이 톱니바퀴를 갈았다.

저녁에 작업장을 정리하면서 아우구스트가 한스의 귀에 대고 속

삭였다. 내일 동료 두셋과 함께 빌라흐에 가서 진탕 놀아볼 거라는 얘기였다. 아우구스트는 한스도 같이 가야 한다면서 2시에 데리러 가겠다고 했다. 너무 피곤하고 지친 한스는 일요일 내내 꼼짝도 하지 않고 침대에 누워 있고 싶었다. 하지만 친구의 초대를 받아들일 수밖에 없었다. 집에 돌아오니 안나 할멈이 상처에 바를 연고를 주었다. 한스는 8시에 잠들어 아침 늦게 일어나 서둘러 아버지와 함께 교회에 갔다.

점심을 먹으면서 한스는 아버지에게 아우구스트 얘기를 하면서 함께 교외에 나가 놀고 싶다고 했다. 아버지는 별말 없이 50페니히를 용돈으로 주었다. 저녁을 먹기 전까지는 꼭 돌아오라고 신신당부를 하면서.

한스는 햇살이 내리쬐는 골목을 걸어갔다. 일요일의 기쁨을 만끽하기는 몇 달 만에 처음이었다. 주중에 손이 시꺼멓게 되고 팔다리가 아플 정도로 일한 뒤에 맞이하는 일요일의 거리는 축제처럼 흥분이 감돌고, 햇볕은 더욱 밝게 빛나고, 모든 것이 화사하고 아름다워 보였다. 햇살이 드는 집 앞 벤치에 황제처럼 밝은 표정으로 앉아 있는 정육점 주인이나 무두장이, 빵집 주인, 대장장이의 심정을 한스는 이해할 수 있을 것 같았다. 더 이상 그들이 속물로 보이지 않았다. 모자를 조금 비스듬히 쓰고, 하얀 깃이 달린 셔츠, 정성껏 솔질한 외출복 차림의 노동자와 숙련공, 견습공들이 함께 어울려 산책하고 거리를 거닐고, 식당을 드나들었다. 한스는 그들을 바라보왔다.

다 그런 건 아니지만, 대체로 수공업자들은 끼리끼리 어울렸다. 목수는 목수와, 미장이는 미장이와 사귀면서 자기 직업에 대한 명예를 지켰다. 이들 중 가장 인정받는 것은 금속기술자 조합이었다. 특히 기계공의 위상이 가장 높았다. 한스는 이 모든 것이 정겹게 느껴졌다. 어수룩하고 가소로워 보이는 면도 있었지만 그들의 마음속에는 견실하고 만족스러운 수공업의 아름다움과 자랑스러움이 간직되어 있었다. 심지어 가장 천한 양복점 견습공도 이처럼 한 줄기 아름다운 자긍심이 빛나고 있는 것이었다.

슐러의 집 앞에는 젊은 기계공들이 거드름을 피우며 여유만만하게 서 있었다. 이들은 지나가는 사람들에게 고갯짓으로 인사하고 이야기를 나누기도 했다. 이들이 남의 도움 따위 조금도 필요 없는 듬직한 무리라는 것은 누구나 알고 있었다. 물론 일요일의 여흥도 마찬가지였다.

한스도 그것을 느꼈다. 그리고 이들 무리에 자기가 속하게 되어서 몹시 기뻤다. 하지만 이미 계획된 일요일의 여흥은 조금 두려웠다. 기계공들은 무모하고 거리낌 없이 삶을 즐긴다고 들었기 때문이다. 춤을 춰야 할지도 모른다. 한스는 춤을 전혀 추지 못했다. 아무튼 한스는 최대한 어른처럼 보이기로 했다. 술에 취해도 어쩔 수 없다고 생각했다. 한스는 원래 맥주를 잘 못 마신다. 시가는 창피당하지 않으려고 힘들게 겨우 한 대 정도 피웠다.

아우구스트는 한스를 반겼다. 나이 지긋한 숙련공은 오지 않고 그 대신 다른 작업장에서 일하는 친구가 함께 가기로 했다고 일러 주었다. 넷 정도면 마을을 완전히 뒤집고도 남을 거라면서. 그리고 술값은 자기가 다 책임질 테니 마음껏 맥주를 마시라고 덧붙였다. 그는 한스에게 시가를 하나 건네기도 했다. 네 사람은 천천히 걸어 갔다. 거들먹거리며 시내를 한 바퀴 돌고 나서 보리수 광장에 이르자 빌라흐에 늦지 않게 가려고 걸음을 재촉했다.

푸른 강의 수면은 금빛과 은빛으로 반짝였다. 가로수와 단풍나무, 아카시아나무 잎들이 모두 떨어졌다. 나뭇가지 사이로 10월의 부드럽고 따뜻한 햇살이 내리쬐었다. 옅푸른색의 높은 하늘에는 구름 한 점 없었다. 고요하고 맑고 감성이 충만한 가을날이었다. 이런 날은 아름다운 지난여름에 있었던 일들이 아픔 없는 즐거운 추억이 되어 부드러운 대기를 가득 채운다. 이런 날은 또한 계절을 잊은 아이들이 꽃을 찾아다닌다. 그리고 할아버지와 할머니들은 창가와 집 앞 벤치에 앉아 하늘을 올려다보며 생각에 잠긴다. 왜냐하면 올해뿐 아니라 한평생의 그리운 추억들이 맑고 푸른 가을 하늘을 흘러가는 것 같기 때문이다.

하지만 젊은이들은 이 아름다운 날을 한껏 찬양한다. 각자 타고난 재능과 성격에 맞춰서. 실컷 술을 마시고 취하고, 고기를 먹고, 노래를 부르거나 춤을 추고, 혹은 술자리나 싸움판을 벌이면서. 어디를 가든 과일 케이크를 굽고, 지하실에는 갓 짜낸 사과즙과 익어가는 포도주가 있기 때문이다. 게다가 모든 음식점 앞과 보리수 광장에서 바이올린과 하모니카로 사람들을 유혹한다. 올해의 마지막으로 아름다운 날을 즐겁게 기리고, 춤추고 노래하고 사랑하라고 말이다.

젊은이들은 걸음을 재촉했다. 한스는 짐짓 대수롭지 않다는 듯 시가를 피웠는데, 이상하게도 되레 몸이 개운해지는 것 같았다. 숙련공은 이곳저곳 떠돌아다니며 살아온 이야기를 했다. 그가 과장되게 늘어놓아도 누구 하나 신경 쓰지 않았다. 그런 이야기를 하다 보면 으레 허풍이 가미되게 마련이었다. 생계를 이어갈 탄탄한 직장만 있으면, 예전의 행적을 아는 사람이 주위에 없다면, 아무리 조용한 직공이라도 이리저리 떠돌아다녔던 생활을 마치 영웅담이라도 되는 듯 잔뜩 부풀려서 재미있게 이야기하는 것이었다. 왜냐하면 젊은 수공업자의 멋진 인생의 시는 모든 서민들이 공동으로 소유한 재산이기 때문이다. 오랫동안 대대로 전해 내려온 모험담이 새로운 아라베스크 무늬를 입고 한 사람 한 사람의 체험을 통해 새롭게 태어난다. 떠돌이 직공은 누구나 할 것 없이 일단 이야기를 꺼냈다 하면 불후의 어릿광대 오일렌슈피겔이나 불멸의 뜨내기 슈트라우빙어의 면모를 보여준다.

"프랑크푸르트에서 일할 때 말이야. 제기랄! 그게 인생이지, 뭐! 다른 사람한테는 처음 얘기하는 건데 말이야. 그 멍청한 부자 상인 놈이 우리 주인 딸이랑 결혼하고 싶어서 안달이 난 거야. 그런데 아가씨는 보란 듯이 그놈을 차버렸지. 나를 좋아했던 모양이야. 우리는 네 달이나 사귀었어. 주인 양반하고 싸우지만 않았어도 그 집 사위로 거기 눌러앉았을 거야."

그러고는 끊임없이 지껄여댔다. 추악한 인신매매범이나 다름없는 주인 놈이 겁대가리 없이 손으로 자기를 때리려고 했다나. 그래서 그가 조용히 쇠 두드리는 망치를 휘두르며 늙은이를 쏘아보자 벌벌 떨면서 슬금슬금 달아났다는 것이다. 소중한 자기 머리가 깨질까 무서웠던 모양이라고 했다. 그 비열한 겁쟁이 멍청이는 직접 말은 못하고 서면으로 해고를 통보했다고 한다. 오펜부르크에서 싸움판을 벌인 이야기도 지껄였다. 자기를 포함해서 기계공 셋이 공장 노동자 일곱을 때려눕혔다는 것이다. 지금 당장이라도 오펜부르크에 사는 키다리 쇼르슈를 찾아가서 물어보라고 했다. 그때 함께 싸웠다면서 말이다.

모두 다 용감하고 과격한 이야기들이었다. 하지만 이런 이야기를 열정적이고 진실한 투로 희열에 들떠서 계속하는 것이었다. 모두 진심으로 흡족하게 귀 기울였다. 그리고 언젠가는 자기도 다른 마을 동료들에게 이 이야기를 써먹어야겠다고 마음속으로 다짐했다. 왜냐하면 기계공이라면 누구나 주인의 딸과 사랑에 빠진 경험이 있고, 괴팍한 주인에게 망치를 휘둘러보지 않은 사람이 없으며, 공장 노동자 일곱쯤은 흠씬 두들겨 팬 적이 있기 때문이다. 때로는 바덴에서, 때로는 헤센에서, 아니면 스위스에서. 그리고 망치 대신 줄이

나 불에 달군 쇠가 등장하기도 한다. 때려눕히는 상대는 제과점이나 양복점 직원으로 바뀌기도 하고.

언제 어디서든 흔히 듣는 이야기인데도 사람들은 매번 재미있게 귀 기울인다. 왜냐하면 유서 깊은 훌륭한 동업조합의 명예를 빛내는 이야기이기 때문이다. 그렇다고 떠돌이 직공 중에 이런 일을 실제로 경험했거나 새로운 이야기를 창작해낼 만한 천재가 없다는 뜻이 아니다. 두 부류의 성향은 근본적으로 동일하다.

이야기에 푹 빠져서 가장 재미있게 듣는 사람은 아우구스트였다. 그는 연신 웃음을 터뜨리고 고개를 끄덕이며 맞장구를 쳤다. 숙련공이라도 되는 듯 건방지게 쾌락주의자의 표정을 지으며 맑은 하늘로 담배 연기를 뿜었다. 이야기꾼은 자기 역할에 충실했다. 그는 자기가 이렇게 견습공들하고 어울리는 것 자체가 자존심을 버린 것이나 마찬가지라는 것을 알려주려고 했다. 그리고 자신의 겸손을 본받을 만한 자랑거리라도 되는 듯 말하려고 했다. 하지만 일요일에 숙련공이 견습공과 어울려 다니는 것은 자랑거리가 아니었다. 더구나 햇병아리한테 술을 얻어 마시는 것은 보통 창피한 일이 아니었다.

그들은 강 아래 국도를 따라 한참이나 걸어갔다. 언덕을 오르는 완만하게 굽은 차도와 그 길의 절반쯤 되는 가파른 오솔길 중 하나를 선택해야 했다. 모두 더 멀고 먼지도 많이 날리지만 차도를 선택했다. 오솔길은 평일에 이용하는 길이다. 아니면 신사들의 산책길이거나. 특히 서민들은 낭만적인 정취가 아직 남아 있는 일요일의 국도를 좋아한다.

가파른 오솔길은 시골 농부들이 찾거나 도시에서 온 자연주의자들이 좋아할 만한 길이다. 그 길을 걷는 것은 노동 아니면 운동에 지나지 않는다. 서민들에게는 결코 즐겁지 않은 길이다. 하지만 국도는 이야기를 나누며 여유 있게 걸을 수 있고, 신발이나 외출복을 더럽힐 염려가 적다. 지나가는 마차나 말을 구경하고, 앞서 가는 사람들을 만날 수 있다. 가끔 예쁘게 차려입은 아가씨들이나 노래를 부르며 가는 젊은 남자들을 마주칠 수도 있다. 이들이 농담을 건네면 웃으며 응대하고, 잠시 걸음을 멈추고 이야기를 나누기도 한다. 외로운 미혼의 젊은이라면 아가씨를 따라갈 수도 있다. 저녁때는 오해가 쌓인 동료와 걸으면서 스스럼없이 속내를 드러내며 화해할 수도 있다.

그래서 그들은 국도를 선택했다. 언덕 위로 정겹게 뻗은 크게 굽은 길이었다. 마치 땀 흘리는 것을 싫어하는 느긋한 사람처럼. 이야기를 늘어놓던 숙련공은 윗옷을 벗어서 지팡이에 묶고, 그것을 다시 어깨에 걸쳤다. 그는 이제 이야기를 하는 대신 휘파람을 불어대더니 빌라흐에 도착할 때까지 한 시간 동안이나 멈추지 않았다. 그는 한스에게 빈정대듯이 농담을 몇 번 던졌다. 하지만 썩 불쾌한 내용은 아니었다. 농담에 일일이 대꾸한 것은 한스가 아니라 아우구스트였다. 그러는 사이 그들은 빌라흐에 도착했다.

빌라흐는 붉은색 기와지붕과 은빛으로 반짝이는 회색 초가지붕으로 뒤덮인 마을이었다. 가을색을 입은 과일나무가 마을 주위를 둘러싸고 그 뒤로 검은 숲이 우뚝 솟아 있었다.

젊은이들은 어느 술집으로 갈지 정하지 못했다. '닻'에는 품질이 가장 좋은 맥주가 있고, '백조'에는 가장 맛있는 케이크가 있다. 그리고 '모퉁이'에는 주인의 예쁜 딸이 있다. 아우구스트는 '닻'으로 가자고 설득했다. 그는 두세 잔 마시는 동안 '모퉁이'가 사라지는 것도 아니니 나중에 얼마든지 가도 된다고 눈짓했다. 모두 만족스러운 얼굴로 마을에 들어갔다. 나지막한 창턱에 제라늄 화분이 올려진 농가와 마구간을 지나 '닻'으로 걸어갔다. 싱그러운 어린 밤나무 두 그루 너머로 햇빛에 반짝이는 황금빛 간판이 어서 오라고 손짓했다. 술집 안에 앉으려고 둘러보았으나 벌써 손님들이 가득해 빈자리가 없었다. 그들은 할 수 없이 뜰로 나가야 했다.

'닻'은 사람들 사이에 고상한 술집으로 알려졌다. 농부들이 들락거리는 낡은 술집이 아니라 네모난 벽돌로 지은 현대식 술집이었다. 창문이 굉장히 많이 나 있고, 벤치가 아니라 의자가 놓여 있었다. 양철로 만든 화려한 광고판이 굉장히 많이 걸려 있었다. 게다가 도시적으로 세련되게 차려입은 여종업원도 있었다. 유행하는 세련된 갈색 양복을 입은 주인은 절대 소매를 걷어붙이거나 하지 않았다. 그는 파산을 당했는데, 큰 맥주 공장 주인이었던 채권자에게 이 집을 빌리면서 형편이 훨씬 좋아졌다. 뜰은 아카시아나무가 둘러싸고 절반 정도는 머루 덩굴이 뒤덮인 큰 철망 울타리가 쳐져 있었다.

"자, 건강을 위하여!"

숙련공은 다른 3명과 함께 큰 소리로 건배했다. 그러고는 보란 듯이 들이켜서 잔을 비웠다.

"이봐, 예쁜 아가씨! 잔이 비었어. 얼른 한 잔 더 가져오라고!"

그는 여종업원에게 소리치며 테이블 너머로 술잔을 내밀었다.

맥주 맛은 정말 최고였다. 시원하고 쓴맛도 별로 나지 않았다. 한 스도 기꺼이 술잔을 비웠다. 아우구스트는 술맛을 잘 알기라도 하는 듯한 표정으로 혀를 놀리며 맛을 음미했다. 가끔 제대로 구멍을 내 지 않은 연통처럼 담배를 피워댔는데, 한스는 그저 놀랍기만 했다.

인생을 알고 즐길 줄 아는 사람들과 술집 테이블에 둘러앉아, 그 만한 자격이 있다는 기분으로 일요일을 보내는 것도 유쾌했다. 같 이 웃고 어쩌다 한 번씩 농담을 던지는 것도 재미있었다. 술을 쭉 들이켜고 잔을 테이블에 탁 놓으면서 거침없이 '아가씨, 한 잔 더!' 하고 소리 지르는 것도 신났다. 옆에 앉은 모르는 사람하고 건배하 고, 다른 사람들이 하는 것처럼 시가 꽁초를 왼손에 끼우고 모자를 뒤로 젖히는 것도 흥미로웠다.

다른 작업장의 숙련공도 신이 나서 떠들어댔다. 그가 아는 울름의 한 기계공은 앉은자리에서 맥주를 스무 잔이나 마신다고 했다. 그 기계공은 그 지역에서 만든 고급 맥주를 다 마시고 나서 입을 훔치 며 이렇게 말한다는 것이었다. "자, 이번에는 고급 포도주 한 병 더!"

숙련공은 계속 말했다. 그가 아는 칸슈타트의 한 화부는 단단한 소시지를 한번에 12개나 먹어치우고 내기에서 이겼다고 했다. 그런데 두 번째 내기에서는 포기하고 말았다는 것이다. 자만에 넘친 그 화부는 작은 술집 메뉴판에 적힌 음식을 다 먹어치우겠다고 큰소리를 쳤다. 그런데 메뉴판 마지막에 생각지도 않게 치즈 네 가지가 있었다. 그는 치즈를 3개째 먹다가 접시를 밀치고 말했다. "하나 더 먹느니 차라리 죽겠다."

이 이야기를 듣고 젊은 직공들은 박수를 쳐대며 웃었다. 어디나 악착스럽게 먹고 마셔대는 사람들이 있었다. 누구나 그런 영웅담은 한 가지씩 알고 있었다. 누구에게는 '슈투트가르트의 어느 사내'이고, 또 누구에게는 '루드비히스부르크의 기마병'이었다. 어떤 사람은 감자 17개를 먹어치우고, 또 다른 사람은 샐러드를 곁들여 케이크 11개를 먹어치웠다는 것이었다. 사람들은 이런 이야기들을 더없이 진지한 표정으로 생생하게 들려주었다. 그리고 이 세상에는 재주 많은 괴짜들이 무수히 많다는 사실에 뿌듯해했다. 물론 그중에는 기인도 있었다. 이런 흡족한 기분과 진지한 태도는 술집에 드나드는 평범한 사람들이 높이 사는 오랜 유산이었다. 술을 마시고, 나라 정세를 이야기하고, 담배를 피우고, 결혼하고, 생을 끝내는 일들처럼 이런 이야기도 젊은 사람들이 답습하면서 오늘날까지 이어졌다.

세 잔째 맥주를 마시고 있는데, 일행 중 하나가 여종업원을 불러

케이크를 달라고 했다. 그녀가 없다고 하자 모두 펄쩍 뛸 듯이 흥분했다. 아우구스트는 다른 집으로 가겠다고 했고, 다른 작업장의 숙련공도 이런 변변찮은 술집은 처음 본다고 불평했다. 하지만 프랑크푸르트에서 온 직공은 그 술집에 계속 있고 싶어 했다. 그는 여종업원과 진한 대화도 나누고 벌써 몇 번이나 그녀의 몸을 더듬었던 것이다. 술을 마셔서 그런지 한스는 그 모습을 보자 평소와 달리 흥분되었다. 그래서 모두 밖으로 나가기로 했을 때, 잘됐다고 생각했다.

술값을 치르고 거리로 나왔다. 세 잔이나 마신 한스는 취기가 오르는 것을 느꼈다. 피곤한 마음 반, 뭔가 하고 싶은 마음 반이었다. 꿈결처럼 엷은 베일이 눈앞을 가리고 있는 기분이었다. 모든 것이 현실이 아닌 듯 저 멀리 희미하게 보였다. 한스는 쉴 새 없이 웃음을 터트렸다. 술김에 용기를 내어 모자를 삐딱하게 쓰니 마치 건달이 된 기분이었다. 프랑크푸르트에서 온 숙련공은 씩씩하고 기운차게 휘파람을 불어댔고, 한스는 휘파람에 맞춰 걸으려고 했다.

'모퉁이'는 굉장히 조용했다. 농부 두셋이 새 포도주를 마시고 있었다. 생맥주는 없고 병맥주만 팔았다. 젊은이들 앞에 맥주가 한 병씩 놓였다. 다른 작업장의 숙련공은 자기가 쩨쩨하지 않다는 것을 보여주려는 듯이 큼직한 사과 케이크를 하나씩 주문했다. 갑자기 허기가 졌던 한스는 케이크를 한 번에 몇 조각이나 먹었다. 어둑한 분위기의 낡은 갈색 술집에서 붙박이의 튼튼하고 넓은 벤치에 앉아 있으니 아늑하고 편안했다. 예스러운 목로와 큰 난로는 어둠 속에서 희미하게 보였다. 나무살로 만든 큰 새장에 곤줄박이 두 마리가 퍼득거렸다. 새가 먹을 빨간 열매가 수두룩하게 달린 마가목 가지가 나무살에 꽂혀 있었다.

술집 주인이 젊은이들이 앉은 테이블에 다가와 반갑게 인사했다. 조금 지나서야 젊은이들은 슬슬 이야기를 시작했다. 한스는 도수 높은 병맥주를 두세 모금 마셔보고는 자기가 과연 한 병을 다 마실 수 있을까 싶었다.

프랑크푸르트에서 온 숙련공은 또다시 과장되게 이야기를 늘어놓았다. 허풍을 섞어가면서 라인란트의 포도 축제와 떠돌이 생활, 싸구려 여인숙에서 지냈던 일들을 떠들어댔다. 모두 재미있게 귀를 기울였고, 한스도 다른 동료들처럼 웃느라 정신이 없었다.

한스는 갑자기 몸이 이상해지는 것 같았다. 방과 테이블, 술병과 술잔, 그리고 동료들이 은은한 갈색 구름 속에 잠겨갔다. 잠깐 정신이 들 때만 희미한 윤곽이 보일 뿐이었다. 가끔 말소리와 웃음소리가 한껏 커질 때면 한스도 크게 따라 웃으며 자기가 무슨 말을 하는지도 모른 채 주절거렸다. 그리고 술잔을 부딪히며 건배를 했다. 한 시간쯤 지나자 놀랍게도 한스의 술병이 비어 있었다.

"꽤 하는데? 한 잔 더?"

아우구스트가 말했다.

한스는 웃으며 고개를 끄덕였다. 그동안 한스는 이렇게 마시는 것은 위험한 짓이라고 생각했다. 프랑크푸르트에서 온 숙련공이 노래를 부르자 모두 함께 따라 불렀다. 한스도 목청껏 노래를 불렀다.

그사이 술집은 손님들로 가득 찼다. 주인집 딸이 일손을 거들려고 나왔다. 키가 크고 몸매가 아름다운 그 아가씨는 건강하고 활력이 넘치는 얼굴과 밝은 갈색 눈을 가지고 있었다.

그녀가 새 술병을 가져와 한스 앞에 내려놓을 때, 옆에 앉은 숙련공이 멋진 말솜씨로 아주 능란하게 말을 걸었지만, 그녀는 들은 척도 하지 않았다. 숙련공한테는 전혀 관심 없다는 것을 보여주려는 것인지, 아니면 예쁘장하게 생긴 소년이 마음에 들었는지, 어쨌든 한스를 향해 돌아서서 그의 머리를 손으로 한 번 쓰다듬고는 목로 뒤로 돌아갔다.

숙련공은 맥주를 세 병째 주문했을 때 그녀를 따라갔다. 그는 그녀와 이야기를 나눠보려고 무던히도 애를 썼지만 허사였다. 키가 큰 아가씨는 냉랭한 눈빛으로 쳐다보더니 말없이 돌아섰다. 숙련공은 할 수 없이 테이블로 돌아와 빈 병을 탁탁 치면서 흥분한 소리로 말했다.

"자, 신나게 한번 놀아보자. 자, 마셔! 건배!"

이제 그 숙련공은 음탕한 이야기를 늘어놓기 시작했다. 하지만 한스의 귀에는 모든 말소리가 한데 뒤섞여서 희미하게 들릴 뿐이었다. 두 병째 비울 때는 말하는 것은 물론 웃기도 버거웠다. 한스는 새장 속에 있는 곤줄박이를 희롱하고 싶었다. 그래서 일어났는데 두 걸음도 떼기 전에 머리가 핑 돌아 쓰러질 뻔했다. 그는 조심조심

자리로 돌아왔다.

그쯤에서 한껏 들뜬 기분도 조금씩 사그라들었다. 한스는 자신이 잔뜩 취했다는 것을 깨달았다. 술을 마시는 게 더 이상 즐겁지 않았다. 저 멀리에서 온갖 불행이 자기를 기다리고 있다는 생각이 들었다. 집으로 돌아가는 것, 아버지와 벌일 말다툼, 아침 일찍 일어나 작업장으로 가야 하는 것. 머리가 아파왔다.

다른 동료들도 정신이 흐릴 정도로 취했다. 아우구스트는 잠깐 정신을 차리고 술값을 치렀다. 다들 너무 많이 마셔서 1탈러(은화 단위로 1탈러는 약 3마르크—옮긴이)를 내고도 거스름돈을 받지 못했다. 젊은 이들은 왁자지껄 웃으면서 거리로 나왔다. 저녁노을이 눈부시게 빛났다. 한스는 몸을 가누기 힘들어서 아우구스트에게 기대어 비틀거리며 걸어갔다.

감상에 빠진 다른 작업장의 숙련공은 눈물을 글썽거리며 '내일이면 이곳을 떠나야 하리'라는 노래를 불렀다.

모두 거기서 집에 돌아가려고 했다. 하지만 '백조' 앞을 지나갈 때 숙련공이 한잔 더 하자고 고집을 부렸다. 하지만 한스는 동료들의 손을 뿌리쳤다.

"난 그만 집에 가야 해."

"혼자 걷지도 못하면서."

숙련공이 웃으면서 말했다.

"아냐, 걸을 수 있어. 난 집에 가야 해."

"그럼 브랜디라도 한 잔 마시고 가, 이 꼬맹이 양반! 브랜디 한 잔 마시면 다리에 힘도 생기고 속도 풀릴 거야. 내 말이 맞다니까. 한 번 해보라고."

어느새 한스는 작은 술잔을 들고 있었다. 잔에 든 술잔은 거의 다 엎질러지고 얼마 남지 않았다. 한스는 잔에 조금 남은 술을 단숨에 들이켰다. 목구멍이 타는 것 같았고, 속이 울렁거리면서 구토가 났다. 그는 혼자 비틀거리며 계단을 내려와 정신없이 마을로 나왔다. 집과 울타리, 뜰이 출렁거리고 빙빙 돌면서 그의 곁을 스쳐 갔다.

한스는 사과나무 밑의 이슬로 축축한 풀밭에 누웠다. 불쾌하고 불안한 마음이 온통 그를 휘감아 괴로운 데다 머릿속이 혼란스러워서 도저히 잠이 오지 않았다. 자신이 더럽혀지고 굴욕을 당한 기분이었다. 어떻게 집에 돌아가지? 아버지께는 뭐라고 말하지? 내일은 어떻게 할까? 그는 절망에 빠진 나머지 비참한 기분이 들었다. 이제는 영원한 휴식을 취하고, 잠들고, 자신을 부끄럽게 여겨야 할 것 같았다. 머리도 아프고 눈도 쓰라렸다. 한스는 더 이상 걸을 수 없었다.

그때 갑자기 이전에 느꼈던 희열의 잔영이 파도처럼 밀려왔다. 한스는 얼굴을 찌푸리며 흥얼거렸다.

아, 내 사랑 아우구스틴이여!

아우구스틴, 아우구스틴

아, 내 사랑 아우구스틴이여!

다 끝나 버렸다네.

노래를 멈추기도 전에 못 견딜 정도로 가슴이 아팠다. 희미한 상념과 추억, 수치심과 자책감이 침울하게 일렁거리더니 한스를 덮쳤다. 한스는 큰 소리로 울음을 터뜨리며 풀밭에 쓰러졌다.

한 시간 뒤 날이 어둑해졌을 때, 한스는 겨우 일어나 위태위태한 걸음으로 힘겹게 언덕을 내려갔다.

저녁 식사 시간까지 아들이 돌아오지 않자 기벤라트 씨는 혼자서 욕을 해댔다. 하지만 9시가 되어도 아들이 돌아오지 않았다. 아버지는 오랫동안 손에 들지 않았던 등나무 회초리를 꺼냈다.

"이놈이 이제는 다 커서 아버지가 매를 들지 않을 거라고 생각하는 모양이지. 오기만 해봐. 혼꾸멍날 줄 알아."

10시가 되자 아버지는 현관문을 잠가버렸다.

"아드님이 한밤중까지 싸돌아다니시겠다, 이거지. 어디 한번 해보라지. 하룻밤 묵을 데라도 있나 몰라."

아버지는 잠을 이루지 못했다. 화가 치밀기는 했지만 이제나저제나 하고 아들이 오기를 기다렸다. 아들이 문손잡이를 돌려보고 나서 조용히 초인종을 울리기를 말이다. 아버지는 그 모습을 상상해보기도 했다.

"할 일 없이 쏘다니는 놈은 혼쭐을 내줘야 해. 부끄러운 줄도 모르고 술에 잔뜩 취한 게야. 당장 술이 깨게 만들어줘야지. 몹쓸 녀석 같으니라고! 흉악한 놈, 불쌍한 놈, 뼈가 깨지도록 혼내 줘야지."

마침내 아버지의 분노도 잠에 굴복하고 말았다.

그 시각, 아버지 혼자 그토록 혼내던 한스는 이미 싸늘한 시체가 되어 있었다. 그의 몸은 골짜기 아래로 검푸른 강물에 조용히 떠내려갔다. 구토와 수치심과 괴로움도 모두 벗어던진 채. 푸르스름하고 서늘한 가을 달빛이 야윈 그의 몸을 비췄다. 검은 강물은 그의 머리와 창백한 입술을 어루만졌다. 해가 뜨기 전에 먹이를 찾아 나선 겁쟁이 수달이 그의 곁을 조용히 지나가면서 잠시 흘낏했을 뿐, 그를 본 사람은 아무도 없었다.

어쩌다 그가 물에 빠졌는지도 알 수 없었다. 길을 잃고 헤매며 가파른 언덕을 올라가다가 발이 미끄러졌는지도 모른다. 아니면 갈증이 나서 물을 마시려다 중심을 잃었는지도. 어쩌면 아름다운 강물에 매혹되어 자기도 모르게 몸을 숙였는지도 모른다. 고요와 깊은 안식에 잠긴 밤에 맑고 깨끗한 달빛이 그를 비추자, 피곤과 두려움에 지친 나머지 저도 모르게 죽음의 그림자에 휩쓸려 들어갔는지도 모른다.

사람들은 한낮이 되어서야 한스를 발견하고 집에 데려왔다. 아버지는 너무 놀라서 몸을 부들부들 떨었다. 그는 회초리를 치우고 밤새 쌓인 분노를 사그라뜨려야 했다. 그의 얼굴에는 아무 감정도 없었고, 눈물도 흘리지 않았다. 그날 밤 아버지는 잠도 자지 않고, 말없이 누워 있는 아들을 이따금 문틈으로 쳐다보았다. 아들은 늘 그렇듯 매끈한 이마와 창백하고 영리해 보이는 얼굴로 하얀 침대에 누워 있었다. 보통 사람들과 다른 운명을 가질 권리를 타고났다는 듯이. 이마와 두 손의 긁힌 부위가 푸르스름하고 발갰다. 예쁘장한 얼굴은 조용히 잠들어 있었다. 두 눈을 덮은 하얀 눈꺼풀, 살짝 벌어진 입술은 마치 기쁜 듯이 미소 짓고 있는 것 같았다. 소년은 한창 꽃을 피울 나이에 갑자기 좌절에 빠져 즐거운 인생의 길에서 강제로 이탈한 듯한 모습이었다. 한스의 아버지도 피로하고 쓸쓸한 슬픔에 지쳐서 아들이 살며시 미소 짓고 있다는 환상에 빠졌다.

　장례식에는 직장 동료들과 호기심 많은 구경꾼들을 비롯해 한꺼번에 많은 사람들이 몰려들었다. 한스 기벤라트는 또다시 모두의 관심이 쏠린 유명 인사가 되었다. 교사들과 교장, 목사도 그의 운명에 참석했다. 모두 프록코트와 묵직한 실크 모자 차림으로 장례 행렬을 따라갔다. 그리고 서로 귓속말을 주고받으며 무덤가에 서 있었다. 특히 우울한 얼굴을 한 것은 라틴어 선생이었다.

　교장이 라틴어 선생에게 나지막이 말했다.

　"훌륭한 사람이 될 만한 아이였는데. 재능이 뛰어난 아이한테 불운이 덮치는 것만큼 슬픈 일이 없지요."

　구둣방 주인 플라이크는 한스의 아버지와, 끊임없이 흐느끼는 안나 할멈과 나란히 무덤가에 남았다.

그는 연민이 가득한 얼굴로 말했다.

"정말이지, 너무도 가혹한 일입니다, 기벤라트 씨! 나도 무척 좋아하던 아이였는데."

아버지는 길게 한숨을 내쉬었다.

"정말이지 말도 안 되는 일입니다. 이해할 수 없어요. 얼마나 재능이 뛰어난 아이였는데요. 일도 술술 풀렸고요. 학교도 그렇고 시험도 그렇고…… 그런데 어느 날 갑자기 불행이 닥친 겁니다."

플라이크는 묘지를 나서는 프록코트 차림의 신사들을 가리키며 낮은 목소리로 말했다.

"저기 저 신사 양반들 좀 보세요. 저들도 한스가 이렇게 되는 데 일조한 셈이죠."

"그게 무슨 말입니까? 세상에! 무슨 그런 말도 안 되는 소리를 하는 겁니까?"

기벤라트 씨는 펄쩍 뛸 듯이 흥분했다. 그리고 놀란 표정을 지으며 그를 똑바로 쳐다보았다.

"진정하세요, 기벤라트 씨! 저는 그저 학교 선생들 얘기를 한 겁니다."

"왜죠? 대체 무엇 때문에 그렇다는 겁니까?"

"아닙니다. 더 말하고 싶지 않군요. 당신과 우리 모두 저 아이에게 소홀하지 않았나 싶은 겁니다. 그런 생각이 들지 않나요?"

드넓고 푸른 하늘이 마을 위로 펼쳐졌다. 강물은 반짝이며 골짜기로 흘러갔다. 그리움을 가득 품은 듯한 짙푸른 전나무 숲이 부드럽게 이어졌다.

플라이크는 슬픈 미소를 띠고 기벤라트 씨의 팔을 살며시 잡았다. 기벤라트 씨는 일시적인 고요와 알 수 없는 수많은 괴로운 상념에서 벗어나 변함없고 익숙한 삶의 터전을 향해 걸어갔다. 당혹스러운 기분으로 뭉그적거리면서.

헤르만 헤세

Hermann Hesse, 1877. 7. 2~1962. 8. 9

독일 남부 뷔르템베르크 주(지금의 바덴뷔르템베르크 주)에 위치한 슈바르츠발트 산맥의 조용한 시골 마을 칼프에서 태어났다. 아버지 요하네스는 북부 독일계 러시아(지금의 에스토니아)인으로 선교사였고, 어머니는 유명한 인도학자이자 선교사였던 헤르만 군데르트의 딸이다. 어머니 마리아는 인도에서 영국인 선교사와 결혼해 살다가 남편이 사망한 후 칼프로 돌아와 있던 중 요하네스 헤세를 만났다. 헤르만 헤세가 인도의 종교와 사상에 심취했던 것은 외할아버지의 영향이 컸기 때문이다.

1881년(4세) 헤세 가족은 스위스 바젤로 옮겨가 1883년(6세) 스위스 국적을 취득하고(그 전에는 러시아 국적이었다) 1886년(9세)까지 그곳에 거주했다. 1886년 다시 칼프로 돌아온 헤세는 마을에 있는 라틴어 학교에 다녔다. 칼프에서의 유년 시절 헤세는 시를 쓰고 사색을 하며 문학적 소질을 보이기 시작했다. 1890년(13세) 주 시험 준비를 위해 괴핑겐에 있는 라틴어 학교로 옮겨 갔는데, 이때 헤세는 시험 자격을 얻기 위해 스위스 국적을 포기하고 뷔르템베르크 국적을 취득했다.

부모님의 소망대로 훌륭한 목사가 되기 위해 1891년(14세) 9월 마울브론 신학교에 진학했으나 엄격하고 획일적인 데다 강요된 교육 속에서 정신적 갈등을 겪던 끝에 입학한 지 7개월 만에 '시인이 아니면 아무것도 되고 싶지 않다'며 학교를 뛰쳐나왔다. 이 시절의 경험은 《수레바퀴 아래서》(1906년)에 거의 사실대로 묘사되어 있다. 실의에 빠져 우울증을 겪었던 헤세는 1892년(15세) 6월 자살을 시도했으나 미수에 그치고 한동안 슈테텐에서 정신과 치료를 받았다. 헤세는 회복되자 바트칸슈타트의 김나지움에 다시 들어갔다. 하지만 여기서도 성적은 뛰어났으나 교과서를 판 돈으로 권총을 사는 등 탈선행위가 끊이지 않았고, 결국 1년도 못 채우고 학교를 그만두었다.

아름다운 자연과 경건하고 질서정연한 가정 분위기에서 누렸던 풍요로움과 행복은 학교교육으로 깨지기 시작했다. 헤세에게 학교란 자신의 의지에 반해 무자비하게 강요하는 세계였던 것이다. 이처럼 주변 세계와 자아의 분리를 경험하면서 헤세는 비판 의식에 눈뜨게 되었다. 이와 같은 외부 세계와의 내적 갈등으로 인한 고통은 헤세의 문학 세계에 큰 영향을 끼쳤을 뿐 아니라 훗날 제1차세계대전을 계기로 증폭되어 '나를 찾아가는 길'을 걷는 데 중요한 요인으로 작용했다.

학교를 그만둔 헤세는 1893년(16세) 에슬링겐에서 서점 점원으로 일했으나 사흘 만에 그만두고 아버지의 출판사 일을 도우며 책을 읽는 데 몰두했다. 1894년(17세) 칼프에 있는 페롯 시계 공장에서 견습공으로 일하다가 1895년(18세)에는 튀빙겐의 헤켄하우어 서점 점원으로 들어가 1898년(21세)까지 다녔는데 이곳에서 문학에 대한 열정을 키워나갔다. 헤세는 헤켄하우어 서점 시절 노발리스를 비롯해 낭만주의 작가들과 괴테의 작품에 심취하면서 본격적으로 문학 활동을 시작했다. 1898년 첫 시집《낭만적인 노래들(Romantische Lieder)》을 자비로 출판했고, 1899년(22세) 소설《고슴도치(Schweinigel)》(이 원고는 지금까지 발견되지 않았다)를 쓰기 시작했으며, 산문집《자정 이후 한 시간(Eine Stunde hinter Mitternacht)》이 출간되었다. 그러나 이때의 작품들은 병적이고 지나친 감성으로 인해 별다른 호응을 얻지 못했다. 라이프치히의 유명한 출판사 디더리히스에서 출간된 이 산문집에 대해 릴케는 예술가의 본질인 경건함이 밑바탕에 깔려 있는 작품이라고 호평하기도 했다.

1899년 스위스 바젤로 옮겨간 헤세는 라이히 서점에 들어가 서적 분류 수습생으로 일하며 니체와 부르크하르트의 사상과 철학에 심취하기도 했고, 1900년(23세) 스위스 〈알게마이네 슈바이처 차이퉁〉에 서평과 기고문을 게재하기도 했다. 1901년(24세) 첫 번째 이탈리아 여행 이후 《헤르만 라우셔의 유고와 시 모음(Hinterlassene

Schriften und Gedichte von Hermann Lauscher)》을 익명으로 출판했는데, 문학적인 평가뿐만 아니라 독자의 반응도 좋았다. 이 작품으로 시인 카를 부세의 주목을 받아 1902년(25세) 《시집(*Gedichte*)》이 부세가 편집하는 '신독일 서정시인' 시리즈에 선정되기도 했다. 이로써 헤세는 시인의 꿈을 이뤘는데 이 시집을 어머니께 바치려 했으나 어머니는 책이 발간되기 전에 세상을 떠났다. 1903년(26세) 5월 마리아 베르누이와 약혼하고 두 번째 이탈리아 여행을 떠났다.

1904년(27세) 최초의 장편소설이자 출세작인 《페터 카멘친트(*Peter Camenzind*)》가 출간되었다. 자전적인 성향의 이 소설은 시적인 표현이 돋보이는 서정적인 작품으로 괴테의 낭만주의 전통을 독창적으로 이어받았다는 평가를 얻었다.

《페터 카멘친트》로 명성을 얻은 헤세는 마리아 베르누이와 결혼했다. 헤세보다 아홉 살 연상이었던 마리아 베르누이는 바젤의 유명한 수학자 집안 출신으로 사진작가였다. 두 사람은 결혼 후 보덴 호숫가의 가이엔호펜으로 옮겨 갔다. 이곳에서 헤세는 전원생활을 하며 전업 작가로 본격적인 창작에 몰두했다.

자연에서 안정된 생활을 누리던 가이엔호펜 시절 헤세는 왕성한 창작 의지를 불태워 장편소설 《수레바퀴 아래서(*Unterm Rad*)》(1906년), 《게르트루트(*Gertrud*)》(1910년), 중단편집 《이편에서(*Diesseits*)》(1907년), 《이웃들(*Nachbarn*)》(1908년), 《우회로들(*Umwege*)》(1912년), 시집 《도중에 (*Unterwegs*)》(1911년)를 발표했다. 이 기간 동안 브루노, 하이너, 마르틴 세 아들이 태어나기도 해서 가정생활과 문학적 성과 양면에서 풍요로운 나날들이었다. 한편 1906년(29세) 당시 독일 황제였던 빌헬름 2세를 비판하는 잡지 《3월(*März*)》을 창간해 1912년까지 공동 발행인으로 활동하기도 했다.

작가로서 성취와 안정을 누리는 중에도 고독과 상실감을 완전히 떨쳐버리지 못했던 헤세는 이를 벗어나기 위해 자주 여행을 다녔다. 1911년(34세) 9월부터 12월까지 화가 친구 한스 슈투르체네거와 함께 인도 여행을 떠났다. 이때의 감상은 여행기 《인도에서(*Aus Indien*)》(1913년)에 잘 묘사되어 있고, 이후로 동양 사상을 소재로 많은 작품을 썼다.

1912년(35세) 헤세 가족은 스위스 베른으로 옮겨 갔고, 이때부터 결혼 생활에 위기가 찾아오기 시작했다. 문학에 몰두하느라 가정에 소홀한 헤세를 이해하지 못하는 아내와 자주 갈등을 빚었던 것이다. 1914년(37세) 발표한 소설 《로스할데(*Roßhalde*)》에서 화목한 가정을 꾸리는 데 실패한 화가의 모습을 그리고 있는데, 이는 헤세 본인의 결혼 생활이 반영된 것이라고 할 수 있다.

1914년 제1차세계대전이 발발하자 군에 지원했으나 부적격 판정을 받아 입대하지는 못했고, 베른의 독일포로구호기구에서 일하면서 전쟁 포로와 억류자들을 위한 정치 논문과 호소문, 공개서한 등을 독일, 스위스, 오스트리아의 신문과 잡지에 발표했다.

제1차세계대전의 발발로 전 세계가 애국이라는 미명하에 전쟁을 부르짖는 것을 보면서 헤세는 환멸과 분노를 느꼈다. 인간성이 파괴되는 전쟁의 소용돌이 속에서 헤세는 초기의 낭만적인 세계관에서 벗어나기 시작했다. 헤세는 유럽 정신의 몰락을 경고하고 전쟁을 찬미하는 말은 삼가자는 취지의 평론들을 발표했으나 되레 독일의 국수주의를 자극해 조국의 배반자라는 비난을 받았다. 1917년 (40세) 독일 대사관으로부터 시대 비판적인 기고를 중단하라는 권고를 받고 나서 에밀 싱클레어라는 가명으로 기고하기 시작했다.

1914년부터 1916년까지는 가정의 불행과 전쟁 등 안팎으로 헤세에게 힘든 시기였다. 1916년(39세) 아버지가 세상을 떠났고, 아내의 정신분열 증세와 막내아들 마르틴의 질병으로 헤세 역시 신경쇠약에 걸려, 정신분석학자 카를 구스타프 융의 제자 요제프 베른하르트 랑에게 심리치료를 받았다. 이를 계기로 헤세는 프로이트와 융의 정신분석학 연구에 몰두했으며, 무의식의 세계에 눈뜨게 되었다. 이를 통해 내면에 숨겨진 진정한 자아를 발견함으로써 정신적 구원에 이를 수 있다고 여기며 자기 내면에 이르는 길에 몰입하기 시작했다.

내외적으로 힘든 시기에도 헤세는 1915년(38세)《크눌프, 크눌프 삶의 세 가지 이야기(Knulp. Drei Geschichten aus dem Leben Knulps)》, 단편집《길가(Am Weg)》,《청춘은 아름다워라(Schön ist die Jugend)》, 시집《고독한 사람의 음악(Musik des Einsamen)》을 발표했다.

제1차세계대전이 끝나고 1919년(42세) 5월 헤세는 홀로 스위스

테신의 몬타뇰라로 옮겨 가서 1931년(54세)까지 이곳에 머물렀다. 아내는 정신병원에 입원해 있었고 자녀들은 친구에게 맡긴 상태였다. 전쟁 이후 스스로 인간 정신을 회복하고자 사유와 창작에 몰두했고, 그렇게 해서 나온 것이 《데미안(*Demian*)》(1919년)이다. 인간의 존엄성을 잃어가는 현실에서 인간 스스로 자기 내면에 이르는 길을 탐구하는 작품인《데미안》은 전후 공허함과 혼란에 빠진 독일 젊은이들 사이에 폭발적인 반응을 불러일으켜 베를린 시가 주관하는 폰타네 상을 수상하기도 했다.

1919년《동화집(*Märchen*)》이 출간되었고, 잡지《비보스 보코(*Vivos voco*)》를 창간했다. 1920년(43세) 소묘를 곁들인 시화집《화가의 시(*Gedichte des Malers*)》, 《방랑(*Wanderung*)》, 단편집《클링조어의 마지막 여름(*Klingsors letzter Sommer*)》, 도스토옙스키에 대한 에세이《혼돈 들여다보기(*Blick ins Chaos*)》등이 출간되었다.

1921년(44세) 《시선집(*Ausgewählte Gedichte*)》을 발표했고, 《싯다르타(*Siddhartha*)》(1922년)를 집필하는 동안 창작의 위기를 겪고 융에게 정신분석 치료를 받았다. 그해 화집《테신에서 그린 11점의 수채화(*Elf Aquarelle aus dem Tessin*)》를 발표했고, 이듬해《싯다르타》가 출간되었다. 세상의 모순과 대립을 초월적인 존재를 통해 해결하고자 했던 헤세는 이 작품에서 삶을 깨우쳐가는 부처의 고뇌를 보여주고 있다.

1923년(46세) 《싱클레어의 수첩(*Sinclairs Notizbuch*)》을 발표했고, 바덴의 요양원에 머물렀다. 그해 마리아와 정식으로 이혼한 후 이듬

해 스위스 국적을 다시 취득하고 스위스의 여류 작가 리자 뱅거의
딸로 스무 살 연하인 루트 뱅거와 재혼했다.

1925년(48세) 《요양객(Kurgast)》, 1926년(49세) 《그림책(Bilderbuch)》이
출간되었고, 프로이센 예술원 문학분과 국제위원으로 선출되었다.

1927년(50세) 《뉘른베르크 여행(Die Nürnberger Reise)》, 자아의 양극
성을 지향하고자 했던 작품 《황야의 이리(Steppenwolf)》가 출간되었
으며, 50회 생일을 기념해 후고 발이 헤세 평전을 펴내기도 했다.
이해에 루트 뱅거와 이혼했다.

1928년(51세) 《관찰(Betrachtungen)》, 《위기. 일기 한 편(Krisis. Ein Stück
Tagebuch)》을 발표했고, 1929년(52세) 시집 《밤의 위로(Trost der Nacht)》,
1930년(53세) 《나르치스와 골드문트(Narziß und Goldmund)》를 발표했
다. 《나르치스와 골드문트》는 지성과 감성, 성직자와 예술가로 서로
대립되는 두 인물의 우정, 이상, 갈등, 방황, 동경 등을 통해 양극성
의 대립이 화해되고 극복되어 하나의 세계로 완성되어 간다는 이야
기다.

1931년(54세) 친구인 화가 한스 보드머가 지어준 몬타뇰라의 새
집으로 이사한 헤세는 4년 전부터 함께 생활해오던 오스트리아 태
생의 미술사가인 서른여섯 살의 니논 돌빈과 결혼했다. 그녀는 이
후 30여 년 동안 헤세의 반려자가 되었다.

1932년(55세) 《동방 순례(Die Morgenlandfahrt)》가 출간되었고, 대표
작 《유리알 유희(Glasperlenspiel)》(1943년)를 집필하기 시작했으며, 《작

은 세계(*Kleine Welt*)》(1933년), 시선집 《생명의 나무에서(*Vom Baum des Lebens*)》(1934년), 《우화집(*Fabulierbuch*)》(1935년), 《정원에서 보낸 시간 (*Stunden im Garten*)》(1936년), 1937년(60세) 《기념첩(*Gedenkblätter*)》, 《신시 집(*Neue Gedichte*)》, 《마비된 소년(*Der lahme Knabe*)》을 발표했다.

1939년(62세) 제2차세계대전이 발발하면서 나치 정부는 헤세의 작품을 불온서적으로 간주해 독일에서의 출판을 금지했다. 따라서 《수레바퀴 아래서》, 《황야의 이리》, 《관찰》, 《나르치스와 골드문트》 가 더 이상 인쇄되지 못했다. 독일에서 발행된 총 20종의 헤세 작 품 중 1939년부터 1945년까지 판매된 것은 문고본 481권이 전부 였다.

1942년(65세) 헤세의 첫 시 전집으로 《시집(*Gedichte*)》이 취리히에 서 출간되었고, 1943년(66세) 헤세 생애 마지막 작품이자 최고의 걸 작 《유리알 유희》가 발표되었다. 《유리알 유희》의 집필은 히틀러 정 권과 비슷한 시기에 시작되어 정반대의 목표를 향해 걸어왔다고 할 수 있다. 하나는 인간성을 말살하며 유럽 전체를 파괴했고, 다른 하 나는 전쟁에 대한 비판에서 시작해 동서양의 학문과 예술에 몰두하 며 정신적 삶을 살아가는 유토피아를 그렸다. 《유리알 유희》는 헤 세가 추구해온 '나를 찾아가는 길'의 극치라 할 수 있는 작품이다.

1945년(68세) 미완성 소설 《베르톨트(*Berthold*)》를 집필했고, 단편 과 동화 모음집 《꿈의 여행(*Traumfährte*)》이 출간되었다. 1946년(69세) 헤세의 작품이 다시 독일에서 출간되기 시작했으며, 그해에 노벨 문학상을 수상했다. 그 외에도 프랑크푸르트 시의 괴테 상(1946년), 서독 서적협회가 수여하는 평화상(1955년)을 수상했는데, 지병인 류머티즘 때문에 시상식에는 한 번도 참석하지 못했다.

1956년(79세) 헤르만 헤세 문학상이 제정되었고, 1957년 80회 생일을 기념해 《헤세 전집(Gesammelte Schriften)》이 출간되었다.

가벼운 에세이와 서정시를 짓고 친구들을 비롯해 노동자와 학생들과 편지를 주고받으며 조용히 만년을 보내던 헤세는 1962년(85세) 8월 9일 아침 스위스 몬타뇰라에서 뇌출혈로 세상을 떠났다.

외부 세계와의 충돌로 인한 정신적 고뇌를 내면에 대한 탐구로 극복하고자 했던 헤세는 작품을 통해 '나를 찾아가는 길'을 제시함으로써 방향을 잃고 암울하게 살아가는 사람들에게 빛을 던져주었다. 인간성 상실, 존재 가치의 몰락, 서로 대립되는 양극단으로 인한 갈등으로 고통받는 인간의 삶에서 끊임없이 깨달음과 더 높은 세계를 찾고자 했던 헤세는 세계 정신사에 빛나는 예술가라고 할 수 있다.

마울브론 신학교 입학 7개월 만에 자퇴, 우울증으로 인한 자살 기도, 김나지움 자퇴, 시계 공장 견습공 등 《수레바퀴 아래서》는 다른 작품들과 마찬가지로 헤세의 청소년기 경험이 녹아 있는 자전적 소설이다. 주인공 한스는 어두운 학창 시절을 겪고 성인이 되어 자살한 남동생의 이름에서 따온 것이다. 시인이 되고 싶어 했던 헤세에게 당시의 학교는 인간의 개성과 창의성을 무자비하게 짓밟는 공

간이었고, 이러한 학교교육에 대한 비판 의식이《수레바퀴 아래서》
에 고스란히 담겨 있다.

속물근성이 강하고 사고방식이 고루하며 지극히 평범한 소시민
인 아버지 밑에서 어머니의 사랑 없이 엄격하게 자란 한스 기벤라
트는 부끄러움 많고 유약한 성격의 소년이다. 타고난 재능으로 주
위의 기대를 한 몸에 받은 한스는 그토록 좋아하던 수영과 낚시, 산
책, 토끼 기르기 등 모든 즐거움을 포기하고 늘 두통과 수면 부족에
시달리면서 공부에 매달린 결과 신학교에 2등으로 합격한다. 당시
돈 없고 똑똑한 아이가 선택할 수 있는 길은 단 하나, 신학교에 입
학해 국가의 보조금으로 공부하는 것이다.

하지만 국가가 자선을 베푸는 대가로 학생들은 엄격하게 규율을
지켜야 한다. 신학교에서 한스는 천재적인 시인이자 괴짜이며 몽상
가인 헤르만 하일너를 만나면서 새로운 자아에 눈뜬다. 열정적이고
자유로우며 자신의 감정을 거침없이 표현하는 하일너와 우연한 입
맞춤 이후 두 사람은 첫사랑과도 같은 우정에 빠진다. 일등 후보였
던 모범생 한스가 하일너에게 나쁜 영향을 받아 성적이 떨어지자,
교사들은 사랑 대신 규율을 2배로 강화한다. 이에 대해 하일너는
점점 더 격하게 반항하는 한편 한스는 점점 더 무기력증에 빠진다.
결국 하일너는 교장의 명령 불복종으로 퇴학을 당하고, 성적이 바
닥으로 추락한 한스는 교사들의 냉대와 동급생들의 차가운 시선을

견디지 못하고 집으로 돌아온다.

몸과 마음까지 지친 채 고향에 돌아온 한스를 위로해주는 사람은 없다. 아들에 대해 실망한 아버지는 감시하는 듯한 시선으로 바라보고, 교장과 목사는 성공할 가능성을 잃어버린 한스에게 더 이상 관심을 보이지 않는다. 공부를 하느라 고향 친구 하나 없었던 한스는 절망과 불안에서 헤어나지 못하고 자살을 생각한다. 하지만 젊은 기력은 여전히 삶에 집착하고, 이때 나타난 것이 엠마다. 한스는 싱싱한 여자의 향기를 뿜어내는 엠마에게 푹 빠지고 만다. 그러나 자신이 그녀의 노리갯감에 지나지 않았다는 것을 알게 된 한스는 실연의 아픔까지 떠안고 더욱 괴로움에 몸부림친다.

한스는 허약한 몸으로 '신학생 대장장이'라는 놀림 속에서 견습 공으로 들어간다. 하지만 소소한 기쁨을 포기하고 땀과 눈물을 흘려가며 공부한 결과가 조롱 속에서 자신이 그토록 경멸했던 견습공이 되기 위해서였던가 하는 회의감을 떨쳐버릴 수 없다. 견습공들과 어울려 술을 마신 한스는 자신이 더럽혀지고 굴욕을 당한 기분에 빠져 더욱 절망감에 사로잡힌다. 그리고 다음 날 한낮에 한스는 강물에 떠내려가는 시신으로 발견된다. 발이 미끄러져서 실수로 강물에 빠졌는지 피곤과 두려움에서 헤어나지 못하고 스스로 죽음의 길을 택했는지는 아무도 알 수 없다. 그렇게 소년 한스는 한창 꽃을 피울 나이에 즐거운 인생의 길에서 이탈하고 만다. 그의 장례식을 지키던 구둣방 주인 플라이크는 교장과 목사를 가리키며 한스가 그렇게 된 데 일조한 사람들이라고 일괄한다.

학교의 임무란 아직 거칠고 미개한 원시림 같은 소년들의 본능을 억제하고 복종하게 하여 사회에 도움이 되는 인간으로 만드는 것이다. 따라서 교사들은 뛰어나지만 제멋대로 구는 천재 하나보다 라틴어와 수학을 웬만큼 할 줄 아는 평범하고 말 잘 듣는 학생 10명을 더 선호한다. 아름다운 것과 삶의 즐거움에 눈뜨고, 잠재된 능력과 개성이 발아되며, 한창 자아를 찾고 독립 의지가 움트기 시작한 소년들은 그것을 억압하는 규칙과 획일화된 공부를 강요하는 분위기 속에서 감정을 자유롭게 표출하지 못하고 억누른다. 그러다 마음속 열정을 이기지 못해 폭발하듯 학교를 뛰쳐나가는가 하면, 겉으로 드러내지 못한 채 속으로 창의력과 재능을 사그라뜨리는 소년들도 있다. 수레바퀴에 깔린 달팽이처럼. 이들의 수가 얼마나 되는지는 누구도 알지 못한다.

똑같은 목표 의식을 이미 세워놓고 학생들의 취향과 개성, 남다른 재능을 무시한 채 한 가지 길로만 내몰면서 젊은 시절에 누릴 수 있는 모든 인생의 즐거움을 포기하고 오직 공부만 하도록 강요하는 교육제도가 그들이 회복하고자 했던 인간성을 되레 파괴하고 영혼을 멍들게 한다는 것을 적나라하게 보여주는 《수레바퀴 아래서》는 현재는 물론 과거와 미래에도 유효한 소설이다.

수레바퀴 아래서

초판 1쇄 인쇄 2015년 9월 21일
초판 1쇄 발행 2015년 9월 25일

지은이 헤르만 헤세 | **옮긴이** 북트랜스 | **펴낸이** 신경렬 | **펴낸곳** (주)더난콘텐츠그룹

기획편집부 남은영 · 민기범 · 허승 · 이성빈 · 이서하 | **디자인** 박현정 · 김희연
마케팅 홍영기 · 서영호 · 박휘민 | **디지털콘텐츠** 민기범 | **관리** 김태희 · 김이슬 | **제작** 유수경 | **물류** 박진철 · 윤기남
기획 추지영

출판등록 2011년 6월 2일 제2011-000158호 | **주소** 121-840 서울특별시 마포구 양화로 10길 19, 상록빌딩 402호
전화 (02)325-2525 | **팩스** (02)325-9007
이메일 book@ibookroad.com | **홈페이지** http://www.ibookroad.com
ISBN 979-11-5879-007-3 04850